Jessica Somner sieht gut aus. Sie ist jung und intelligent. Jessica macht alles so, wie es sich für die Generation Golf Zwei gehört. Es muss nur noch ein Job her und die Liebe, dann wird alles gut sein. Aber auf einmal sind die Freundinnen nicht mehr solidarisch, und der Sex mit dem Politiker ist überhaupt nicht mehr heiß. Jessicas Anpassung hat nicht gereicht. Jessica macht nicht mehr mit und entscheidet sich für Gegenstrategien. Sie bringt die Machenschaften der Mächtigen ans Licht der Öffentlichkeit, im Gegenzug privatisiert sie ihren Körper. Sie besteht auf ihrer Würde, und die Liebe bekommt eine Chance.

Jessica kommt selbst zu Wort. In drei atemlosen Kapiteln folgen wir dem Gedankenmonolog einer jungen Frau und ihrem scharfen analytischen Blick auf unsere Gesellschaft und ihre Inszenierungen. So entstand mit ›Jessica, 30.‹ ein großer Roman, in dem Marlene Streeruwitz ihre erzählerischen Mittel thematisch wie stilistisch konsequent weiterentwickelt.

Marlene Streeruwitz, geboren in Baden bei Wien, studierte Slawistik und Kunstgeschichte und begann als Regisseurin und Autorin von Theaterstücken und Hörspielen. 1996 erschien ihr erster Roman ›Verführungen.‹, für den sie den Mara-Cassens-Preis erhielt. Weiter sind im S. Fischer Verlag und im Fischer Taschenbuch Verlag lieferbar die Romane ›Nachwelt.‹, ›Lisa's Liebe.‹ und ›Partygirl.‹, die Erzählungen ›Majakowskiring.‹, ›Norma Desmond. A Gothic SF-Novel.‹ und ›morire in levitate.‹ sowie der Band mit sämtlichen Theaterstücken ›Waikiki-Beach. Und andere Orte.‹. Unter dem Titel ›Gegen die tägliche Beleidigung.‹ sind Vorlesungen über Literatur und Politik erschienen. Für ihre literarischen Arbeiten wurden ihr zahlreiche Preise verliehen, zuletzt der Österreichische Würdigungs-Staatspreis für Literatur, der Hermann-Hesse-Preis und der Walter-Hasenclever-Preis. Marlene Streeruwitz lebt in Wien und Berlin.

Unsere Adresse im Internet: www.fischerverlage.de
Die Autorin im Internet: www.marlenestreeruwitz.at

Marlene
Streeruwitz

Jessica, 30.

Roman.
Drei Kapitel.

Fischer
Taschenbuch
Verlag

Dieser Text ist ein Werk literarischer Fiktion.
Figuren und Handlungen sind frei erfunden.

Ungekürzte Ausgabe
Veröffentlicht im Fischer Taschenbuch Verlag,
einem Unternehmen der S. Fischer Verlag GmbH,
Frankfurt am Main, Januar 2006

Satz: H & G Herstellung, Hamburg
Druck und Bindung: Clausen & Bosse, Leck
Printed in Germany
ISBN 3-596-16136-3

»... Alles wird gut, ich muss nur die Praterhauptallee hinauf- und hinunterrennen und dann ist wieder alles gut, dann kann ich das Schokoeis von heute Nacht und das Essen von Weihnachten vergessen und dass ich nicht geschlafen habe, wegen dem Gerhard, obwohl ich das gar nicht will und es gar keinen Grund gibt, den so ernst zu nehmen, aber beim Laufen dann, dann brauche ich an nichts zu denken, und bei der Kälte vergeht einem auch noch jeder Wunsch, ich möchte nicht, eigentlich möchte ich nicht, eigentlich möchte ich gar nicht, überhaupt nicht, ich möchte in der Badewanne liegen und warmes Wasser um die Haut und nur daliegen und nicht bewegen, bewegen nur, wenn das Wasser schaukelt und warm und nicht aus dem Auto in diese Kälte hinaus und der Mann da, in dem roten Fiat, der zieht sich auch seine Joggingjacke an, der wurschtelt sich auch in seine Windstopperjacke oder nein, der zieht sie aus, der ist schon fertig, der ist schon laufen gewesen, ich werde erst in einer Stunde so dasitzen und er ist ja auch ganz rot im Gesicht, shit, der hat es schon hinter sich und warum ist es nicht schon eine Stunde später und jetzt geh endlich, zieh den Mantel aus und steig aus dem Auto, Jessica Somner, reiß dich zusammen, du hättest ja das Eis nicht essen müssen, Issi, heute Nacht, und was für eine Idee, dieses Schokoeis und dann noch eine ganze Packung Mövenpick Maple Walnut und wenn die Dose Schlagobers nicht ausgegangen wäre, hätte ich die auch ganz gegessen und hast du das notwendig, ich meine, es ist gerade nicht alles so toll, aber deswegen gleich in die Fettsucht, der Ausgleich für mangelnde Sexualität kann es nicht sein, ich hole mir ja, was ich will und irgendwie ist es gar nicht so schlecht, wenn er dann weg ist und gerade nach Hause fährt, wahrscheinlich bin ich sozialfrigid, wenn es immer nur schön ist, wenn keiner da ist und die Männer wirklich nur das Vorspiel und es lebe die Onanie und es interessiert ja auch keinen, eigentlich und jetzt, meine Liebe, jetzt wird ausgestiegen, wenn dich sonst nichts verzehrt, dann muss auch das selber getan werden und hinaus und ja, es ist kalt und ich laufe lieber los, zum Stretchen stehen bleiben, da erfriere ich, das muss die Thermounterwäsche leisten, die Muskeln wärmen und jetzt los, bei der Eisenbahnbrücke ist es vorbei, mit der Kälte und der Raureif auf dem Schnee knirscht so schön, woran erinnere ich mich, wenn ich dieses Knirschen höre, immer wenn ich dieses Schneeknirschen höre, wird mir angenehm, es muss mit Weihnachten zu tun haben, es ist so erwartungsvoll und angenehm und atmen, Frau Somner, atmen, durch die Nase, wenn es nicht so ungeheuerlich kalt wäre und was für ein hässliches Gefühl, diese Kälte innen, so kalt, innen, die Rippenbögen entlang, wahrscheinlich ist es superschädlich, bei dieser Kälte zu laufen, aber nicht laufen ist noch schlechter, und die Wolken, die Fettwolken, innen die Oberschenkel entlang, das wirklich helle Licht ist nicht mehr angebracht, im Schlafzimmer oder wenn schon ein sehr helles, da sieht man es auch nicht, atmen und der blöde Schal, es gibt so Hauben mit angeschnittenem Schal, wie für einen Bankraub, so eine sollte ich mir besorgen, nur, wann komme ich auf die Mariahilferstraße oder besser in das Donaucenter, obwohl, da haben sie dann keine Auswahl, bei den Laufschuhen, da waren nur die Nikes für die Burschen und 3 Modelle adidas für Damen, und warum hast du dir das alles nicht in Köln gekauft, in diesem kleinen Geschäft mit den Laufsachen nur für Frauen, die Frau da, die ist mindestens 50, die wäre dir schon längst davongelaufen, aber die trainiert für Marathon, das ist ja dann doch übertrieben, so schlimm ist die Cellulitis dann auch noch nicht und die Mama hat überhaupt keine, woher habe ich das geerbt, und es geht überhaupt nicht, es geht überhaupt überhaupt nicht, diese Beine, die werden ja immer schwerer und so kenne ich das nicht, das muss die Kälte sein, ich kann die Beine nicht einmal heben, die schleifen ja hinter mir her und diese klebrige Kälte unter den Rippen, das geht nicht, das geht so nicht, das kann so nicht gehen, ich muss aufhören, Issi, das solltest du nicht weitermachen, das fühlt sich, das fühlt sich gefährlich an, ich laufe nur noch bis zum Kinderspielplatz und dann drehe ich um, das sind dann gerade vielleicht 5 Minuten und ich habe wiederum vergessen, auf die Uhr zu schauen, wann ich weggelaufen bin und werde wieder nicht wissen, ob ich wirklich 50 Minuten gelaufen bin oder doch nicht und hat es einen Sinn, mit dem Gerhard zu reden, würde sich deswegen etwas ändern, der ist ein Politiker, der wird die Politik nicht aufgeben, er kann das gar nicht, er wird verheiratet bleiben, er wird seine Frau nicht verlassen, und seine Kinder, er wird sich nicht ändern, er kann das gar nicht und er hat das Interesse verloren, er hat wirklich Probleme mit seinem attention span und mir macht es nichts mehr aus, dass er nie kommt oder immer zu spät und nie in der Öffentlichkeit und das interessiert ihn dann wieder nicht, wenn es einen nicht mehr aufregt, er hat doch ganz gerne ein zappelndes Opfer, nein, eigentlich will er ein tragisches Opfer, ich glaube, er braucht eine emotionale Geschichte, das regt ihn auf, das regt ihn erst auf, den törnt Liebe an, richtige, sich verzehrende Liebe und deswegen bleibt er ja bei seiner Frau, weil die trinkt, seinetwegen, das ist ein Liebesbeweis, für ihn ist das ein Liebesbeweis und das fehlt ihm jetzt schon, das beginnt ihm zu fehlen, er ist ja auch ganz phantasielos geworden und mir ist es zu blöd, mich anzustrengen und warum laufen alle immer auf der Straße, hier, auf dem Asphalt, meine Knie halten das nicht aus, ich spüre es nachher, wenn ich nicht auf dem weichen Boden gelaufen bin, aber dieses Einbrechen, dieses kleine Einbrechen bei jedem Schritt durch die gefrorene obere Schneeschicht, das ist anstrengend, das macht richtig langsam, aber die Kälte aus den Lungen ist weg und in den Handschuhen ist es gleich zu heiß, wenn es nicht so langweilig wäre, aber bis zur Autobahn wird es schon gehen, der Schal hält ja jetzt einmal, weitervorbeugen, nicht die Schultern so zurück, die Schultern runder und den Kopf beugen, nicht so aufrecht gegen das Laufen, die Luft durchschneiden, wie schwimmen, und das geht ja, und Schluss machen, ich verliere nur diese Welt, diese kleine Welt mit ihm, aber ich hätte ihn nie in die Wohnung lassen dürfen, diese Welt findet in der Wohnung statt, die müsste aus der Wohnung entfernt werden, diese helle Insel, bei der es immer Nacht draußen ist und die Vorhänge vorgezogen werden müssen und die Jalousien herunter, wegen seiner Paranoia, wen interessiert denn schon das Gestöhne eines Ministers und er stöhnt ja nicht einmal, aber was weiß ich, was er sonst noch macht und wer sich für ihn interessiert und vielleicht ja sogar seine Frau und was ist es nun wirklich, was verloren geht, wahrscheinlich das Heimliche, das Nur-miteinander-voneinander-Wissen, der Blick bei der Pressekonferenz und dann gleich weiter und nur wir beide wissen es und nur wir beide können es wissen, wenn die Vorhänge vorgezogen sind und müssen uns deshalb ineinander verkrallen und daran muss ich ja auch beim Onanieren nachher denken und hat die Katrin Recht, dass man keinen Orgasmus ohne eine Phantasie haben kann, aber die Katrin gehört zu den Leuten, die so etwas behaupten können, die Katrin kann sagen, dass es das nicht gibt, einen erzwungenen Orgasmus, die Katrin schaut ›Sex and the City‹ und deshalb glaubt sie, sie weiß alles und natürlich weiß sie auch nur das, was sie wissen kann, auch ein Sexualtherapeut könnte nicht mehr wissen, als er selber weiß, und, keine Phantasie haben, nur daliegen und ihn machen lassen, das ist auch eine Möglichkeit, man kann sich da auch beherrschen lassen, und das kennt sie halt nicht, und es macht mir immer noch Angst, wenn jemand etwas so bestimmt weiß, auf diesem Gebiet und ich werde der Claudia eine Serie vorschlagen, wieder einmal eine ›Alles über Sex‹-Serie, ›Mehr als alles über Sex‹ und was der Menschenfresser mit Sex zu tun hat, warum es mich so aufregt, mir diese beiden Männer in der Genossenschaftswohnung vorzustellen, an einem IKEA-Tisch sitzen und wie sie den Schwanz vom Opfer verspeisen, auf dem Lilienporzellan von der Mutter und warum finde ich das verstörend, warum regen mich solche Sachen auf, warum kaufe ich mir die Bild-Zeitung mit den Berichten, es sind 2 Männer und der eine lässt sich entmannen und dann gleich danach töten und ist das eine Voraussetzung gewesen, der Grund, sich dann abschlachten zu lassen, weil er kein Mann mehr war, dann und deshalb den Tod verdient hatte, ohne Schwanz, der Schwanz ein Opfer, aber das alles nur, weil er sterben wollte und der Schlächter ein zufälliger Priester und das Ganze ein Augenblick der Erfüllung, aber geheim, und war das Geheime notwendig, weil es sonst nicht gegangen wäre oder war auch das eine Voraussetzung, wie die zugezogenen Vorhänge oder würde das Opfer Öffentlichkeit haben wollen und kann sie nur nicht haben, wenn niemand anderer davon weiß, sehr existent sind die Dinge dann nicht, wenn sie geheim sind, die Geschichte mit dem Gerhard ist nur interessant gewesen, weil sie zusätzlich war, zu allem anderen, und, jetzt geht es schon weiter, die raue Stelle im Hals wird schlechter, aber bis zum Ende wirst du das nicht spüren und die Schultern runder und mehr ins Laufen fallen lassen und den Rhythmus halten, das ist wunderbar, so gleichmäßig und was für ein wunderbares Maschinchen, der Körper, wenn alles so läuft und nichts anderes existiert und hoffentlich kein Hund auftaucht, den Rhythmus zu stören, und das ist die wirkliche Unabhängigkeit, in sich abgeschlossen so gut zu funktionieren, ein solches Wohlgefühl, und ich werde der Claudia das verkaufen, ich bin die richtige Autorin dafür, ich will es selber wissen, ich nehme die Leserin auf eine Forschungsreise mit, Fragen sind wieder erlaubt, und nicht in dem Ton wie Cosmopolitan, glamouröses Onanieren, das wissen wir jetzt alle, aber das ist ja auch nur eine von diesen Regeln, Vorschriften, wenn die Voraussetzungen nicht stimmen, weiß man gleich nicht weiter, und man muss es einfach beschreiben wie in den Kochbüchern mit den Zeichnungen, aber die Männer werden es weiterhin nicht lesen und nicht wissen, wo die Klitoris ist, das ist schon erstaunlich und bei Bukowski gibt es doch diese Geschichte, dass er kommen muss, während eine Hure seinen Schwanz bearbeitet und er will gar nicht und muss doch kommen und geniert sich fürchterlich dafür und genau darum geht es, das muss die Katrin einmal lesen, was der Herr Bukowski da erfunden hat und ob der auch lügt oder liest sie das von einem Mann und akzeptiert es und Frauen hält sie für stärker, oder hält sie Frauen für nicht so ausgeliefert, geschlechtsorganisch, ich kann auch in 2 Minuten kommen, diese Empfindlichkeit, hält die ein Selbstverschulden aufrecht, also Schuld, oder macht die kostbar, diese altmodische Kostbarkeit von Frauen und warum muss ich mir jetzt trotzdem die Seele aus dem Leib laufen, obwohl ich ein kleines Liebesabenteuer mit einem durchaus potenten Mann in der Nacht hinter mir habe, danach einen wunderbaren Selbstorgasmus hatte, einen von denen, die jede Zelle erreichen und einen Augenblick in einem hängen, in diesem sirrenden Zerren zur Mitte hin und dann sich noch einmal ausbreiten und dann gut und dann aber doch der Gang zum Eiskasten und das Eis aus dem Tiefkühlfach und das Schlagobers darüber und auf dem Sofa sitzen und in sich hineinlöffeln und alles wohlig und wunderbar, aber warum dann noch essen, warum in sich hineinstopfen und doch ohnehin schon keine Größe 36 mehr und Größe 38 die absolute Grenze, mehr darf es nicht werden, auf keinen Fall, und wie macht das die Mama, aber die isst nicht, die mag nicht essen, die hat nie essen mögen, die hat Essen immer verachtet, das ist eine Schwäche für sie und kein Wunder, dass ich immer zu diesen älteren Männern tendiere, die mit diesen festen Bäuchen, die immer essen wollen, vorher, die so dastehen, in ihren Kaschmirmänteln und sich von nichts umwerfen lassen, die muss ich alle immer vor der Verachtung von der Mama retten, die dem Vater immer vorgeworfen hat, dass er ja nur essen kann, essen und trinken und sonst verstünde er nichts von Kultur, aber er gibt das ja auch zu, er kann nur Geld verdienen und das Geld dann genießen, vielleicht noch Fußball, und sie hätte das gewusst, immer hatte sie das gewusst und früher hatte das auch gereicht, seine Freundinnen haben es jetzt schwer, neben ihm dünn bleiben, das sieht schwierig aus und ich sollte schneller laufen, dieser Jogger kommt mir schon wieder entgegen, ist der jetzt die ganze Allee gelaufen oder hat der früher umgedreht, der kann doch nicht 4 Kilometer so schnell gelaufen sein, das ist unmöglich und ich muss zu denken aufhören, ich komme sofort aus dem Rhythmus und es wird gleich wieder schwierig, lauf weiter, Issilein, tu mir die Liebe, lauf weiter, nicht einmal ein paar Schritte gehen, dann ist es gleich ganz sinnlos und wenigstens bis zur Meiereistraße solltest du kommen, das sind dann nur 2 Kilometer und 100 Meter, aber bei dem Wetter wird es reichen und danach wirst du dankbar sein und bei der Besprechung mit der Claudia gut aussehen, die Augen werden dann wieder vollkommen klar und die Flasche Wein nicht mehr zu sehen, das mit dem Trinken sollte ich wirklich nicht tun, es genügt Maple Walnut, und allein trinken, aber es ist so erwachsen, irgendwie, dasitzen und ein Buch und eine Flasche Rotwein und das Glas heben und in das Buch schauen und in die Nacht hinaus und da ja die Vorhänge noch nicht vorgezogen, irgendjemand könnte mich sehen, im dunkelblauen Samthauskleid auf dem Sofa mit dem großen Weinglas und einem Buch und von der Ferne könnte man ja nicht sehen, dass es ein Krimi ist, da wäre es nur ein Buch und gestern hätte man mich 4 Stunden lang lesen sehen können und die Flasche ohnehin nur langsam austrinken und die schönsten Romanhelden sind doch die von Frauen erfundenen, so wie Lord Peter Wimsey, dieser Joe in dem Buch, welche Feinfühligkeit, welche Vorsicht in der eigenen Wirkung, wie viel Überlegung, was die Frau sich wohl denken könnte, was sie dächte, was er falsch gemacht haben könnte, wie er es richtig machen könnte, wie er es richtig machen hätte können, was für ein Gefühlsbündel, dieser Mann, kein Wunder, dass der Gerhard dann, ein Elefant, und eigentlich doch zu dick, zu unbeweglich, dann doch ein Fässchen, das auf dem Sofa nur sitzen kann, oder liegen und einen herumreißen muss, weil er nicht mehr beweglich genug ist, und kein Gespräch, aber ohnehin nie ein Gespräch, mit einem Wiener, mit einem Mann da, nie ein Gespräch, oder nur Gespräche, die Verbindung irgendwie nicht vorhanden, und ja auch meistens stumm vögeln und was bleibt einem dann anderes übrig, als auch zu schweigen und dieser amerikanische Lyriker glaubt dann, die Wiener Frauen wären alle tragische Schmetterlinge und dabei wird nur einfach nichts geredet, ganz untragisch und eine Tragödie erst danach oder immer schon und dieser Autofahrer hätte auch warten können, jetzt habe ich eine Ausrede über die Straße zu gehen und muss dann wieder zu laufen anfangen und die ganze Mühe von vorne und es sind jetzt 17 Minuten und ich könnte auch umdrehen, ich werde sowieso langsamer und dann sind es fast 40 Minuten, aber so richtig heiß ist mir noch nicht und dann ist das Gesicht noch nicht so super entwässert und ich schaue bei der Claudia total aufgeschwemmt aus und sie fragt wieder, was mit mir los ist und schaut so, als wäre ich auf der schiefen Bahn und nicht mehr vertrauenswürdig, ich glaube, es ist ihr sehr wichtig, dass die ganze Redaktion so aussieht, wie sie, sie möchte eine richtige Tussenriege und alle sollen so sein, wie die ideale Leserin, 30, attraktiv, unabhängig und gut verdienend, aber dann müsste sie auch etwas zahlen, aber sie findet ja immer genug Mäuschen, die schon vom Mitmachen zufrieden sind, und für das Magazin, da soll keine Redakteurin gescheiter sein als die Leserinnen, und der kleinste gemeinsame Nenner ist da ohnehin nur die Vuitton-Tasche und wie die anderen das machen, das würde ich sehr gerne wissen, zahlt denen auch allen der Papa noch etwas zur Miete, die Fixen werden auch nicht so viel bekommen, aber die Tanja und die Mia sagen ja nichts darüber, wenn wir noch zusammenwohnten, dann wäre das kein Problem, und dann hätte ich mir auch den Gerhard erspart, der hätte nicht passieren können, in der Josefstädter Straße, das hätten die

Tanja und die Mia nicht erlaubt, da wollten wir nur schöne Männer in der Dusche sehen und ich hätte da nicht wegziehen sollen, da gäbe es immer irgendjemanden, mit dem ich alles besprechen könnte, und dann wäre ich nicht in diese komischen Geschichten gerutscht und das ist ja dann auch nicht erwachsener, irgendwie, und sie haben mir das ja auch nicht verziehen und das ist das Verdächtige daran, wenn sie wirklich meine Freundinnen wären, dann würden sie meinen Schritt respektieren und dann auch nicht in den Redaktionskonferenzen gegen meine Projekte reden, die Mia wird gegen eine Aufklärungsserie sein, sie wird sagen, dass das altmodisch ist, dabei wäre ein Oswalt Kolle revisited wirklich wichtig, in dem Institut da, von dem Kinsey-Report, da kommt ja auch heraus, dass die Sexualpraktiken auf hearsay beruhen, nach wie vor, niemand kennt sich wirklich aus und ist ohne Vorurteile, ich weiß ja auch nicht so genau, wie ein Penis funktioniert, nur einen Schwanz muss man halt zur Kenntnis nehmen, der ist ja ziemlich sichtbar und die Männer sollen sich um sich selber kümmern, aber so eine Kochbuchgeschichte mit Anleitungen und Fragen, was einem Spaß macht, aber alles ausgesprochen und nicht so drüber geredet und dann die Geschichte, die die Ingrid erzählt hat, von der Tochter ihrer Freundin, die von ihr und ihrem zweiten Mann weg zu ihrem leiblichen Vater gezogen ist und jetzt mit ihm zusammenlebt, ist das eine Möglichkeit, holen die zwei jetzt ihre Beziehung einfach nach und weil sie jetzt erwachsen ist, kommt die Sexualität dazu, ist das wirklich falsch, ich könnte es mir mit dem Papa nicht vorstellen, oder will ich es mir nicht vorstellen oder ich darf es mir halt nicht vorstellen, obwohl, so schwierig kann es nicht sein, es könnte vom Essen ausgehen, die Mama sagt, ›Dein Vater, der kann ja nichts anderes als nur essen.‹ und dann stelle ich mir den Papa vor, wie er am Tisch sitzt und so mit den Knien hin und her wackelt unter dem Tisch, weil er nervös ist und ein schlechtes Gewissen hat, und er tut mir Leid, aber die 2 haben eine klassische Nichtbeziehung, die haben nie über sich geredet und es ist ein Wunder, dass sie die Scheidung geschafft haben, sie könnten immer noch in der Richard-Wagner-Straße in Graz sitzen und sie sagt, ›Dein Vater, der kann ja nichts anderes als nur essen.‹ und er wackelt nervös mit den Knien und isst und war dieser Satz nur eine Aussage über seine Potenz oder war sie auf das Essen neidig und hat deswegen jede Lust am Essen verloren, das Essen ihr vorgezogen oder am Essen die Potenz ausgelebt, aber eigentlich ist sein Essen der Pakt mit seiner Mutter und da hat die Mama nie dazwischen können, da sagt er heute noch nichts und hält zur Oma, und dann hat er der mehr gehört als irgendjemandem anderen und ich verstehe die Mama ja auch, man möchte, dass sie alles tun für einen, und alles hinter sich lassen, als hätte es nichts je gegeben, nichts anderes und kann es selber nicht, aber mit dem Vater dann, diese Tochter, die hat ja 17 Jahre mit ihrer Mutter gelebt und der zweite Mann von der Mutter, der hat sie fast von Anfang an mitaufgezogen, und dann ist er wahrscheinlich der richtigere Vater und die Inzestschranke gegen ihn und der leibliche Vater ist nur ein Mann und würde man dann ›Papa‹ sagen, im Bett, oder den Vornamen, müsste ich ›Franz‹ flüstern und das könnte ich nicht und mit ›Papa‹ ginge gar nichts und dann ist es ja nur diese Bezeichnung, die uns trennt, aber der Papa, das wäre auch zu viel für ihn, er kommt ja schon mit seinen Freundinnen nicht zurecht und man muss mit ihnen reden, damit sie ihn verstehen und dann schreit die Mama, ich wäre seine Zuhälterin, aber sie versteht das nicht, sie kann das nicht verstehen, Sex ist noch etwas sehr Wichtiges für sie, aber es gibt überhaupt so einzelne wichtige Sachen für sie und von denen kommt sie nicht weg, wie vom täglichen Haarewaschzwang, aber was soll sie auch machen, wenn die Zeiten so waren und wir tragen jetzt ja auch wieder diese spitzen Schuhe und die sind noch viel spitzer als die in den 60ern und der hallux valgus wird bald operiert werden müssen, obwohl, auch dagegen ist das Laufen gut, wahrscheinlich jedenfalls und noch tut der Ballen ja nicht weh und dann muss man halt operieren, und es ist ja ohnehin die Frage, was das linke Knie meint, wenn es nach 5 Minuten Laufen so zwickt und dann wieder aufhört, ich sollte zu einem Sportarzt gehen, oder einem personal trainer und meinen Laufstil bearbeiten, wahrscheinlich habe ich einen superfalschen Laufstil und ruiniere mir die Gelenke, die Hüfte krächzt ja auch schon, wenn ich lange gesessen bin und jetzt drehe ich um, es sind 20 Minuten, das muss reichen, mehr schaffe ich nicht, es ist zu langweilig, vielleicht doch zu zweit, aber mit der Mia, da war das Laufen nur ein einziges Geschnatter, da bin ich nie in meinen Rhythmus gekommen und es ist immer dieses Problem mit dem Publikum, einerseits geht alles besser, wenn die Welt einem zuschaut und andererseits gehen viele Dinge gar nicht, das ist immer das Gleiche wie die vorgezogenen Vorhänge, und ich sollte doch einen Pulsmesser nehmen, dann wüsste ich wenigstens, dass dieses langsame Schleppen jetzt wirklich gesund ist, es ist eine Schande, wie langsam ich bin und alle überholen mich, alle, ich bin die langsamste Läuferin in der Praterhauptallee, kein mittelalterliches Pummelchen, das ich überholen würde, alle ziehen an mir vorbei und na gut, die laufen vielleicht noch nicht 20 Minuten, aber ich sollte schon noch schneller sein, die sind alle nicht so jung, die sind alle auch so um die 30, alle sagen, ich wirke so sportlich und dabei bin ich es überhaupt nicht und die Claudia wird wieder sagen, ›Ich will dich nur in Hosenanzügen sehen, Issi, nur in Hosenanzügen, mit deinem sportlich-eleganten Auftreten, bist du absolut der business-Typ.‹ und soll ich nun den Blumarine-Rock anziehen oder den Hosenanzug, mit dem Rock glaubt sie vielleicht, ich habe ohnehin genug Geld und brauche keinen Auftrag und den Hosenanzug hat sie schon hundertmal gesehen und jedes Mal sagt sie das Gleiche, macht sie sich lustig oder vergisst sie wirklich jedes Mal, was sie so sagt, ist sie überlastet oder richtig sarkastisch, obwohl, sie will ja lieb sein, sie weiß gar nicht, wie sarkastisch sie ist, es ist beneidenswert, wie sie dann doch alle Machos werden, wenn sie nicht mehr sehen müssen, wie sie sich verhalten, weil sie nur noch anschaffen, aber so ein Frauenmagazin, das geht ja nicht zugrunde an so etwas, das ist ja wahrscheinlich auch nicht anders als die Phantasie von Papa Hefner, dass alle immer ficken wollen und die Claudia, die glaubt eben, jede Frau will eine halb aufgeklärte Tusse sein und deshalb ist sie auch eine und das Modell ist ja doch entweder Joan Collins oder diese Blonde aus Dynasty, oder Denver Clan, die Claudia will die Blonde sein, obwohl sie brünett ist und ist passive aggressive, da finde ich das Biest dann doch lustiger, obwohl ich mich an nichts mehr erinnern kann, haben die nicht immer vor loderndem Kaminfeuer auf Fellen, und Sex war immer das Ornament zu den Nullen auf den Konten und jetzt gehe ich, jetzt darf ich eine Minute gehen und dann musst du wieder laufen, meine Liebe und es ist gleichgültig, was die Rentnerehepaare sich über dich denken, dieses dauernde Auf-die-Uhr-Schauen kannst du lassen, jeder, der läuft, macht das auch dauernd, als Signal nun schon sehr lange gelaufen zu sein, das Pensum abgespult zu haben, sportlich versiert, und jetzt wird wieder gelaufen, meine Liebe, auf, auf, sonst hat das gar keinen Sinn und außerdem musst du zurück, sonst kommst du zum Termin mit der Claudia nicht zurecht und dann ist Feuer auf dem Dach, dann gibt es nur noch den Papa für den Mietzuschuss und der hat ja auch nicht so viel mehr, der hat über seine Jahresabrechnung geweint, nichts mehr hinterlassen kann er mir, nur mehr 50% des Vermögens und keine Aussicht, dass sich die Dinge verbessern und hoffentlich verkauft er die Aktien jetzt nicht, aber wenn er es nicht aussitzen kann oder wenn ihn die Nicole doch um den Finger wickelt mit den blöden Ratschlägen von ihrem Bruder, dann ist womöglich alles weg und ich habe nur mehr meine Wohnung in Graz und die bringt ja auch nicht so viel und dann muss ich das Auto aufgeben und das kann ich mir nicht vorstellen, dann kann ich auch nicht mehr in den Prater fahren, zum Laufen, dann beginnt ein ganz anderes Leben, ohne Auto, aber Schluss, nur gute Gedanken denken, nicht an diesen Geldscheiß, das bringt die Atmung durcheinander und gerade ist es so gut gegangen, das ist der beste Teil, dieses Trotten, dieses gleichmäßige Vor-sich-hin-Trotten und Nur-auf-den-Boden-Schauen, man sieht ja nichts von Landschaften, beim Joggen, ich jedenfalls nicht, die Mama findet das ja so dumm am Laufen, dass man nur den Boden sieht, aber besser kein verstauchter Knöchel und das richtige Tempo, Landschaften, das geht nur beim Autofahren, wenn man nicht zu schnell fährt, über den Wechsel, nach Graz, zu jeder Jahreszeit, das ist Landschaft oder vom Brenner nach Italien hinunter, die Berge hinauf und sich hinunterfallen lassen und der Verkehr darf nicht zu dicht sein, wenn einem die Kerle so hinten aufsitzen, sogar auf der rechten Spur, dann ist es nichts mit dem Sehen, und das ist doch der Sinn von dem Laufen, dieses Nur-in-sich-Gefühl, das ist besser als jede Meditation, ich bin zu abendländisch, zu unruhig, ich bin mit mir am besten in dieser Bewegung und außerdem könnte ich davonlaufen, ein Stück könnte ich davonlaufen, wenn es notwendig sein sollte, ich fühle mich nicht so bewegungslos und festgefroren, wenn ich laufen war, und ein gutes Gewissen habe ich auch und wenn ich mir noch abgewöhnen könnte, gleich nachher wieder zu essen, dann wäre das Ergebnis auch besser, aber ich esse dann wiederum aus gutem Gewissen, weil ich es mir leisten kann, und warum habe ich dann in der Nacht diese Schoko-Maple-Walnut-Orgie gemacht, ein gutes Gewissen hatte ich da nicht, ganz sicher nicht, ich bin zufrieden, wenn ich, es ist mein Recht, mich zu befriedigen, mein sehr gutes Recht, aber ein gutes Gewissen, das haben sie nur im Cosmopolitan, aber da triumphieren sie auch über die Männer, mit ihren Dildos, die sind da kastrativer, da sind wir europäischen Frauen, da sind wir nicht so hämisch oder sind wir unterdrückter oder vergesslich, wie in allem anderen auch, aber wahrscheinlich ist es nur ein Ausweichen, ein feiges Ausweichen ins Private, Problemvermeidung und da hatte die Mama es leichter, da war alles ganz klar und die mussten ein Doppelleben führen, wenn sie eines haben wollten, ein Leben, überhaupt und dafür waren sie bitter und wenn man die Jungen anschaut, die die frisch von der Wirtschaftsuni kommen und dann überhaupt nur über Mode schreiben wollen, aber wahrscheinlich ist wirklich alles nur eine Generationenfrage und laufe ich jetzt hier als Ally-McBeal-Klon herum und sehne mich nach dem richtigen Mann, und so ein Serienkosmos, das wäre schön, immer nur diese 10 Personen, die sich das Publikum merken kann und nur 3 Handlungsebenen oder überhaupt nur 2 und alle immer bereit zu reden, immer diese wunderbaren Beziehungsgespräche und alle gut aussehend und am Abend immer alle in dieser einen Bar und sogar auf der Straße niemand anderer, ich habe in New York noch nie jemanden Bekannten auf der Straße getroffen und Boston wird nicht anders sein, und es wird nicht gegangen, meine Liebe, nicht aufhören, weiterlaufen, wenigstens bis zu Autobahnbrücke wird gelaufen, dann kannst du nachher richtig zufrieden sein, und nach dem Termin bei der Claudia kannst du dir dann etwas kochen oder beim Italiener bei der Hauptpost Spaghetti essen, obwohl ein Karottensalat zu Hause, das wäre besser, und die Karotten, morgen, dann sind sie sicher nichts mehr, ich sollte vorsichtiger einkaufen, vorsichtiger, viel vorsichtiger, warum habe ich noch immer nicht gelernt, vorsichtiger zu sein, geplanter zu leben, ich falle immer nur von einem Gefühl ins andere und handle danach und es ist nicht Spontaneität, die anderen glauben das immer, es sind immer Wünsche, und dann sind sie gar nicht wichtig, und ich fühle mich so, ungeordnet, nicht unordentlich, ich fühle mich ungeordnet und jetzt gerade nicht, jetzt fühle ich mich fromm, fromm und richtig und ich wollte, ich könnte so weiterlaufen und alles wäre klar, wohin und wie das dann aussieht, und ich bin nervös, weil man bei der Claudia nie weiß und dann noch die Mia und die Tanja, und diese Tochter/Vater-story, da könnte man eine große Geschichte draus machen, mit Zitaten aus dem Buch von der Christine Angot und darüber, was für Erfolge solche Geschichten immer sind, warum das alle kaufen wollen, warum alle wissen wollen, ganz genau wissen müssen, wie das nun war, wenn der Vater die Tochter, das ist doch interessant und das ist auch nicht vordergründig feministisch, das ist nur voyeuristisch, und es wäre ja eine Erfolgsstory mit einer Anklage, und würde das ausgleichen, irgendwie, und ich wüsste es ja auch selber gern, wieso das immer noch gekauft wird und wahrscheinlich hat es auch nur damit zu tun, dass niemand es genau weiß, genau weiß, wie es geht, wie man es richtig macht und dann lesen alle diese Stellen und hoffen, sie lernen etwas, deshalb hat der Houellebecq solche Verkaufszahlen, weil er genau beschreibt, wie das ist, mit Huren zu schlafen und dann jeder auch hingehen könnte und schon wüsste, wie das geht, und was er fühlen muss, wie es sich anfühlen muss, wie es sein muss, das ist es doch auch, was die Katrin meint, was sie nicht kennt, das gibt es nicht, den erzwungenen Orgasmus gibt es für sie nicht, den hat sie nicht, deshalb ist jede Beschreibung davon falsch und das ist dann schon alles, was Emanzipation kann, das Eigene der Beschreibung vorziehen, aber eigentlich ist es ja nur das Gegenteil, wenn die Beschreibung als Regel gilt und die meisten Leute sind halt unsicher und nehmen die Beschreibung und nicht sich selbst als Regel, aber ich bin ja auch nur skeptisch und würde gern selbst etwas herausfinden, aber trau mich nicht und dann kommt man auch nicht weiter und isst Maple Walnut mit Schlagobers und wenigstens keine Schokoladesauce drüber, wenn ich die im Eiskasten stehen habe, dann ist es aus, und es riecht nach Thymian, hier riecht es nach Thymian und was kann das sein, das kommt von der Müllverbrennungsanlage da hinten, da an der Autobahn zum Flughafen, aber was kann nach dem Verbrennen nach Thymian riechen, und so stark, vergiften die einen, und da muss ich gehen, diesen Geruch so tief einatmen, da laufe ich erst wieder, wenn der Geruch nicht mehr, wenn der weg ist, das ist ja grauenhaft, aber das ist wie die Geschichte mit den Amseln, wenn es in der Früh noch so still ist und der Straßenlärm noch nicht, das ist, das ist eine Stille, eine aktive Stille ist das, das ist wie ein Schlag, diese Stille, ein Schlag, in den man hineinfallen kann und niemand redet darüber, was da passiert ist, mit dieser Seuche und ob das je wieder gut wird und Vogelgezwitscher, aber das interessiert schon überhaupt niemanden, es gibt nur noch die Arbeitslosenzahlen als Argument, Amseln, und es interessiert auch wieder nur Frauen, kein Mann hat überhaupt verstanden, was ich meine, hören die das nicht, ist das wirklich so einfach, man hört etwas nicht und deswegen kann es einem auch nicht fehlen und dann kann einem nichts fehlen und dann ist man unverwundbar, hoffentlich, aber ein bisschen muss man das lernen, sonst ist das nicht auszuhalten, und wenn die Claudia die

Themen ablehnt, dann darf ich mir das nicht anmerken lassen, ich muss es fertig bringen, mir nichts anmerken zu lassen, es ist lächerlich, diese gepresste Stimme, ich finde schon etwas, vielleicht interessieren sich die in der feature-Redaktion für die Vater/Tochter-Geschichte, wenn ich Interviews mit der Tochter von der Freundin von der Ingrid machen könnte und Zitate aus dem Angot-Buch, das wäre doch auch etwas fürs Radio, obwohl, ob die jetzt noch solche Themen machen, die machen ja auch nur noch Kirchenfunk, das wäre denen da auch zu feministisch, obwohl es natürlich wieder ein reines Männerthema ist, und hoffentlich treffe ich die Tanja nicht, aber die ist noch zu Hause, die sollte noch in Vorarlberg sein, und sonst muss ich sie gleich fragen, wie es ihrer Mutter geht, wie sie die Chemo überstanden hat, dann wird nur mehr darüber geredet, und die Mama, die geht ja auch nicht zur Kontrolle, die gehen alle nicht zur Kontrolle, obwohl die Mutter von der Tanja, die Tanja sagt, sie war und es wäre ja bei einer Kontrolle gefunden worden, und das geht sicher gut, die Ingrid, der merkt man nichts mehr an, die sitzt ganz lustig da, die ist eigentlich viel lustiger als vorher, und die Haare sind wieder, aber sie sind dünner, dünner sind sie schon, sagt sie und der Karl, am Naschmarkt, so eine Bemerkung, und niemand hat es verstanden, ich gehe da nicht mehr hin, man kann auch woanders frühstücken am Samstagvormittag, man muss nicht in den Naschmarkt-Pavillon gehen und sich sagen lassen, mit der Haube sähe man aus wie nach einer Chemotherapie, nur die Mia hat nicht mitgelacht, aber sie schaut immer so entschuldigend, sie schaut immer so ach du lieber Himmel, der kann nicht anders und ist das nicht traurig, aber die Mia ist überhaupt anders geworden, in diesem Jahr, seit ich nicht mehr da wohne, die Mia ist, ein bisschen fremd ist sie geworden und laufen, Frau Somner, laufen, unter der Autobahn durch, da ist besonders weicher Boden, da ist Sandboden und wenn schon gehen, dann wenn Asphalt kommt, und die Luft ist hier auch nicht schlechter, der Wind verbläst die Abgase, hoffentlich, unter der Autobahn durchjoggen, das ist ja sowieso pervers, aber man merkt sie nicht, irgendwie sind die Bäume wichtiger, die Kastanien fangen das alles ab, die Geräusche und den Blick und weiter, meine Liebe, weiter, jetzt ist es nur noch 1 Kilometer, das schaffst du noch, noch einmal überwinden und dann ist es gut und das laufe ich jetzt doch auf der Straße, das ist richtig eine Befreiung, dieses Eisschneelaufen, das geht ja richtig schnell jetzt, dagegen, der Tanja sage ich, dass die weiterverhandeln wollen, die von Endemol, die Tanja würde nie verstehen, wie ich das vertan habe, die Tanja muss nur wissen, dass ich die im Dom-Hotel getroffen habe, in Köln, und dass wir uns gut verstanden haben, die Frau Mittermaier und der Herr Karsten, die Tanja wird nie verstehen, dass man mit jemandem nicht zusammenarbeiten kann, und sie hält mich ohnehin für einen Versager, und ich bin eine Versagerin, ich kann nicht einmal ein Gespräch führen, in dem ein Projekt weiterentwickelt werden soll und was stört mich denn so, an den Vorschlägen von denen, es war ja klar, dass ein Fernsehskript trottelig sein wird, und wahrscheinlich habe ich mir damit eine wirkliche Chance vertan, die reden nicht mehr mit mir, das ist doch logisch, sich lustig machen, sich über Leute lustig machen, die haben das Gefühl, dass ich mich lustig über sie mache und das toleriert keiner, und ich habe ja damit angefangen, aber die haben auch nicht den kleinsten Funken Ironie, man hätte gedacht, die wissen, was sie tun, die wissen, was für einen Scheiß sie da, aber die wissen es nicht, die nehmen das ernst, eins zu eins nehmen die das ernst und da habe ich total versagt, das hätte ich sofort begreifen müssen, und das muss man, wahrscheinlich, wahrscheinlich muss man das und denken, man macht den tollsten Hollywood-Film, wenn man für die Sendeleiste ›Heiße Herzen‹ produziert und der eigentliche Affront ist, dass sie dachten, mein treatment könnte in ihre Leiste passen, und ich hätte es machen sollen, das ist nicht verwerflich, Drehbücher für Fernsehfilme, ich hätte ja eine gute Szene hineinschummeln können, das wäre ja vielleicht gegangen, oder eine Figur, die nicht nur ans Heiraten denkt und an die Missionarsstellung, aber na gut, das einzige Glück ist German Wings, oder eigentlich nicht, den Linienflug nach Köln, den hätten die nie bezahlt, dann hätten wir das gemailt und ich hätte länger nachdenken können, ob der Eric auch noch der Assistent vom Gregor sein könnte, nur dann hätte der Eric kein Musiker sein können, sondern hätte auch Physiker sein müssen und dann hätte er für Helene nicht den appeal, Klavierspielen, Konzerte, das ist anders sexy als im Kosmos herumsuchen, die haben da ja nicht einmal Teleskope in diesem Institut, die denken ja nur nach, in der Boltzmanngasse und intrigieren, so wie überall, also das wäre ohnehin nicht gegangen, das funktioniert nicht, wenn der approach so unterschiedlich ist, ich hätte mir die Reise sparen sollen, aber Köln ist immer toll, man kann nirgends so gut einkaufen wie in Köln, in Köln gibt es die besten Schuhgeschäfte, und jetzt noch wenigstens bis zur Eisenbahnbrücke, einfach weiter, es macht nichts, langsam ist ohnehin gesünder, und nicht auf die Uhr schauen, da bleibst du stehen und der Kerl muss an mir vorbei, muss so knapp vorbeilaufen, damit ich ja merke, wie schnell er ist, wie fit, der keucht ja nicht einmal, ich pfeife richtig, beim Ausatmen, aber darum kannst du dich jetzt auch nicht kümmern, die Eisenbahnbrücke und dann nur noch bis zum Auto, obwohl, es wäre schon besser noch ein Stück weiter, wenigstens bis zu Maria im Grün, und zurück zum Lusthaus, dann wären es wenigstens 40 Minuten, und nachher geht es dir richtig gut, und du darfst richtig essen, eine richtig große Nudelportion, mit Weißbrot, oder besser doch nicht und ein Salat wäre besser, bis zur Kirche laufen und einen Salat essen, das wäre das Beste, dann würde der Hosenbund nicht einschneiden und ich würde mich sicherer fühlen, die Claudia, die hat ja da keine Probleme, die hat da nie Probleme, die sieht immer so aus, als wäre sie wieder dünner geworden, sie ist so aktiv dünn, und man muss es ihr immer sagen, vielleicht muss man in so einen Kreislauf kommen, dass einem das immer gesagt wird und dann hat man so viel Belohnung, dass es sich auszahlt, dafür zu leben und dann noch eine blonde Tönung, ich könnte mir gut eine blonde Tönung machen lassen, ich habe keine roten Pigmente, aber ich lebe zu wenig außen, ich muss mehr von außen leben, nicht immer dieses Innen so wichtig nehmen, wie sich das innen anfühlt, na dann ist es halt hungrig, innen, das muss doch zu überspielen sein, ich muss mir einfach denken, dass mich einer sieht, dass mich immer einer beobachtet und dann kann das nicht passieren, eine ganze Packung Spaghetti mit Butter und Parmesan, oder das Maple Walnut, ich habe überhaupt keine Phantasie von mir von außen, ich kann mich nicht von außen denken und dann kommen so Sachen heraus wie in Köln, ich kann mich nicht dabei sehen und dann kann ich mir auch keinen guten Rat geben, wie ich das machen soll, mit der Frau Mittermaier und dem Herrn Karsten, ich hätte ja auch auf Zeit arbeiten können, einfach lachen und den Augenblick genießen, das ist vielleicht in einer Therapie gut, das ist in einer Gruppe nett, aber da mag es auch niemand, dafür kriegt man auch kein friendship ticket und ich bin nicht weiter gekommen als bis zur Trotzphase und ich kriege halt Lachanfälle statt Wutanfälle, aber das Wegrennen nachher, das ist wie ein 3-Jähriges, die Tanja hat das immer schon gesagt und die waren ja froh, wie ich weggezogen bin, eigentlich waren die froh und die sind komisch zu mir, weil sie selber so froh waren und sich das nicht zugeben dürfen, weil sie dann nicht mehr die idealen Freundinnen sind, aber die Mia hat schon irgendetwas, das sieht man ja, sie verwelkt, irgendwie ist sie angewelkt, und hat die Tanja etwas damit zu tun, sitzt die Tanja auf ihr drauf, wollte die Mia auch weg und die Tanja hat, aber die Mia kann sich das ja auch nicht leisten, eine ordentliche Wohnung, allein zahlen, so eine Wohnung wie in der Josefstädter Straße, so eine kriegt sie nicht mehr und zu zweit ist es da ja sicher, dieses Paar da, die überholst du noch und du läufst, so lange sie dich sehen können, komm, das machst du noch und es ist ja ganz einfach, jetzt, jetzt musst du nur mehr vor dich hin und das fühlt sich schon beim Laufen gut an, wenn es wieder so funktioniert, dafür musst du nicht rund um das Lusthaus laufen, dafür darfst du gleich nach links und zur

Kirche hinauf und dann rund um die Kirche und zurück und das sind noch einmal 5 Minuten und dann ist es wirklich gut, das reicht dann, und natürlich würde es jetzt Spaß machen, gleich noch weiterzulaufen, aber da hinten, hinter der Kirche, da stinkt es nach Scheiße, es stinkt immer, wenn ich da hinkomme und das kann ich heute nicht, das vertrage ich nicht, bis zur Kirche und dann nach Hause und das Allure-Duschgel und die Tür vom Badezimmer offen lassen, damit die ganze Wohnung danach riecht, und ohne die Wohnung, ohne dieses Inselchen, es war schon richtig, ich bin ein Einzelkind, das merkt man eben, ich kann in der Wohnung sitzen und brauche niemanden, nur die Sicherheit, dass es diesen Platz gibt, dass ich mich sicher fühle, geschützt, vor Gerüchen, und dem Dreck vom Schnee auf der Straße, da könnte ich noch eher das Auto aufgeben, das muss funktionieren, mit der Claudia, diese Vorschläge, die sind genau das, was sie braucht, und die treffen einen Nerv, und, man sollte es vielleicht von der Pornoseite her aufziehen und über die Missverständnisse schreiben, die durch die Pornographie kommen, irgendwie so ›Was Ihr Mann falsch macht.‹ oder nein ›Was machen die Pornos falsch und was macht Ihr Mann deshalb falsch.‹ aber wahrscheinlich ist der Zugang über den Oswalt Kolle besser, und hat das dem Ehepaar da geholfen, die sind ja im richtigen Alter, die müssen so um die 60 sein, dann müssen sie das gesehen haben, die Mama meint, alle waren, alle haben sich ins Kino geschlichen und diese Filme gesehen, sie und alle ihre Freundinnen, der Papa kann sich nicht erinnern, und ich muss mir wieder ein paar von diesen Männermagazinen kaufen, ob die auch solche Ratgeberseiten haben, irgendeinen Dr. Sommer muss ja jedes Magazin haben, eine witzige agony aunt, das würde mir auch Spaß machen, aber in Wien gibt es so etwas ja gar nicht, in Wien gibt es überhaupt ganz viele Textsorten nicht, keine obituaries, keine agony columns, das ist schon alles ziemlich zusammengeschustert, und das kommt nur, weil es kein Geld kosten darf, wenn irgendeine Tusse sagt, sie kennt zwei andere, dann wird das gleich eine Geschichte, dann werden die beim Einkaufen fotografiert und in der Bildunterschrift heißen die dann society ladies, die Lucia, society lady, und die Fanny, ihre Designerin, und eigentlich koksen sie nur miteinander und es ist umgekehrt, die Lucia dealt und die Fanny muss ihr nachrennen, aber ich bin ja zurückgekommen, ich bin ja nicht in Berlin geblieben, nach dem Doktorat hätte ich ganz gut wieder zurückgehen können, aber immerhin bin ich nicht in Graz gelandet, da wäre jetzt viel los, aber was ist dann nach der Kulturhauptstadtzeit, dann ist alles wieder wie vorher und es ist ja nur, weil ich nicht mitmache, weil ich einfach schlecht im Mitmachen bin, da hat die Tanja schon Recht, ich strenge mich nicht an, es ist mir immer plötzlich gleichgültig, nicht mehr wichtig und dann lass ich es und sie wird schon Recht haben, dass es Unsicherheit ist, das denke ich mir auch, obwohl, es kann ja auch wirklich Gleichgültigkeit sein, vielleicht ist es mir wirklich nicht wichtig und jetzt ist es richtig, das ist perfekt, dieses ganz regelmäßige Laufen, wenn das so mühelos wird, aus Müdigkeit, das ist wunderbar, das könnte jetzt so weitergehen, es wäre nur besser, es wäre nicht der Asphalt und nach dem Lastwagen muss ich über die Straße laufen, damit ich nicht stehen bleiben muss, das wäre schade, weiterlaufen, genauso weiterlaufen, und so gleichmäßig atmen, da kann kein Problem an einen heran, dieses Atmen ist wie ein Schutzschild, und es kann mir scheißegal sein, ob ich das friendship ticket von der Redaktion bekomme oder nicht, ich werde schon irgendetwas machen, irgendwie wird das schon gehen und den Endemol-Leuten maile ich einen Vorschlag, dann können ja die entscheiden und wenn die fest angestellten Redaktionsladies es nicht aushalten, dass eine nicht bei ihnen unterkriechen will, dann kann mich das auch nur kalt lassen, und wann beginnt man Hüte zu tragen, wie das alte Ehepaar da mit dem Hund, der hoffentlich auch zu alt ist, mir nachzusetzen, ich lebe also nun bald 30 Jahre und immer gibt es diese alten Herrschaften, die Hüte tragen, und es können ja nicht immer die Gleichen sein, das müssen doch immer wieder neue Menschen sein, die beginnen, diese Hüte zu kaufen und setzen die dann auf und ist das ein Entschluss zum Hut oder rutscht man da hinein und wo bekommt man diese Hüte überhaupt noch, die Hutgeschäfte haben doch schon Mitte der 90er alle endgültig zugemacht, da gibt es nur noch dieses Walter's Hutgarten, in der Währingerstraße, aber die haben nur Damenhüte, glaube ich, wo kriegen die Männer diese braunen Hüte her und die Baseballmütze hat den mittelbraunen Filzwinterhut und den dunkelanthrazitfarbenen Trachtenhut mit mehr oder weniger breitem flaschengrünen Trachtenband noch nicht verdrängt, Wollhauben sieht man mehr als früher, das ist erfreulich, dass die Männer ihre Köpfe warm halten dürfen, mittlerweile, aber die Kriegsgenerationen, die das strikt abgelehnt hätten, die sind da nicht mehr ausschlaggebend, der Papa trägt sogar ein Stirnband, aber das ist schon eine Verweichlichung des steirischen Stierimages, aber immerhin, er kann sich diese Schwäche leisten, da ist die Mama härter, aber die hat ihre Föhnfrisur, unter der ist es wahrscheinlich auch nicht kalt und an der Kirche vorbei, dann wird das noch eine Zusatzrunde und ich habe die 50 Minuten glatt geschafft und kann angeben damit, obwohl, dann seufzen wieder alle und jammern, dass sie als Angestellte sich so einen Luxus nicht leisten können, wäre das nicht auch eine interessante Geschichte, wie die Leute in diese Altersmode hineinrutschen, wenn dann alles nur noch braun und beige wird, und auberginefarben für schön, wie in der DDR, und ist das wegen des Geldes oder wegen des Bewegungsradius oder sind es die Versandhäuser oder ist das richtig eine Identität, beschließen diese Menschen, jetzt alt sein zu wollen und was heißt das, hieße das Ruhe oder ist das Resignation und der Papa schaut manchmal schon so pensionistisch her, wenn die Nicole wieder einmal alles so viel besser weiß, auf seine Cholesterinwerte schaut sie aber trotzdem nicht und er wird es nicht lernen, da wäre er mit der Mama besser dran, heute, und es riecht ja doch komisch hier, brackig, es riecht hier brackig und das ist der Sand, das kommt vom Sand von den Überschwemmungen im Sommer, der riecht so, der hat grauenhaft gerochen, süß-chemisch hat der gerochen und das verliert sich nicht so schnell und warum habe ich jetzt aufgehört, du hättest nicht aufhören sollen, nur ein paar Schritte Überwindung, fang wieder an, du keuchst ja nicht einmal besonders, und los, ja, nur an diesem Hund vorbei, der schaut zwar auch alt aus, aber auch so ein kleiner, die beißen dann doch ganz schön und es ist ja wegen der Impfungen, solche Komplikationen, die kann ich nicht gebrauchen, jetzt, gerade, jetzt muss ich schauen, dass ich ein paar Projekte in Gang bringe und dass wieder ein Geld aufs Konto kommt, das mit dem Sex, das ist das Sicherste, ich muss mir nur gut überlegen, wie ich es der Claudia verkaufe, sonst sagt sie wieder, ich soll das mit der Tanja gemeinsam machen und dann habe ich überhaupt keine Chance und vielleicht sollte man diesen Sexratgeber da, den, den diese Schauspielerin von ›Sex and the City‹ mit ihrem Mann geschrieben hat, vielleicht sollte man den einarbeiten, und warum die 2 jetzt auch schon wieder geschieden sind, vielleicht macht es ja doch keinen Spaß, seine Frau im Fernsehen dauernd in Softpornoszenen sehen zu können, das müsste man halt recherchieren, und ein Interview, mit ihm und mit ihr und ich könnte wieder nach New York, ich muss wieder nach New York, und wenn die Amerikaner sich nur entscheiden könnten, das mit dem Irak zu lassen, dann könnte man da wieder hin, aber so, wirkliche Lust bekommt man ja nicht und ich denke, als Terrorist, ich würde wieder da angreifen, ich würde das wiederholen, das macht mehr Eindruck, als sich einen neuen Schauplatz, so wie in einem C-Horrorfilm, immer wieder auftauchen, gerade wenn die Opfer sich erholen, zu Atem gekommen sind, dann wusch und von vorne, und warum geht das jetzt nicht mehr, wegen diesem blöden Hund bin ich vollkommen heraus, und die schauen auch noch böse, weil ich zu laufen aufhören muss, das ist schon die Höhe, und ich laufe jetzt wieder und wenn das Vieh etwas macht, dann schrei ich einfach, aber das ist es ja immer, wenn niemand da ist, dann ist es wunderbar, und die

Männer machen sich immer lustig, wenn man schreit, dabei und wenn man es nicht tut, dann fragen sie auch blöd, der Gerhard hat nicht einmal mehr irgendetwas gesagt, das nächste Mal wird er sich auch nicht mehr ausziehen, wie auf diesen Biedermeierpornos, die Männer vollkommen angezogen und die Frauen vollkommen ausgezogen, kleine Schleierchen um die Taille, und alle mit allen, Fickketten, und alle lächelnd, freundlich lächelnd und die Beine so zierlich gesetzt, die Schühchen der Männer die Spitzen nach außen gedreht und wie ein Tanz, die eine auf dem Schoß sitzen und den Busen von der Nächsten, in die der Nächste den Schwanz von hinten und die Frauen den einen drinnen und mit der Hand die Eier vom wiederum Nächsten, und währenddessen, während alle, es müsste sein wie Chorgesang, alle in der gleichen Phase, alle die gleiche Melodie, das könnte interessant sein, und niemanden kennen, oder nur dafür, in den Swingerclubs trinken sie dann ein Bier nachher, das könnte ich nicht aushalten, man weiß ja doch ohnehin alles über die Leute, mit denen man ins Bett, das dürfte nicht bestätigt werden, und niemand benimmt sich gut genug für solche Phantasien, und ist das der Grund für die Masken in ›Eyes wide shut‹, der Biedermeierporno von Schnitzler weitergeträumt und national getränkt, damit man die Frau schlachten kann, damit die Frau sich vollkommen hingeben kann, sich opfern, das würden die lächelnden Biedermeierodalisken nicht tun, die waschen sich die Hände und gehen nach Hause, aber das können die Herren Schnitzler und Kubrick nicht aushalten, dass sie eine ficken und die leidet nicht daran, irgendjemand hat immer Masken auf, beim Vögeln beim Kubrick, aber sie können es bis heute nicht, es ist immer ein Problem, auf welcher Ebene sie einen kennen, kennen wollen, es war ein Problem für den Wolfgang, der ist dann nicht mehr zum Naschmarkt frühstücken gekommen, an den Samstagen, er war verlegen, dabei war alles normal, er war sogar ambitioniert, das war nicht unangenehm, aber wenn man sich schon vorgenommen hat, es darf nur dieses eine Mal sein, wenn das ausgemacht ist, dann ist es so, und sentimental ist er geworden, oder verschreckt, dann, und er ist mir aus dem Weg gegangen, aber vielleicht war das wegen der Tanja, oder der Mia, vielleicht hat er das denen gegenüber nicht ausgehalten, und das sind dann wieder die vorgezogenen Vorhänge, und nur noch diesen Weg zurück, dann bist du total im Plus, dann hast du etwas geleistet, dann hast du die beste Grundlage für das Gespräch, und keine Aggressionen, nach dem Laufen bist du dann ja auch ruhig und kannst die Claudia in Ruhe fragen, was sie sich vorstellt und wie das weitergehen soll mit ihrem Magazin und ob sie sich vorstellen könnte, dass ich da eine Rolle, die glauben immer, man braucht kein Geld, wenn man nicht darum bettelt und das so genannte Volontariat, das habe ich hinter mir, jetzt könnten sie mich einen ordentlichen Text allein machen lassen, es kostet sie ja ohnehin weniger, das lässt sich ja gar nicht alles richtig verrechnen, allein die Zeit, die ich jetzt darüber nachdenke, das ist alles Arbeitszeit, und die Telefonate und die Gespräche, die gehen ins Büro und haben da alles und die Sicherheit, aber das machen wir nicht, ich kann die Tanja nicht als, die wäre dann meine Vorgesetzte, das geht nicht, das nimmt sie zu ernst, da müssen sie wirklich Jüngere nehmen, die machen ohnehin ein Volontariat nach dem anderen, bei der Vogue in New York gibt es überhaupt nur mehr 3 Redakteurinnen, alles andere machen diese noch jüngeren Frauen, frisch von der Uni und hoffnungsfroh, und wenn sie das dann nicht mehr sind, dann kommen die Nächsten, und sogar die Sarah hat sich nicht gehalten und das als Tochter vom Dennis Hopper, das ist wirklich levelling, und jeder hat eine Chance und wenn man will, dann schafft man es, und ich war eben nicht hart genug, und ich nehme nichts ernst genug, die Zeit in New York, die habe ich richtig vertan, da waren die zähen kleinen Mädchen besser als ich, da hätte ich mich nicht besser fühlen sollen, die haben ihre Ziele verfolgt, und ich bin immer noch da gesessen und habe Kaffee getrunken, ich kann mich nicht genug quälen, das war ja immer schon so und 50 Minuten laufen ist ja auch keine große Leistung, meine Liebe, eigentlich ist das eine Grundvoraussetzung und manche Leute tun das jeden Tag und die stehen früh auf oder tun es noch am Abend und es ist ja schon wieder so, ich sollte bis zum Auto laufen und nicht gehen, es ist ja nur besser, noch ein paar Minuten zu gehen und dann bist du besser drauf, nachher, als wenn du dich direkt ins Auto fallen lässt, Ausreden, Ausreden, aber lass es jetzt einmal, und morgen ist ja keine Zeit, aber übermorgen sollte ich wieder und vielleicht früher, und dann ist der Tag ganz und heute Abend kann ich mich dann hinsetzen und einmal alles überlegen, eine Liste machen, was ich machen werde, in diesem Jahr, und wie das ausschaut, und im Sommer, das wird wunderbar, im Sommer wieder, im Frühling, und wie man sich Hitze nicht vorstellen kann, wie widerlich das sein kann und sich nur wünscht, wieder die Luft an die Haut, und es ist alles gut, gerade jetzt ist alles gut, es ist ganz gleichgültig, was der Alfred macht, jetzt gerade, es ist mir ganz wurscht, superwurscht ist mir das und wo er gerade, und der Gerhard sowieso und überhaupt, ich werde das schon machen, die Welt wird mir einen Platz lassen müssen, wenn die Claudia nicht will, dann gibt es andere Möglichkeiten, es muss ja nicht in dem Verlag sein, am besten wäre es natürlich, für eine deutsche Zeitung, aber die sind ja auch so kaputt, da schreiben auch nur mehr die Fixangestellten, dann muss ich das halt fertig schreiben und dann anbieten, das ist ja dann nur für das erste Mal, schreiben kann ich, und ich muss nur sagen, dass ich länger in New York war als ich war und beim Falter geschrieben habe, das hat bisher überall gereicht, ich muss mich nicht so herunterstufen, wenn man Anpassung nicht kann, dann muss man das verkaufen, die Claudia hält das sowieso für exotisch, sie kann sich das nur nicht vorstellen, nichts machen, das ist unerklärte Zeit für sie, das ist ihr verdächtig, diese Supertussen können sich ja nicht einmal vorstellen, dass es einen wirklich nicht interessiert, wie man aussieht, was die anderen zu einem sagen, und dass einem das Leben wichtig ist und nicht das Funktionieren, die macht das besser als die Mama und die war die Weltmeisterin in Fassadengestaltung, die war ja nicht einmal nach dem Schlafen unfrisiert und schlampig angezogen nie, das war die nie und warum hat sie mir das nicht besser beigebracht, aber das wollte sie für sich, das wollte sie gegen mich und damit hat sie mir dann eigentlich beigebracht, außerhalb zu sein, die Person, die schaut und nicht die, die angeschaut wird, deshalb sitze ich so schwer in mir und schaue hinaus und kann mich selber nicht sehen, aber die brauchen mich deswegen, die brauchen mich genau deswegen, das braucht auch die Claudia und die Tanja und sogar die Mia, die brauchen jemanden, der das sieht, wie perfekt sie sind, ich sollte die Hose vom Hosenanzug nicht bügeln, das gibt der Claudia ein Überlegenheitsgefühl, obwohl, sie erwarten, dass man ihnen nacheifert, dass das alles kein Problem ist, besser ich bügle die Hose ordentlich und bewundere sie, dann schaut sie gar nicht, und wahrscheinlich muss ich sagen, dass es ein Fehler war, die feste Stelle nicht zu nehmen, aber da habe ich mich ja auch wirklich getäuscht, da habe ich die Mediadaten wirklich nicht richtig gelesen, eine neue Frauenzeitschrift und ein Verkaufserfolg, noch eine Brigitte, das hätte ich mir nicht gedacht, aber es geht nur nach Generationen, Brigitte, das ist die Generation von der Mama und die reden jetzt über Menopause und das widert die Jüngeren an und die wollen jetzt auch, und jetzt haben sie was Eigenes und reden über Schönheitsoperationen, obwohl, hier sind sie erst beim Busen, ich bin neugierig, wann das erste Inserat für eine Scheidenverschönerung im Blatt ist, aber es ist ja logisch, und wenn man es so haben könnte, so einfach haben, dann würde ich mir auch einen größeren Busen kaufen, der so oben steht und ich bin ja nur zu wehleidig, ich laufe ja nicht einmal die ganzen 50 Minuten, ich spaziere nach 43 Minuten wieder herum und fühle mich heilig und bin schon stolz, sehr gequält habe ich mich da nicht, aber das Maple Walnut ist wenigstens ausgeglichen und gegen das Schlagobers muss ich nur das Abendessen heute Abend ausfallen lassen, und jetzt wäre ein bisschen Herumspringen gut, dazu hätte ich Lust, aber das schaut ja blöd aus, wenn ich auf der Wiese hinter dem Lusthaus im Schnee herumtanze, auf jeden Fall ist das geschafft und ich bin rot im Gesicht, neonrot, und die Augen werden klar sein und die Haut ganz glatt und das immerhin und wenn du gut bist, gehst du noch eine Runde um das Lusthaus, der arme Kreislauf, gleich ins Auto fallen, im Schnee wäre es jetzt schön, Schnee und Sonne und Schifahren, auf einem weichen schönen Schnee, mit diesen tiefen Wolken hier, es schaut ja auch, als könnte es nie wieder hell werden, immer dieses mulmige Licht, die Luft die gleiche Farbe wie der schmutzige Schnee und die Kälte deshalb so unerträglich, es ist wegen der Farben, das macht einen trostlos und dann ist einem dreimal so kalt, wenn alles weiß ist, dann kann man das viel besser aushalten, dann würden diese Paare mit den Hunden einen nicht so deprimieren, wenn sie so nebeneinander gehen und beide nur den Hund anschauen, vor sich hin auf den Hund, aber sie gehen nebeneinander, ich habe niemanden, ich fühle mich besser und laufe allein und müsste allein spazieren gehen, ich habe nicht einmal einen Hund, aber ich will ja auch niemanden, aber hätte ich jemanden, wenn ich wollte, wenn ich nicht allein sein wollte, der Gerhard, der ist ja ein Pausenfüller, weil es besser ist zu grinsen, wenn jemand fragt, ob es einen gibt, und das ist ja auch praktisch, es wäre praktischer, wenn ich bestimmen könnte, wann er Zeit hat, es ist einfacher so als ganz allein, da würden sich alle interessieren und ich hätte ja auch das Gefühl, frigid zu sein, und das habe ich ja ohnehin und dann wäre es bestätigt und vielleicht sollte ich doch noch eine Analyse anfangen, oder vielleicht ist etwas mit meinen Hormonen nicht in Ordnung, wenn es mir nicht so wichtig ist, weil ich immer lieber verliebt bin und dann erst Sex und ohne Gefühle nicht so interessiert, die Tanja würde das nicht verstehen, da müsste ich schon wegen ihr ab und zu einen mitnehmen und wahrscheinlich ist es nett, mit dem Mann und dem Hund in den Prater gehen, wahrscheinlich ist es nett und du kennst es nur nicht, stummes Einverständnis, und nicht jeden Augenblick alles erklären müssen, es geht ja wahrscheinlich nur so, und ich war da ja schon lange nicht mehr drinnen, in dieser Paarwelt, und du musst den Papa anrufen, wie es Neujahr war, ob die Nicole dann wirklich weggefahren ist, oder nicht, das Gescheiteste wäre es ja, wenn er wieder mit der Mama zusammen wäre, die würde ihn schlecht behandeln, aber nicht so abfällig wie die Nicole, und die glaubt dann auch noch, dass ich sie verstehen müsste, die kann doch nicht erwarten, dass ich mir solche Gedanken über meinen Vater mache, und das Auto gehört dringend gewaschen, ich sollte es in der Börse putzen lassen, die machen das so gründlich, aber 40 Euro, das ist schon viel, im Augenblick, in der Waschstraße in der Sieveringer Straße kostet es 10, obwohl es früher nur 100 Schillinge gekostet hat, und sitzen, ach, ist das angenehm, das ist richtig angenehm, brav warst du, wirklich brav, meine Liebe, brav, nicht toll brav, aber brav brav, und jetzt weiter, die Haare müssen dann trocken sein, und ich will ja nicht verhetzt zur Claudia kommen, und mit kurzen Hosen laufen, das ist übertrieben, spürt der Kerl da nichts, mir würden die Knie wehtun, vor Kälte, und diese rotfleckige Haut, das schaut ja auch fürchterlich aus, ein Gesundheitsfreak, und er schaut auch noch so, besserwisserisch schaut der, na gut, dass ich schon im Auto sitze, von dem überholt zu werden, das wäre schon eine Provokation, da hätte ich dann doch noch schnell laufen müssen, ich habe ja nicht einmal einen Endspurt geschafft, gehen, weil es für den Kreislauf richtig ist, du findest doch immer eine Ausrede, obwohl, du hast einen niedrigen Blutdruck, ich könnte ja jetzt kein Bad nehmen, da würde mir schwindlig werden, allen meinen Freundinnen wird schwindlig, wenn sie richtig warm baden, alle meine Freundinnen haben einen niedrigen Blutdruck, und vielleicht ist der Blutdruck von jüngeren Frauen eben einfach niedrig, aber dann wäre der Blutdruck ja normal und dann müsste man ihn nicht niedrig nennen, wenn er normal wäre, wir fragen einander, hast du auch einen niedrigen Blutdruck, und dann sagen alle ja und eigentlich könnte man doch sagen, der normale Blutdruck jüngerer Frauen ist etwas niedriger und dann hätten wir alle einen normalen Blutdruck und es wäre nicht schon wieder eine Abweichung von der Norm, aber das kann man in der Claudia ihrem Blatt nicht besprechen, das wäre ja politisch, da wird erst darüber berichtet, wenn die amerikanische Gesundheitsbehörde das auch so sieht, nur keine Avantgarde, das ist unsympathisch, das verschreckt die Leserin, aber Frauen sind doch nicht blöd, denen kann man doch etwas zumuten, wenn das richtig begründet ist, dann ist es ja doch ohnehin selbstverständlich, dann kann man es auch sagen, aber das kommt von New York, dort ist das alles wirklich selbstverständlich und auf Englisch ist das alles so glatt zu sagen und man steht nicht so blöd da wie hier, wenn man das Richtige will, und warum stirbt der Wagen ab, es ist doch alles in Ordnung, das kann nur die Batterie sein, hoffentlich ist das nicht die Batterie, das kostet wieder, Batterien, die haben früher 5.000 Schillinge gekostet, wahrscheinlich kosten die jetzt 500 Euro und ich habe kein Geld dafür, ich lasse es besser, sonst säuft mir der noch ab, das hat gefehlt, das hat mir noch gefehlt, damit wird es wieder eng, wenn mir das Auto jetzt streikt, dann muss ich absagen und ich habe das handy nicht mit, extra, damit es nicht im Auto herumliegt und ich in Ruhe laufen kann, ganz allein, vollkommen ungestört und dann kann ich den ÖAMTC nicht rufen, aber na gut, irgendjemand wird ja ein handy hier haben, na, der nicht, der mit den kurzen Hosen, warum rennt der denn schon wieder vorbei, was läuft denn der für eine Strecke und jetzt komm, jetzt machen wir es, ja, so ist das, ja, das ist gut und jetzt ab durch die Mitte und rasch, sonst geht sich die Dusche nicht wirklich aus, und was war das jetzt, Alterserscheinungen, wenn ich wieder in Graz bin muss ich das Auto zum Ranzinger geben, da zahlt es mir die Mama, und bis dahin benehmen wir uns ganz superordentlich automäßig, ja, das fehlt ja gerade noch, aber es kommt ja alles in Wellen, alle drei Jahre kommt so eine Welle von Miesigkeiten, und ja, das war alles vor zweieinhalb Jahren, da wird es jetzt langsam wieder Zeit, aber das macht uns nichts, das macht uns gar nichts, ich werde nur einen Salat essen, und regelmäßig laufen, wenn die Figur stimmt, dann ist es nicht so schlimm, krass wird es erst, wenn alles aus dem Leim geht, dann beginnt das Elend wirklich, die Ruth ist nur noch mit ihren Diäten beschäftigt, die kann nur noch über Essen nachdenken, aber dafür muss sie sich nicht mit dem Dominik beschäftigen, für das Kind ist das halt nicht gut, und jetzt möchte ich aber schon einbiegen, langsam, was ist denn los, warum fahren denn hier solche Schlangen von Lastwagen, heute, ist da eine Umleitung, da führt es doch nirgends hin, nach rechts, wo führt der Handelskai da hin, da ist doch nur noch dieses Fischrestaurant, wo sie den Garten so kaputtgemacht haben, Bäume durch Sonnenschirme ersetzen, wem fällt so etwas ein, da waren wir nicht mehr, da gehen wir nicht mehr hin, die Esterhazyschnitten waren auch nichts mehr, auch komisch, alle Restaurants die Donau entlang haben Esterhazyschnitten als Spezialität, na endlich, das hat aber jetzt auch gedauert, ist in Niederösterreich schon wieder Wahlkampf, oder macht die SPÖ nur einfach Sympathiewerbung für ihre Kandidatin, die schaut kompetent aus, oder denkt man das bei diesen Kräftigeren, wie bei der Königskobra, damit man etwas Gutes über sie denken kann, weil man sonst denken muss, dass sie nicht hübsch sind, oder ist es einfach eine Schicht Camouflage weniger, die Riess-Passer hat eine irrsinnig hohe Beurteilung bei der Kompetenz, die Kompetenz an der Oberfläche und wir Post-Brigitte-Generationen, wir können ja aus jedem Typ etwas machen, you only have to make the effort, einmal Vorher und Nachher bei der Typberatung, am besten öffentlich und die Aufnahme ist durch und das ist genau das, was mir fehlt, die Deklaration, mich anzustrengen, doch eine Tönung, und eine vollkommene Typveränderung, von Herbst auf Sommer, weg von den erdigen Farben und ganz hell, du traust dich das nur nicht, weil sich wirklich alles ändern würde, aber vielleicht als Selbstversuch, vielleicht sollte ich das der Claudia vorschlagen, die Sexinfo, die Vater/Tochter-Story und ein Erfahrungsbericht, ›Blond‹, vom ersten Farbpatzer auf dem Kopf bis zum Abend im future garden und Fotos davon und dann könnte ich mit der Mia herumziehen, das wäre nett, und hoffentlich fahren diese Laster alle auf die Autobahn auf, wenn wir so weitertun, da komme ich nie nach Hause, aber es ist mir auch wurscht, das ist ja das Angenehme nach dem Laufen, es ist das meiste gleichgültig, und ich muss ja nicht einmal schnell fahren, die Blondgeschichte, die ist natürlich tausendmal geschrieben, und es ist ja auch klar, was herauskommt, es wird nichts Neues sein, das kann auch nur eine von diesen Geschichten werden, die halt geschrieben werden müssen, für jede Generation, wir erwarten ja auch nicht so viel von den Männern, die Mama, die ist immer noch empört, die kann sich irrsinnig aufregen, aber das ist so unrealistisch und dann wird man bitter, wenn die Vorstellungen so unrealistisch sind, man kann nicht davon ausgehen, wie es sein sollte, da macht man sich verrückt und die Männer sind ja auch geworden, die beschließen das ja auch nicht, dass sie so werden, wie sie sind, denen passiert das doch auch, sie denken halt nicht so viel nach, darüber, dann müssten sie ja Sachen hergeben, der Gerhard müsste sich Gedanken machen, wie er das alles so macht, im Bett, und dann würde alles zusammenbrechen, dann käme er zu nichts, das würde nicht funktionieren für ihn und ich möchte ihn auch nicht fragen haben, ›Ist das richtig für dich.‹, ich hasse diese Frage, so eine Fragerei, wenn das nicht von allein gesagt wird, nur weil einer einen Entschluss gefasst hat, oder in einer Paartherapie war, da könnte ich nicht mit, das könnte ich nicht mitmachen, ich könnte nicht mit dem Gerhard dasitzen und besprechen, was mir fehlt, im Bett, dass ich ihm jeden Orgasmus vorspiele, dass mir das aber Spaß macht, es macht mir Spaß, den Orgasmus vorzuspielen und dann macht mir das Ganze Spaß und nach

Freud genügt das ja, da genügt es ja, dass ich den Schwanz gerne drinnen habe, und herumturne und ich könnte es mir währenddessen machen, aber das kann der Gerhard nicht aushalten, da zieht er mir die Hand weg, aber der Alfred hat sich darum auch nicht gekümmert, der hat halt mehr herumgespielt, aber das war auch nur so unabsichtlich und dann funktioniert es ja, ich kann es nicht aushalten, wenn einer beschließt, er wird mich jetzt befriedigen, da fühle ich mich erst richtig unterdrückt und wahrscheinlich ist das gestört, und wahrscheinlich führt das zum Maple Walnut mit Schlagobersbergen, es muss dann doch etwas mit Macht zu tun haben, überlasse ich mich jemandem wirklich dazu, das ist mit dem Tommy so gegangen, aber den habe ich immer schon gekannt, schon als Kind und da hat man anders reden können, und wäre das das, was mit einem Vater so einfach ginge, weil dem das alles irgendwie schon gehört, wenn man so denkt, dann gehört es ihm ja, und bekannt ist man ihm ja auch von immer, und natürlich weiß ich überhaupt nichts über Zwang, ich weiß überhaupt nichts über enge Situationen, das haben sie mir wirklich erspart, das muss man ihnen schon lassen, die Störung ist vielleicht ja sogar die, dass ich es mir nicht vorstellen kann, in diesen lockeren Beziehungen, zu meinen Eltern, zu jedem getrennt und mit aller Freiheit, da schaut dann alles easy aus, und nett, und dann hat man keine Angst vor irgendetwas und dann doch, na, das ist doch sehr gut, die fahren alle jetzt nach links und machen Stau in Richtung Prag, und wir haben unsere Ruhe, es ist schon wirklich trostlos, so ohne Sonne, so ganz ohne Sonne und wie lange war jetzt keine Sonne, wenn ich wenigstens in den Bergen sein hätte können, warum bin ich in Wien geblieben, ich hätte doch zur Moni nach Schladming, leider haben die da auch keinen Schnee, aber die Berge sind immer schöner als dieses braungrau vereiste Wien und der einzige Vorteil von so einem Wetter in Wien sind die gefrorenen Hundstrümmerln, und ja, ihr fahrt auch noch auf die Autobahn und macht Stau auf der Südosttangente, aber es sind ohnehin alle in Wien geblieben, beim Engländer sitzen alle schon wieder da und jammern, und weil sie immer schon gejammert haben, muss sich jetzt auch nichts ändern und die haben alle Geld, entweder haben die ihre Abfertigungen oder Arbeitslose und sind versichert, und ich habe gar nichts und dann sagen die ohnehin, dass man selber schuld ist, und das ist schon ein Supersozialdarwinismus und dann gleich wieder ein Henry James, wenn der Goggi bei der Daisy bleibt, obwohl er die Diana lieber hätte, weil die Daisy das Geld hat und die Diana nicht und er aus der Bank hinausgeflogen ist, weil man da die Aristo-Pausentrottel jetzt endgültig nicht mehr bezahlen will, aber der Goggi geht seine Arbeitslose abholen und findet das geil und macht sich über das Amt lustig, wenn er das Geld beim Engländer versauft und das ist schon alles, ist das krank oder ist das nur normal und es ist wie mit dem Blutdruck, es geht nur darum wo die Linie gezogen wird und was dann eine Abweichung ist und der Goggi ist normal, nur muss er es nicht merken und das ist dann die ganze Privilegierung, dass man es nicht merken muss, mich macht das wütend, das ist ganz genau wie die Geschichte mit der Chemo, sie benehmen sich, als gäbe es keine Gefühle, keine Verletzung, als wäre alles gleichgültig, wirklich gleichgültig, mit wem man ins Bett geht, mit wem man isst, die Person muss nur dazugehören, das schon, aber dann auch gar nicht, wenn der Karl mit dieser gefärbten Blonden einfach weggeht und dann erzählt, davon, dann ist ja auch klar, dass gar nichts gilt und ist das der Grund, warum ich immer noch die Hedda Gabler sein will, es denen zeigen, mit dem durchschossenen Kopf ihnen vorführen, was sie uns antun, und es wäre eine richtige Wichtigtuerei und es würde ja auch niemandem auffallen, der Banker, der sich da erschossen und den Scholten so angeklagt hat, der ist tot und der Scholten lebt sehr gut weiter, der macht sich sicherlich keinen einzigen Gedanken, das ist wirklich traurig, diese Verzweiflung, die niemand hören kann, die nur die selber wissen können, und wie dieses Selbstopfer, welches Drama und keine Wirkung, die sind nicht einmal wirklich betreten, der Kurti läuft herum und wird dick und dicker und die Helene gibt es nicht mehr, und alle leben weiter, niemand ist ein Denkmal für die Gestorbenen, jedenfalls niemand von der dekadenten Partie beim Engländer, es gibt ja auch noch andere Leute, sogar in dieser Stadt, hoffentlich jedenfalls, und wie wäre es, da zu wohnen, haben die da einen Ausblick auf die Donau, das muss nett sein, wenn das nichts mit den Überschwemmungen zu tun hat, so knapp an der Donau, dann muss das ganz schön sein, aber wahrscheinlich sind diese 70er-Jahre-Bauten laut, die haben da nicht ordentlich abgedichtet, beim Gottfried kann man den Nachbarn husten hören, wenn man da die Musik nur ein bisschen lauter, und warum muss ich bei jedem Haus überlegen, wie das wäre da zu wohnen, bei jedem Spaziergang, bei jeder Autofahrt, immer sehe ich mich hinter den Fenstern, in den Gärten, auf den Balkons, heißt das, ich wünsche mir das alles, und ein ganz anderes Leben oder sind das immer noch Zukunftsträume, aber mein liebes Issilein, deine Zukunft ist gerade, wenn du dir nicht bald etwas überlegst, die Mama hat heute nur, was sie schon mit 30 gehabt hat, den Job, das Kind, nur der Mann hat gewechselt, und ich habe keinen Job, kein Kind und die Männer sind Wechselbälger, seit dem Alfred nur noch irgendwelche und die Beziehungsproblematik und keine Aussicht auf eine Festigkeit, Job kriegt man keinen mehr, da hätte ich auch das Lehramt machen können, die Frau Gehrer stellt mich nicht an, die stellen alle niemanden an, die behalten die Stellen für sich, die Gehrer verteidigt als Ministerin ihre Stelle als Volksschullehrerin, aber das machen sie alle, sie gehen in die Politik und behalten ihre Ängste, weil sie sonst keine Beweggründe wissen, und dann werden keine Junglehrer eingestellt, oder neue Redakteure, oder neue Ärzte, und das sagt sogar die Mama, dass die Welt nur mehr territorial ist und dass sie sich das nicht gedacht hätte, aber die, die da jetzt regieren, die waren ja auch in den 60ern nicht für Freiheit, die haben bis jetzt warten müssen, dran zu kommen, die genießen ihre Stunde, der Gerhard, der sagt das ja auch, der liegt mit einem im Bett und redet über Familienwerte und dass die Allgemeinheit solche Regeln braucht, er nicht und ich nicht, so lange ich ihm die Wohnungstür aufmache, und da habe ich mir einen richtigen Ekel zusammengefangen, aber irgendwie ist das interessant, das Entdecken, und er hat überhaupt keine Angst davor, er ist ganz sicher und das macht es noch interessanter, er ist ganz sicher, dass ihm niemand Probleme macht, nicht privat, da lacht er, und die ganze Geschichte mit ihm ist diese Entdeckungsreise seinen Verwandlungen entlang, und es war wirklich aufregend, es war wirklich aufregend und warum lässt mich dieser Trottel da hinten nicht die Spur wechseln, du lieber Himmel, kostet es ihn seine Potenz, wenn er mich da hineinlässt und ich vergesse es immer, dass hier diese Abbiegespur ist, und na und, dann fahre ich halt über die Sperrlinie und brauche den nicht, dass er mir Platz lässt, und dabei ist nicht einmal ein Stau, da verstehe ich es ja noch, dass man sich aufregt, wenn jemand sich in die Kolonne drängt, aber das ist ganz normaler Fließverkehr und nicht einmal dicht und dabei ist es mein Recht, es ist mein Recht, die Spur zu wechseln und den Platz dafür zu bekommen, und das hat er nur gemacht, weil ich eine Grazer Nummer habe, da darf ich keinen Platz haben, auf den Wiener Straßen, oder er war in das Palmers-Plakat versunken, diese weiße Unterwäsche, die ätzt, in Österreich braucht ja kein Mann mehr in ein striptease-Lokal gehen, da hängen die Palmers-Plakate herum, und ich würde mich als Zuhälter aufregen, über die Geschäftsstörung, der Kerl da, der hat jetzt sicher einen Steifen und muss nicht einmal dafür zahlen und auf der nächsten Plakatwand hängt dann die mit der roten Unterwäsche und glüht ihn an und dann hat er den nächsten Steifen und so kann er seine Frequenz erhöhen, ohne dafür etwas tun zu müssen, wahrscheinlich ist das langweilig, oder vielleicht, vielleicht ist das sogar mühsam, ist das nicht der Grund für das Verschleiern, in der Logik der Paschas befreit sich der Pascha ja vom Zwang der Verführung, ich hätte es auch nicht gern, wenn ich dauernd geil werden müsste und so ein Steifer, der ist ja nicht zu übersehen, da habe ich meine Geilheit lieber, die lässt sich doch sicher verstecken, und mit einem ordentlich gefütterten push up können die nicht einmal mehr meine Brustwarzen sehen, ob die hart sind oder nicht, und man kann es sie nicht sehen lassen, wenn wir alle nur Spaß hätten daran, dann könnte man ja grinsen darüber, aber dafür muss ich in den future garden gehen, so, auf der Straße, da geht das nicht, da geht das nicht, weil alle so geprügelt sind, bei so einer Wirtschaftslage sitzen schon alle so hinter dem Lenkrad, den Kopf so eingezogen, für die Prügel, von den Leuten, die alles kaputtgemacht haben, der Herr Schüssel ist jetzt schon immer in der Politik, der hat doch nur Politik gemacht, der hat immer Politik mitgemacht, das, was wir heute haben, das hat der mitgemacht und wieso soll der uns jetzt herausholen, der ist so alt wie die Mama, nein, der ist jünger und hat alles mitgemacht, und der Gerhard ist noch älter, die haben es kaputtgemacht und entlassen dafür jetzt alle auch noch, und wie kann das funktionieren, dass die jetzt auch die Stimmen von der FPÖ bekommen haben, wie machen die das, dass es so ausschaut, als wären sie wieder neu, die haben doch schon immer alles ruiniert, seit ich mich erinnern kann, wird alles weniger, aber das liegt an den Prioritäten, die Leute müssten beschließen, was sie wirklich wollen, und die glauben, es geht vor allem ums Heizen, wenn wir uns alle darauf einigen könnten, dass es ums Ficken geht, dann könnten wir eine ganz andere Politik machen, wenn es nicht immer um diese Kleinbürgerlichkeiten ginge, dass alle so tun, als wären wir im 19. Jahrhundert und müssten uns gegen Fluten von Bettlern und Prostituierten aus anderen Ländern wehren, imgrund wird doch nur immer das Armenrecht repariert, diese ganze Asyldebatte ist doch nur eine Armenrechtsdebatte und wenn man das Ficken als Grundrecht definiert, dann schaut das gleich alles ganz anders aus, aber das bleibt privat, weil sonst der Immobilienmarkt und die Börse vollkommen zusammenbrechen, wenn alle sagen, sie wollen es nur ein bisschen gut haben, dann ginge sich das schon mit den Sparbüchern in Österreich aus, wir alle investieren nur noch in unser erotisches Vergnügen und kümmern uns erst dann um die Jobs, dann gäbe es jedenfalls genug und der Mann hätte mich in die Kolonne hineinlassen können, und wir würden einander viel besser verstehen, wenn es darum ginge, vordergründig, und nicht so versteckt, aber dafür sind wir zu verdorben, ich will ja auch die vorgezogenen Vorhänge, ich will ja auch nicht gesehen werden und ich lasse ja sogar die Jalousien im Schlafzimmer herunter, auch wenn ich es allein, eigentlich könnte ein Beobachter sehen, wann ich onaniere, ich mache die Jalousien ja nur dann zu, eigentlich, und Gott sei Dank bin ich keine Agentin, ich käme den Leuten nur auf solche Sachen drauf, ich würde das sofort richtig deuten, manchmal geschlossene Jalousien vor Fenstern, wenn die Jalousien einen Tag lang nicht aufgingen, ich wüsste gleich, was das bedeutet, ich wäre ja auch eine gute Diebin, wenn die albanischen Banden mehr vom Leben hier verstünden, dann könnten sie viel mehr abräumen, obwohl, denen macht die Gewalt ja sicher Spaß, das sind ja immer nur Lebenszeichen, die andere kosten, andere Leben, und war das jetzt eine Dokumentation oder gespielt, ich darf den Fernseher nicht so einfach aufdrehen, dieses schluchzende Atmen, das war doch Hyperventilieren, so muss Hyperventilieren klingen und in einer

Fernsehserie hätten sie die brown bag geholt und sie hineinatmen lassen, ganz langsam die brown bag vollblasen und dann ist alles gut, aber die haben die erschossen, ganz schnell, damit sie dieses schluchzende Aufziehen nicht mehr hören müssen und der eine ist allein gegangen, der ist da hingegangen, da, links von der Kamera und sein Brustkorb, den Brustkorb hat es hochgeworfen mit diesem Schluchzen und dann war er still, und kann man das spielen, war das eine Spieldokumentation, aber wahrscheinlich nicht, es war spät, so spät, da zeigen sie auch so etwas, und wenn das so ist, wie diese Männer sterben, dann ist das unverständlich, vollkommen unverständlich, das ist so krass, das kann keiner wollen, aber die glauben wahrscheinlich, dass es sie nicht trifft, oder es erwischt sie, das war ja aus dem Jugokrieg, die haben da serbokroatisch geredet, oder so etwas, war das eine niederländische Doku von Srebrenica, wie sie das machen, so eine Massenerschießung, aber das können sie nicht zeigen, das können sie nicht einfach so zeigen, das war aus einem Film und ich hätte warten sollen, oder mir eine Programmzeitung kaufen und nachschauen, was das gewesen sein hätte können, obwohl, Sterben, es geht schon darum, das zu zeigen, in Starmania geht es ja auch nur darum, wie die das überstehen, diese Augenblicke, wenn sie knapp vor der Auslöschung sind, da gehen die Kameras immer gleich auf die Augen, aber man kann es nicht sehen, bei dem Mann da, da hat man nichts gesehen, da hat man nichts sehen können, der ist nur gegangen und hat auf den Boden geschaut, wie er gehen soll, hat er da geschaut und es war ja nur das Atmen, und dieser Ton, dieser schluchzende Ton, ein tierischer Ton war das, und gut, dass ich schon so verschwitzt bin, ich habe gleich wieder einen Schweißausbruch bei diesen Bildern, und ich muss dringend etwas trinken, nur im Auto, bei diesen Temperaturen, da ist das zu kalt, einen halben Liter, eine halbe Stunde laufen, das kostet einen halben Liter und ich trinke zu wenig, vielleicht muss ich mehr trinken, vor dem Laufengehen, damit ich nicht so fertig bin, dann, vielleicht habe ich zu wenig getrunken, obwohl, 1 Kaffee und 2 Glas Wasser und in der Nacht, das Maple Walnut, das ist ja auch Wasser, halt Zuckerwasser, aber Wasser und besser als eine Dose Kaviar mit dem ganzen Salz, da könnte ich laufen, was ich wollte, da würde das Schlupflid nicht zu übersehen sein und die Claudia könnte ihre Nase rümpfen, und vielleicht sollte ich ihr dazu Gelegenheit geben, und ich darf nicht an das Gespräch mit dem vom Magazin von der Süddeutschen denken, mit Leuten, die gerade entlassen worden sind, hat es keinen Sinn zu reden, die geben es nur weiter, der Artikel über Serviererinnen vom Oktoberfest, der war sehr gut, der war gut recherchiert und der war gut geschrieben und es ist nicht meine Schuld, dass der Fotograf nichts zusammenbringt, und ich kriege ja mein Honorar, und sie bringen ihn ja wegen der Bilder nicht, weil die nichts sind, und du kannst nicht erwarten, dass alle das richtig finden, wie du das machst, denen von der Süddeutschen ist der Frauenaspekt höllisch gleichgültig, die haben ja auch kaum Frauen in der Redaktion und die letzten schmeißen sie jetzt hinaus, aber das tun sie überall, die unverheirateten Männer müssen auch gehen, weil sie nicht genug Punkte zusammenbringen gegen die Entlassung, das ist keine Zeit für singles, obwohl niemand eine Familie ernähren könnte, ich könnte das keinem

Kind antun, diese Unsicherheit und dass es dann ja doch vielleicht von den Großeltern leben muss, von der Großmutter, die immer brav in der Schule geblieben ist, na gut, dass ich mir wenigstens diese ätzende Lehramtsprüfung erspart habe, da hätte ich wahnsinnig viel für wahnsinnig wenig gearbeitet, und kann keine Grünwelle ausbrechen, langsam sollte ich nach Hause kommen, unter die Dusche, ich darf nicht verhetzt wirken, cool und relaxed und lächelnd, als Sexberichterstatterin muss ich sehr on top sein, oder, ich muss es als Reise verkaufen, als historische Reise, die gleichzeitig alle Fragen beantwortet, die dann niemand stellen muss, das ist ja überhaupt das Beste, die Fragen beantworten, von denen die Leute gar nicht wussten, dass sie sie stellen, so, jetzt tun wir aber weiter, ja, komm, bieg da schön ab, ja, Mann mit Hut, vielleicht können wir noch bei dieser Ampelschaltung in die Ausstellungsstraße kommen, so schwierig kann das ja nicht sein, oder doch, du meine Güte, wenn man es nicht mehr kann, dann sollte man es aufgeben, ich werde nicht mehr Auto fahren, wenn ich das Gefühl habe, dass ich es nicht mehr kann, ich werde ganz sicher das Autofahren sofort aufgeben, beim Papa ist es manchmal schon so weit, aber das kommt vom Trinken, da sollte die Nicole halt besser aufpassen, auf ihn, aber der Papa ist immer ein bisschen ein Pflegefall, und, ach, botheration, der fährt bei Grünblinken nicht auf die Kreuzung, das ist aber fad, da hätten wir alle noch drüber können, und ich müsste mich dann nicht hetzen, oder na ja, es ist ja noch nicht so spät, da habe ich noch eineinhalb Stunden, das muss leicht zu machen sein, und ich kann noch einen Kaffee trinken und ich esse einen Toast dazu, ich könnte natürlich ganz schnell Spaghetti kochen, während ich unter der Dusche bin, könnten die gekocht sein und ich würde nur, es würde nichts machen, ich würde jedenfalls nichts zunehmen davon, eine Portion Spaghetti mit Butter und Parmesan, das würde sich gerade ausgehen, und dann kein Abendessen, ich gehe erst um 9 Uhr aus, da kann man immer sagen, dass man schon gegessen hat, aber dann landen wir im Engländer und ich esse doch wieder ein Schnitzel, ich darf den Tag über nichts essen für meine Diätsünden in der Nacht, und wie sie einem zureden, etwas zu essen, die, die nur dünne Frauen wollen, die sagen dann immer, man soll doch etwas Ordentliches essen, ganz eindringlich sagen sie das, der Kurt hat die Catrina verlassen, weil sie ihm zu dick geworden ist, sagt sie, und er sagt immer, dass er Frauen nicht mag, die nichts essen, am besten wäre es, man würde immer nur essen, wenn andere da sind, ich esse ja erst, seit ich allein in der Wohnung sitze, ohne Kontrolle, ich muss niemandem sagen, dass ich jetzt etwas esse und warum, das Maple Walnut hätte ich der Tanja nicht klarmachen können, oder sie hätte auch eine Portion gegessen und ich hätte nicht das Ganze, immer wieder zum Eiskasten, die Tiefkühlklappe auf und das Ganze heraus und wieder ordentlich weggeräumt, ich glaubte bis zum letzten Brösel in der Packung, dass ich nicht das Ganze aufessen werde, ich sollte zum Harti gehen und mich beraten lassen, der ist sicher ein guter Arzt, jung halt, aber die wissen noch alles ganz genau und nach den letzten Ergebnissen, der Harti wäre überhaupt gut, wenn ich den Harti gut finden könnte, dann ginge es mir sicher besser, der wäre immer interessiert und liebevoll, mit dem könnte man planen, der will Kinder, das sagt er jedenfalls und Geld verdient er auch, mit dem Harti könnte man ein Leben beginnen, und warum kann ich mit Männern wie dem Harti nichts anfangen, der wäre dankbar, der wäre sogar dankbar, und der würde sich nicht so aufführen wie dieser komische underground-Verleger da, der mit einer Frau zwei Kinder hat und sie gezwungen hat, mit den kleinen Kindern auf dem Land zu leben und nach 5 Jahren hat er jetzt eine andere Frau, auch mit einem kleinen Kind und wieder leben sie auf dem Land, bis die Frau verrückt geworden ist und ihm auf die Nerven geht, bis er sie so weit gebracht hat, dass sie ihm auf die Nerven gehen muss, weil sie kein Auto hat und irgendwo im Waldviertel mit dem Kind sitzt und er die ganze Woche in Wien ist und sie doch das Leben in Wien gewohnt ist und dann kann er sich die Nächste suchen und wieder eine Frau und ein oder zwei kleine Kinder ruinieren, und ich würde es ja auch nicht glauben, ich würde ja auch nicht hinschauen, ich habe ja auch beim Alfred nicht hingeschaut, was er bisher so gemacht hat, ich will es ja auch nicht glauben, und dann muss man so Männer wie den haben, aber ich habe ja den Gerhard und der will sicher keine Kinder, das wenigstens nicht und da passt er schon auf, das wäre ja auch noch schöner, aber die Gudrun tut mir schon Leid, jetzt sind ihre Kinder mit dem neuen Kind von der Neuen zusammen bei ihm und der Vater ist ein Zeugungsprotz und sie müssen Rücksicht nehmen, und es wird mir noch Leid tun, dass ich mich nicht für den Harti interessieren kann, aber ich könnte es nicht einmal probieren, das ist ganz aussichtslos, aber er hat jemanden verdient, die es ernst mit ihm meint, und wenn er die nicht findet, dann sollte ich nicht vor Mitleid zerfließen, und wieder einer, der so brav stehen bleibt, vor der Ampel, ach, das ist eine Frau, wenn wenigstens ein bisschen Sonne wäre, die Farben von den Bäumen im Winter, oder dieses hohe Gras, falb, heißt das nicht falb, diese Farbe, falbe Töne, und die Sonne immer schräg, deshalb ist die Fahrt von Graz nach Wien herauf über den Semmering schöner, die engen Täler vor Bruck, wenn da die Sonne so hereinscheint und gegen Abend die Luft so milchig wird und es aussieht als wären lauter Regenbogen dahinter versteckt, das müssen die Berge sein, am Wechsel habe ich so ein Licht noch nie gesehen, da ist alles so weit auseinander, und aha, da hast du Glück gehabt, meine Liebe, die blitzen hier, gut, dass es gar nicht schneller gegangen wäre, am Handelskai fährt niemand die vorgeschriebene Geschwindigkeit, oder haben die das gehört, in einem von den Verkehrsfunks, dass sie hier blitzen, und dann hat diese Frau ja Recht gehabt, die 30 Euro kann ich anderswo brauchen, und wird der Polizist kassieren, von der jungen Frau, aber da kann er nicht anders, das ist wahrscheinlich dokumentiert, da kann er nicht aus, nicht so wie der in Graz, der dann sagt, ›Weil Sie es sind, wollen wir noch einmal ein Auge zudrücken.‹, wie ich da bei Rot über die Kreuzung gefahren bin, und ich hätte sagen sollen, dass ich seine Nachsicht nicht will, der war so überheblich, ob ich den Führerschein schon lange habe, aber an der Kreuzung hat es nie eine Ampel gegeben, bisher, da bin ich immer so drübergefahren, aber die Erklärung, die hat der gar nicht angehört, der hat mich nur angeschaut und hat sich diese Nachsicht geleistet, ganz freundlich hat er mich verachtet, weil ich hübsch bin, nein, hübsch nicht, attraktiv, wer will hübsch sein, und ich habe nichts getan, ich war ja doch froh, das wäre eine Anzeige geworden und das hätte mindestens 100 Euro gekostet, obwohl, es geht ohnehin schon kaum noch wo, dieser girlie bonus, den gibt es ja ohnehin kaum noch und eigentlich haben den die jungen Männer gepachtet, die werden von den Chefinnen gepampert, wie die Tante Lilli, die hat auch nur Buben gewollt und der Markus und der Karl haben nie Lebertran nehmen müssen, im Sommer, bei ihr, das müssen nur Mädchen, weil sie selber einmal Kinder kriegen, deshalb müssen sie gesünder sein, und müssen bestraft werden, und das müssen schon lustige Zeiten gewesen sein, die 50er, wenn man nur in ein Zimmer kommen musste und schon waren alle Männer alarmiert, obwohl, in Wien war das sicher nie so, ich wüsste gar nicht, wie man in Wien Aufmerksamkeit erregt, als Frau, Schönheit ist es nicht, wahrscheinlich doch Herkunft, Geld vielleicht, im Magazin sind es jedenfalls jedes Mal andere society ladies, welcher Fotograf halt gerade unterwegs war, und welche seiner Spezis der getroffen hat, und die wirklich Wichtigen, die kommen da ohnehin nicht vor, und dass das den Leuten nicht auffällt, aber da täuscht sich die Tanja, den Leserinnen ist das gleichgültig, keine Frau um die 30 glaubt das Zeug, wir schauen uns das nur an, das ist wie Bilderbücher, Illustrationen, die Frage ist ja nur, ob die Tatsache, dass manche sich Abendkleider um 2.000 Euro leisten können, oder mehr, ob das ein Ansporn ist, das auch haben zu wollen, und das anzupeilen, und dafür gibt es nur 3 Jobs als Fernsehmoderatorin, und die sind in Deutschland, in Österreich, da gibt es höchstens die Vera und mit der Dauerwellenfrisur, da kann man auch 5.000 Euro ausgeben, da helfen Kleider auch nicht mehr, also ist es Jugend, jugendliche Schönheit ist der einzige Vorsprung und das ist nicht viel weiter als die letzte Szene vom ›Anatol‹, wenn er so wehmütig auf der Terrasse herumwandert, na komm, ja, fahr da hinein, ich mache ja eh Platz, und Dankesagen wäre auch nett, das Handerl heben und sich bedanken, das wäre so erfreulich, so zivilisiert, nicht dass wir das wären, immerhin halten wir immer noch Menschen in Käfigen, in Schönbrunn gibt es nur noch Freigehege und die Exhibitionisten gehen in den Käfig tanzen, go go girls, die sind früher bezahlt worden, heute machen sie es umsonst, aber gut, da geht es um die 2.000 Euro Abendkleiderklasse, und die Jungen, die sind ja außer Rand und Band vor Ehrgeiz, waren wir das auch, wir waren relaxter, da hat das alles angefangen, wir waren auf den ersten clubbings, in den Sofien-Sälen, das ist lustig, bei etwas mitmachen, das gerade anfängt, aber was fängt jetzt gerade an, ich muss in die Arena, zu diesem fm4-Geburtstag, schauen, was die da machen, aber wahrscheinlich sind da die Gymnasiasten, wahrscheinlich ist da die ganze Pickelpartie und The Cure und Nirvana in einer dancefloorhiphopfusion-Version, so, aber jetzt machen wir wirklich weiter, das ist eine Trödelei und es wird ja ohnehin dauern, bis ich einen Parkplatz gefunden habe, und ich könnte ja von der Wohnung weg laufen gehen, in New York habe ich das ja auch zusammengebracht, und es sind meine Kleinstadtphobien, dass ich nicht will, dass irgendjemand weiß, was ich mache und dabei sind alle Nachbarn hier sehr nett und denen ist das vollkommen wurscht, was ich mache, aber wahrscheinlich ist das eine Art Luxus, wenn es mir nicht wurscht ist, was den anderen wurscht ist und wahrscheinlich ist das eine Erbschaft von der Alfred-Geschichte, obwohl, ja, bitte, weiter, ja, wir können da noch drüber, wir wollen alle weiter, ja, na, es geht ja, aber die nach mir, die fahren bei Rot, oder ist das Grünblinken dann doch so lang und man hat kein Zeitgefühl, mir kommt es vor Ampeln ja immer ewig vor, und es ist ein Blödsinn, ich kann so eine Serie nicht schreiben, dann denken alle, es geht da um mich, die denken, dass alles, wie ich es dann beschreiben würde, dass das so ist, wie es für mich ist, die Tanja würde das schon interessieren, und die Katrin erst, und die Mama würde es lesen, was soll die Mama dazu sagen, sie hat mich ja aufgeklärt, sie hat mich ja wirklich richtig aufgeklärt, und es ist ja erst jetzt, dass alles so durcheinander gekommen ist, ist das, weil ich keine Kinder habe, ist das, weil ich noch keine Kinder habe, wird Sex dann zu einem Fetisch und das hat dann schon wieder mit der Mutter zu tun, dabei mag ich die Mama schon sehr, sie ist die einzige Person, die sich wirklich interessiert für mich, der Papa, der würde gern, der würde sich gern für mich interessieren, der weiß nur nicht wie man das macht, und die Mama sagt, sie will alles so, wie ich es will, dabei hätte sie gerne Enkelkinder, sie sagt es nur nicht, es ist eine Ausrede, dass sie noch keine Zeit hat, für Enkelkinder, das sagt sie nur so, damit ich mich nicht bedrängt fühle, und dann erst recht nicht, aber ich werde gar keine mehr bekommen können, wenn ich noch sehr viel älter werde, dann wird das nicht mehr klappen, zu lange die Pille, obwohl die diese Endometriose verhindert, vielleicht sollte ich die Pille wieder nehmen, damit das sich zurückbildet und die Einnistung funktionieren kann, und eine neue Gynäkologin muss ich mir suchen, aber niemand kennt eine, zu der Gunhold gehe ich nicht mehr, ich brauche nicht eine strafende Mutter, die mir sagt, was ich machen soll und wie alles sein soll, wenn ich mich elend auf diese Pille fühle, dann will ich nicht hören, dass das gar nicht möglich ist, bei dieser Pillengeneration und dass ich das nachbete, was meine Mutter mir erzählt hat und die Mama erzählt schon die gleiche Geschichte, dass sie bei einer Gynäkologin war, in den 80er Jahren und die ihr gesagt hat, es ist nicht möglich, sich auf die Pille depressiv zu fühlen und die Mama hat gesagt, sie hat sich nicht schleppen können, vor Trostlosigkeit, und dann ist das halt symbiotisch, dass ich mir die Gefühle leiste, die meiner Mutter nicht geglaubt worden sind, und mit den Müttern, da ist sowieso alles falsch, immer ist alles falsch mit den Müttern, weil es halt eine richtige Beziehung ist, weil es die einzige richtige Beziehung ist, die man haben kann, alle anderen Beziehungen sind doch mehr so passager, und von denen weiß man nur selber, die muss man selber aushalten, wenn der Gerhard heute verunglückt, dann weiß nur ich etwas davon, ich würde es in der Zeitung lesen und ich müsste allein traurig sein, und ich wäre das nicht lange, ich kann das nicht, was die Heldinnen in den Romanen immer können, dieses lange Aufbewahren von Gefühlen, nein, mein Lieber, ich muss die Spur wechseln, ich will hier nach links abbiegen, da kann ich dir nicht helfen, so, meine Gefühle bleiben immer irgendwie zurück, liegen, die bleiben liegen, und ich kann mich erinnern, wo sie liegen, wann sie an den Rand geraten und dann liegen geblieben sind, aber wie durch Glas, klares Glas, aber dahinter, und ich kann nicht einmal einen Hass aufrecht halten, und in der Liebe ist es mir noch nicht abverlangt worden, die ewige Liebe hat noch keiner von mir gewollt und den Alfred, den habe ja auch ich verlassen, ist das das Hedda-Gabler-Gefühl, diese kleinen Befehle, dieses Gefühl, dass das alles vorbei ist und plötzlich, ganz plötzlich dieses Wissen, habe ich deshalb das Maple Walnut ausgegessen, weil es klar ist, dass der Gerhard nicht mehr, ich kann ihn nicht mehr in der Wohnung haben, er kann da nicht mehr sein, für das, was wir haben, da müsste man einen eigenen Ort haben, einen gesonderten Ort, dafür ist das Hotel Orient besser, da kommt einem vielleicht nicht dieses Wissen, weil man doch alles weiß über eine Person, mit der man im Bett liegt, und wenn sich das nicht durch ein richtiges Nebeneinander ergänzt, dann wird das so absurd, dieses Wissen, dieses Wissensgefühl, weil es ja mehr die Haut ist, die das weiß, und eine gute Hure, die muss das ausbauen, die denkt dann mit der Haut und ihrem Busen und ihrer Fut und alles andere bleibt weg, und riechen, wahrscheinlich ist es überhautp der Geruch, das Riechen, aber wie oft kann man einem Mann am Ende eines Tages die Hose aufmachen und diesen Dampf ertragen, wenn das so herausqualmt, wenn man das zehnmal hintereinander machen muss, und die können das verlangen, dass bewundernd geseufzt wird, und sie wissen es, irgendwie wissen sie das, ohne es zur Kenntnis nehmen zu müssen, das muss ja hinter dieser Geschichte gesteckt haben, wie dieser Gunter mir am Thalersee erklärt hat, dass es eine gute Hure ausmacht, wenn sie sich wäscht, vorher und dass sie das vor dem Kunden macht, da hat er mir doch, ja, und ich würde noch knapper fahren, ich hasse dieses knappe Auffahren und ja, ich möchte auch in die Kolonne, Arschloch, da hat der, wie war das, ich bin auf einer Decke gelegen und habe gelesen, und er hat sich hingesetzt und hat mir das Buch weggenommen und selber gelesen und da war dieser erste Satz, Fräulein Blablabla war eine Hure, und das hat ihm irrsinnig gefallen, ein Vertreter für Baustoffe entdeckt die Literatur und ich war irrsinnig stolz, weil ich ihn an etwas teilhaben lassen konnte, was für eine Herablassung man aus der Literatur hatte lernen können, ein kleiner Bauingenieur wird durch Jessica Somner in die Kultur eingeführt und für dieses kleine Gefühl von Erhabenheit darf er sie dann küssen, es war immerhin der erste Kuss, auf einen Bukowski hin, die Dominanz über die Frau im Text dann gleich auch noch in der Wirklichkeit in der Wiese am Thalersee, aber wie elektrisch, damals, die ganze Zeit, wie elektrisch, so, als ob der ganze Körper magnetisch an die Männerkörper gerissen würde, und was für eine Arbeit, das zu verbergen, und habe ich mir das nun abgewöhnt, diese grelle wohlige Geilheit, oder ist sie mir abgewöhnt worden, oder verliert sich das, ist das Älterwerden, ist das eine Ermüdung oder ist das eine Verschiebung, kann man dieses allgemeine Wollen in die Gelegenheiten kanalisieren, kann man es da bündeln, und ist es da genug, das sollte man eigentlich besprechen, oder die ersten Male, aber nicht so wie diese Softpornos, die das nur wiederholen, sondern kritisch, was was bedeutet hat, in welcher Umgebung, wie freiwillig das war, und was man gelernt hat und was man dann nachlernen musste, und was einem abgewöhnt worden ist, und was man gerne wieder hätte oder neu lernen möchte, und wie weit es sich auszahlt, dem Körper zu folgen und was man dann wieder nicht aushalten kann und was man immer schon gewusst hat und was sich dann als Aberglaube herausstellt und was dann ja doch richtig ist, für einen, wie der zugefügte Orgasmus, warum soll einem ein Orgasmus nicht zugefügt werden können, glaubt die Katrin an einen freien Willen in diesen Dingen, an einen frei schwebenden Willen, der von nichts geprägt und geformt ist, das ist doch ziemlich esoterisch, da kann ich gleich an die ewige Seele glauben, auf die ja ohnehin der ewige Orgasmus im Himmel wartet, und das wäre ja schön, dann wäre Sterben ja wirklich nett, dann wäre es ja wirklich nett ausgedacht, und genau wegen dieser Parallele wird die Claudia die Serie nicht machen wollen, so eine Querverbindung darf ich unter keinen Umständen, das darf nicht einmal anklingen, das will niemand hören, in Österreich ist zwar niemand gläubig, aber der Glaube soll intakt bleiben, für alle Fälle, falls sich einmal eine Notwendigkeit ergibt, dann werden sie alle wieder katholisch, weil das die Kinderhierarchien wieder herstellt, der Papa, der am Abend nach Hause kommt und dem alles berichtet wird, das habe ich mir erspart, das hat mir die Mama erspart, ich habe nur einmal in der Woche zum Rapport müssen und den hat der Papa nicht hören wollen, mit dem Papa war es immer nur, wenn er gerade da war, sonst hat er nicht existiert, und ist er schuld an meiner Bindungsunfähigkeit, und warum habe ich jetzt kein ordentliches Konzept, ich werde vor der Claudia sitzen und plaudern und ich werde keinen Auftrag bekommen und dann wird es wirklich eng, meine Liebe, du bist nicht die Einzige, die da als freie Mitarbeiterin herumschwirren will, und die anderen, die machen alles, was von ihnen verlangt wird, die sind nicht zimperlich und du solltest dir ein Pseudonym ausdenken und dann kannst du diese Person vorschieben und musst dir keine Gedanken machen, was das mit dir zu tun hat, weil sich niemand anderer diese Gedanken machen wird, du kannst dich Vera Anzengruber nennen, oder Veronika Faber, oder Michaela Armstrong, Michaela Armstrong, das finde ich gut, und noch besser fände ich es, wenn ich einen Parkplatz finden könnte, langsam sollte ich einen Parkplatz finden, ich muss mir nur vorstellen, ich stelle mir vor, dass es einen vor dem Haus geben wird, ich muss die Wirklichkeit nur zwingen, ich muss mir nur denken, dass es so ist, dann wird es so sein, und dann gibt es einen Parkplatz für mich, und ich kann ja dann immer noch Kurse im Parkplatzcoaching machen, wie gewinne ich Selbstvertrauen im Parkplatzsuchen, für alle diese blassen Gesichter hinter den Windschutzscheiben, die durch die Gassen kreisen und so über die Lenkräder schauen, they crane their necks, es geht mir ab, das fehlt mir, Englisch zu reden, Geld, genug Geld, um in Manhattan leben zu können, ein one room apartment, im Village, und diese Gespräche, an den Straßenecken, wenn man auf Grün wartet, beim Laufen und irgendein anderer Läufer auch dasteht und man dann gemeinsam weiterläuft und dann biegt einer ab und man ruft ›See ya.‹ oder ›Take care.‹, es gibt eine Haut weniger, da, man ist direkter bei den Menschen, an den Menschen, aber mühelos, man ist trotzdem nicht so nah wie hier und versteht deshalb viel mehr voneinander, und das ist nun sehr weiblich, meine Liebe, du willst nur in Gefühlen leben, du wolltest nur Straßen hinuntergehen und andere spüren, und natürlich bindungslos, easy, cool and easy und du bist nicht weiter gekommen als das girl von Epanema und irgendwann wird es nur noch tall and tender sein und das young and handsome ist weg, ist ja schon weg, ist ja fast schon weg und eigentlich tut es dir gut, eigentlich tut es dir sehr gut, dass du Geld verdienen musst, du würdest nichts mehr tun, du würdest in ein großes Nichtstun verfallen, und was würde das bedeuten, welchen Sinn hätte das, und hier ist der Parkplatz, es hat gewirkt, die Parkplatzmagie hat gewirkt, und noch dazu ein so bequemer, das ist toll, das ist echt superkrass, da kann ich mich in Ruhe anziehen, da kann ich in Ruhe die girl power zusammenbasteln, I am blessed, total, es geht ja doch immer gut für mich aus, und deshalb wird das auch mit der Claudia funktionieren, man muss es ja wirklich nur glauben, man muss es eben wirklich glauben, und dann muss ich mir nicht merken, wo das Auto nachher steht, da falle ich aus dem Haus ins Auto und die Autopapiere aus dem Handschuhfach, so, meine Liebe, jetzt aber rasch, und die Kälte, das geht schon durch, kaltfeucht, rasch ins Haus, eine Verkühlung, gleich zu Jahresanfang, ein richtig guter Jahresanfang wäre das, und die Post, war die noch nicht da oder gibt es keine, und ja, hallo, und ja, ich lächle, mir geht es gut, liebe Leute, da könnt ihr muffelig sein, was ihr wollt, ich bin gut aufgelegt, ich war nämlich laufen und ich fahre trotzdem mit dem Lift, ich war ja laufen, und der Lift ist wieder ganz oben, aber dazu ist er ja da und ich sollte nicht hier herumstehen, die Kälte kriecht bis an die Haut und dann hilft die Microfaser auch nichts mehr, na komm, aber ich gehe jetzt nicht, einmal kann ich mit wirklich gutem Gewissen mit dem Lift fahren, und das ist ja auch so angenehm, nachher, wenn man so dasig wird,

nur vor sich hinschauen, leer, aktiv leer, ein kurzes Schläfchen, das wäre gut, ruhen, nach dem Duschen sich hinlegen, und alles rundherum nur so fließen lassen, das ist besser als jede Meditation, aber ich werde ganz ausgeglichen bei der Claudia sitzen, obwohl, so richtig in Form,
ac :er.‹ ›Ihnen auch. Einen
sc n bin ich nicht, ich bin
er mmen, ins automatische
La r es waren ja doch fast 40
M aufs Clo, ich könnte hier
jet nnte ich nicht aushalten,
wa tehen bleiben und dann
rie , nur auf dem Clo, sehr
zi vilisiert, zivilisierter als
an ft, diese Leute, die einem
so :t einen lassen haben, der
Ch : im future garden, ein
Gr iinzugehen, der erzählt
ei ssen hat, damit man den
Ge hlaufen, ich sollte mich
wi Pausen zu machen, und
wa rstoffhigh, wenn dieses
sin knapp vor einem Orgas-
mı s Gefühl, ich höre jedes
Ma ganz Spannendes, wenn
ich weiterlaufe, vielleicht muss man da so durch und dann ist man high, aber vielleicht bin ich ganz einfach zu bequem, vielleicht stimmt es ja, dass ich meinem Körper nicht vollkommen vertraue, vielleicht weiß der Körper ja wirklich mehr als ich und ich bin nur zu ängstlich, obwohl, der Vorwurf kommt von den Christophs und

SCHAUBURG – Theater der Jugend am Elisabethplatz Franz-Joseph-Str. 47
80801 München Kartentelefon (089) 233-371-55 theater@schauburg.net

*MVV-Benutzung: Diese Eintrittskarte gilt am Tag der Vorstellung ab 15:00 Uhr und bis 6:00 Uhr des folgenden Tages zur Fahrt mit allen MVV-Verkehrsmitteln. Beginnt die Vorstellung vor 18:00 Uhr, können die MVV-Verkehrsmittel bereits drei Stunden vor Vorstellungsbeginn benutzt werden.

[redacted]

den Dominiks, und die sagen das zu jedem Mädchen und irgendeine ist dann verschreckt genug, gleich nicht mehr zu ängstlich sein zu wollen, wenn da etwas Spannendes wartet, dann muss es sich mir aufdrängen, man kann ja auch von den Dingen erwarten, dass sie sich durchsetzen, wirklich gestört sind meine Luststrukturen ja sicher nicht, und ich muss eine Fußmatte besorgen, meine Wohnungstür schaut nackt aus, richtig nackt und verloren, im Palais Ferstl, da gibt es so bunte Fußmatten, mit Palmen und so, so eine muss ich besorgen, dann wird meine arme Wohnungstür die anderen Fußmatten überholen, welcome und Pandabären, und ich darf niemanden hier hereinlassen, ich muss mir genau überlegen, wer in diese Wohnung darf, wen ich in diese Wohnung lasse, schon dieser Geruch, warm duftig und neu, hier riecht es nur nach mir, nach mir, nach Sandelholz und Minze, und nach neuen Schuhen, und ich kann alles liegen und stehen lassen, wem es nicht passt, und keine Schuhe, ich habe das ja nie verstanden, aber das Gefühl, dass nichts von der Straße hier herinnen, dass die Schuhe bei der Tür stehen bleiben und dass es ganz sauber, und barfuß gehen, herrlich, es ist herrlich, ich könnte jahrelang hier allein herumhüpfen, wenn man doch nur Zeit hätte, richtig ordentlich Zeit, als Frau, sogar die Mia redet von der biologischen Uhr, und die ist 26, und ich werde den Blumarine-Rock anziehen und den roten Rollkragenpullover, das schlägt sich richtig mit dem Pink, und die braunen Stiefel und die Lammfelljacke, ein richtig dynamisches fashion statement, lila Strümpfe oder pink oder schwarz, die schwarzen haben ein Loch, an den Zehen, aber die Claudia wird mich ja nicht gerade strippen lassen, peinlich,

peinlich, mit dem Wolfgang damals, diese total kaputte Strumpfhose unter der Hose, aber wer denkt auch immer daran, dass man in einem Schlafzimmer landen könnte, im Spital, hat es immer geheißen, wegen des Spitals war die saubere Unterwäsche angesagt, Schlafzimmer haben die da nie erwähnt, aber mit dem Wolfgang kann man immer lachen, hat man immer lachen können, ob er verheiratet noch immer so viel lacht, lacht man mit einem Ehemann dann noch, so viel, die meisten tun doch so, als ginge die Geschichte einfach weiter, nicht einmal intensiver, und die Hochzeit war eine besondere Sorte von Party, ich heirate erst, wenn ein Kind unterwegs ist, ich müsste die ganze Zeit kichern, so einen Entschluss, so einen Entschluss, jetzt Kinder zu machen, das könnte ich nicht aushalten, ich müsste währenddessen zu lachen anfangen, das kann nur passieren, wenn ich mir das vornehmen müsste, probieren, Kindermachen probieren, da muss man doch total ineinander verknallt sein, ich könnte das nur in der Phase, wenn man den anderen auffressen will, alles haben, und dann denkt man nicht daran, oder dann ist es nicht das Wichtigste, oder man macht es cool, wissenschaftlich und so, aber da funktioniere ich ohnehin nicht, bei meinem unterentwickelten Kinderwunsch, und wenn es nicht funktioniert, diese Kinder allein, das schaut sehr anstrengend aus, wie bei der Gudrun, nicht nur die Arbeit, dass der jetzt auch mit einer anderen, das ist so eine Beleidigung, so eine Riesenbeleidigung, und die verstehen nicht einmal alle, warum ist denn das Eucerin-Duschgel schon wieder leer, bei dieser milchigen Verpackung sieht man das nie richtig, oder hat der Gerhard, und ich muss aufs handy schauen, der ruft nicht mehr an, am Morgen danach, am Anfang hat er noch etwas auf die box geflüstert, sein neuer Chauffeur ist nicht so diskret, aber er wird sein Amt ja bald aufgeben müssen, oder nicht, und wahrscheinlich ist das keine lustige Situation, aber ich bin auch in keiner lustigen Situation und lasse ich das die Welt merken, nein, das brave Issilein bleibt gut gelaunt und freundlich und nimmt den Lebenskampf auf, und das haut sich gleich immer auf ihre Potenz, ich möchte auch so viele Ausreden haben und du solltest weitermachen, meine Liebe, soll ich vor dem Duschen etwas essen oder nachher, für Kochen ist keine Zeit, und du musst ohnehin die Melone aufessen, die geht nicht länger, die kannst du vor dem Duschen noch in Ruhe essen und dann wird weitergemacht, Pause, eine Pause, und ich muss das schaffen, das muss gehen, oder einen Job am Abend, aber mit ein, zwei guten Arbeiten, da müsste sich doch etwas machen lassen, ich muss mir das systematischer überlegen, jetzt rede ich einmal mit der Claudia, die soll mir einen Rat geben, wie sie das sieht, wie das vom Standpunkt einer Chefredaktion aussieht, und dann muss ich mich hinsetzen und alles durchrechnen, und zur Tanja muss ich halt freundlich sein und sie einladen, die Mia und die Tanja, nicht in die Wohnung, nicht mehr in die Wohnung, sonst sind sie wieder so beleidigt, ich war ja gern in der Josefstädter Straße, das war wunderbar, aber jetzt bin ich halt lieber allein, und habe alles weiß und graublau, und weiße Tulpen, auch wenn sie so teuer sind, aber die Tanja hat immer vorgeschrieben, wie man sein soll, das fällt halt nicht so auf in einer WG, und nur weil sie die Hauptmieterin ist, aber es war nett, sie war dann eine Teilzeitmama und sie hat die gleichen Probleme wie eine Mama, sie glaubt, dass es nicht gut war bei ihr, weil man weg will, aber das stimmt nicht und sie wird das schon begreifen, und hoffentlich tut sie das bald und macht mir keine Schwierigkeiten in der Redaktion, und wahrscheinlich hätte ich nicht nach Wien zurückgehen sollen, das Doktorat hätte ich auch sein lassen können, das ist sowieso nirgends etwas wert, ein österreichisches Doktorat, das ist gerade ein MA überall anders, diese Melone schmeckt köstlich, einfach köstlich, und das allein ist schon ein solcher Vorteil, der Markt um die Ecke, und noch etwas trinken, und dann weiter, und vielleicht doch lieber den Hosenanzug, seriöser, hat es einen Sinn seriöser auszuschauen, die Claudia, die ist total auf Bürotusse, und ist es jetzt besser, Anpassung, Anpassung signalisieren oder auf unbekümmertes Kindchen zu tun, und das ist ohnehin die beste Seite, die sie da haben, in ihrer Illustrierten, wie man billig wie in Designerklamotten aussieht, und ich bin zu ehrlich, ich hätte der Tanja diese Seite aus dem Guardian nicht zeigen sollen, und da machen sie es ja anders, da nehmen sie irgendeine coole Person von der Straße und fragen, woher die Sachen kommen und was sie gekostet haben, das ist demokratisch, ich finde, man sieht es, dieses Nachmachen, und es ist wieder wienerisch, immer nach oben streben, alle wollen Aristos werden, die Claudia ja auch, society ladies, Frau im Spiegel auf jugendlich, und jetzt geh unter die Dusche, das ist ja total demotivierend, und die Claudia riecht Ablehnung, wie alle wirklich unsicheren Leute, und da kenne ich mich ja aus, ich esse jetzt noch einen Apfel, in Ruhe, dann bin ich ausgeschwitzt, und die Idee hat sie mir gestohlen, obwohl, sie machen das auch in der Vogue, da machen sie es auch so und wo ist schon wieder dieses Obstmesser, es war doch gerade noch da, hat schon wieder eines das Weite gesucht, sogar die Obstmesser verlassen dich, das sollte doch zu denken geben, aber das heißt, ich sollte einen Vorschlag mit copyright-Vermerk machen, eigentlich dürfte man nur mit notariell beglaubigten Vorschlägen da überall hingehen, die Tanja würde bestreiten, dass sie die Idee für diese Seite von mir hat, das war ein Gespräch beim Frühstück und ich alien denke mir ja immer noch, dass wenn ich freundlich bin, die anderen dann auch freundlich sein werden, und mir Aufträge, so eine Seite, das hätte ich gern gemacht, das wäre auch lockerer, jemanden von der Straße, dieses Modelscouten einfach dekonstruieren, normale attraktive Personen, normale witzige 30-Jährige, und das wollen junge Frauen sehen, die wollen nicht immer diese high society look-alikes, aber das kann die Claudia nicht verstehen, und das will sie auch nicht, sie will ja nur Frauen, die ihr Magazin kaufen und die konditioniert sie mit der alten Prinzessinnengeschichte, dabei sind wir alle Prinzessinnen, jede ist eine, darum wäre es gegangen, ich sollte längst geduscht sein, und wenn ich weiter hier herumlungere, dann kann ich den Termin vergessen, und dann kann ich alles vergessen, da, und vielleicht ist das richtig, vielleicht wäre das schon richtig, aber so schnell kannst du auch nicht aufgeben, und das muss ich der Claudia so sagen, Prinzessinnen, und wir bestehen auf der Erbse, die merken wir nämlich und darüber sollten wir reden, wo die Erbsen drücken und nicht immer so tun, als wäre die Erbse abgeschafft, und deswegen die Prinzessinnen, ich möchte dafür bewundert werden, wie sensibel und empfindlich ich bin, und so geht es allen, und mit so einer Seite, da hätte man einen Platz für diese Bewunderung, ein großes Foto und wo sie diese Klamotten gekauft hat, warum sie die so trägt und wie ihr Leben so aussieht und was sie sich wünscht, schwarzweiß hätte ich es gemacht, ich würde alles in Schwarzweiß machen, mit Farbfotos kann man ja nicht mehr schön sein, wirklich schön nicht mehr, und für mich wäre es ja ohnehin gleichgültig, so normal, so regelmäßig, richtig unexotisch, und jetzt wird geduscht, und ich esse diesen Apfel nicht auf, ein Stück Melone und ein halber Apfel, das muss reichen, und was wird angezogen, das fashion statement, der Pullover, den habe ich vorgestern angehabt, aber der riecht gut, der riecht nur nach meinem Parfüm, das ist das Angenehme an der Interconti-Bar, man stinkt danach nicht, und es gibt kein Kopfweh vom Zigarettenrauch, das hat die Mama gut gemacht, nicht rauchen, das ist ein Vorteil, hätte ich zu rauchen begonnen, wenn der Papa zu Hause geblieben wäre, die Mama hat ja auch geraucht, mit ihm, da hat sie auch geraucht, deshalb hat sie es ja immer gleich gewusst, und ich sollte die Küche aufräumen, heute noch, jeden Tag, jeden Tag über alles gehen, dann sähe es hier sehr elegant aus, und muss ich die Beine, die sind schon stoppelig, aber wenn ich den Hosenanzug anziehe, dann, jetzt ist keine Zeit mehr, jetzt ist es schon wieder eilig, woran das liegt, dass es dann Stress geben muss, es muss dann immer Stress geben, dann funktioniert alles, aber immer in Eile, immer komme ich knapp zu den Terminen, immer gerade so, wenn ich schon fertig wäre, dann könnte ich in Ruhe zur Redaktion gehen, jetzt wird es ja doch eine Lauferei und die Haare werden nicht trocken sein und ich werde mich verkühlen, warum muss ich es mir schwer machen, warum kann ich nicht für mich funktionieren, es mir leicht machen, die Claudia wird lächeln, still und so schmal lächeln, sie macht ja lieber Joga, so nebenbei wird sie das sagen und du bist wieder disqualifiziert, eine schwere trampelige Person werde ich dasitzen, weil ich in den Prater laufen gehe, am Vormittag, während sie schon in aller Herrgottsfrüh ihre Jogaübungen gemacht hat, und natürlich sieht sie makellos aus, während dein Nagellack, meine Liebe, als Handmodel kannst du heute nicht auftreten, aber die Augen sind klar, das macht das Laufen allemal, und ich nehme keine Wimperntusche, nur Kajal und keinen Lidstrich, dann schaue ich ätherisch aus, da wäre das No-Mündchen gut dazu, aber das ersparen wir der Welt, und eigentlich, eigentlich sollte ich es noch ganz schnell machen, dann kann ich während des Gesprächs daran denken, dass ich um halb 11 einen Orgasmus hatte und sie nicht, obwohl, was weiß man schon, was sie hinter ihrem großen Schreibtisch macht, wahrscheinlich hat sie auch dafür eine besondere Technik gelernt, und sie hat in jeder Sitzung 5 Orgasmen und kann deshalb so ruhig bleiben, so richtig nebenbei, so kann ich es nicht, ein Machtgefühl muss das schon sein, in jedem Fall besser als einen Steifen, obwohl, dieses Ansammeln, und Warten, das kann schon auch, und sie müssen halt aufs Clo, hinaus, wie auf der Uni, und ich habe ja auch aufs Clo gehen müssen, so etwas mache ich schon lange nicht mehr, auf dem Clo im Prater, da weiß man, dass es da getrieben wird, über diesen stinkenden Löchern, die da so direkt in den Kanal führen, wenn einem da etwas hineinfällt, das kann man nie wieder bekommen, und der Gerhard, der hat doch nicht geduscht heute Nacht, wo ist das Duschgel, das war doch noch nicht leer, und das Pinkeln beim Duschen, so heiß von innen und außen, nein, er hat nicht geduscht, es ist kein Handtuch nass, habe ich das vergessen, mit der Seife, da wird die Haut so, und ich muss in irgendeiner Apotheke am Weg, ein Eucerin-Duschgel, das Duschöl, das ist zu glitschig und mit dem Allure, da kann man nur ein zweites Mal, mit dem wird man nicht richtig sauber, und der Duschvorhang wird doch schon gelb unten, da hätte ich ihn immer gleich zurückgezogen lassen können, dann muss ich nicht immer nachschauen, ob sich einer versteckt dahinter, wenn ich mir die Haare nicht waschen muss, dann habe ich Zeit für die Beine, es gibt ein Gefühl der Sicherheit und warum das so ist, das soll mir einmal jemand erklären, die Claudia wird nicht verlangen, dass ich mich ausziehe, obwohl sie sicher diesen Kontrollsex gemacht hat, mit ihren Freundinnen, wo sie alle miteinander alles machen, damit sie alles über einander wissen, aber das ist die Sabinengeneration, die waren ja noch wirklich auf den Mann dressiert, richtig so verhängnisvolle Affäre, aber die Kitty hat die Mona ja auch gefragt, ob der Alfred gewusst hat, ob meine Schamhaare rötlich sind oder nicht, und der Tanja, der hätte das schon auch gefallen, und sie hat sicher zugeschaut, zugehört hat sie jedenfalls sicher, die Tanja ist an der Tür gestanden und hat mitgehört, und warum bin ich zu faul für solche Tricks, habe ich keinen drive, habe ich überhaupt keinen drive, ich mache nur meinen Sex und es würde mich alles interessieren, aber dann schlafe ich ein, verhemmt, verklemmt, und es bleibt mir nichts anderes übrig als dazu zu stehen, und es wird ja wirklich unwichtiger, auf der

Uni, da habe ich wirklich noch alle 3 Minuten daran gedacht, jetzt ist das alle 30 Minuten, ist das, weil ich keinen Dauerpartner habe, es hätte ja keinen Sinn, und man kann nicht ununterbrochen mit sich selbst, so einen Orgasmuskater, das brauche ich auch nicht, so ein Wochenende, nein, diese elegische Stimmung, es ist wahrscheinlich doch eine Art schlechtes Gewissen, das darf nicht sein, sich gut zu fühlen, sich einfach gut zu fühlen, und denkt an nichts und freut sich sehr, so ein Gefühl, das ist Schwerarbeit, sich das zu leisten, einfach dasitzen und hinausschauen und in der Wohnung hoch oben schweben und vergnügt, Ausschau halten und dann irgendwann hinausgehen und schauen, wo man gelandet ist, und soll ich eine Maschine waschen, obwohl, wenn ich nicht da bin, die Wohnung angekohlt vorfinden, wegen so einem Schwelbrand, das muss echt ätzend sein, und die Isi hatte gerade die Einrichtung fertig gehabt, und ich bin nicht versichert, die Haushaltsversicherung reicht da nicht, ich muss mich darum kümmern, ich muss mich um diese Sachen kümmern, in Graz wäre das einfach, da würde der Papa das alles machen, der wäre froh, vielleicht kann er es ja von Graz aus machen, aber dann wird er mich besuchen wollen und wenn ich den Gerhard nicht erreiche, dann treffen die sich hier, und der Papa ist da nicht flexibel, nicht für seine Tochter, obwohl, da habe ich mich jetzt schon zu oft getäuscht, ich wüsste überhaupt nicht, wie er reagiert, er ist nicht mehr einzuschätzen, er hat sich doch sehr verändert, und ich muss dem Gerhard sagen, dass wir reden müssen, aber nicht hier, wir müssen uns irgendwohin setzen und reden, ich will ihn nicht mehr in der Wohnung haben und wenn es nirgends anders geht für ihn, dann ist es halt aus, und ins Hotel Orient gehe ich auch nicht, so ein Politiker, der muss doch eine Absteige haben, die vom Haider, die ist ja gleich da, in der Praterstraße, der geniert sich für nichts und das geht auch, und wo ist die bodylotion, die ist auch aus, da ist ein Großeinkauf fällig, wo haben sie denn hier alle diese Eucerin-Produkte, und ein amerikanisches Frühstück wäre jetzt gut, das wäre jetzt genau das Richtige und dann zur Claudia und warum bin ich nicht früher aufgestanden, und wo ist die champagnerfarbene Garnitur, die ist doch gewaschen, die habe ich doch gewaschen, und da haben wir sie, und o. k. das schaut nicht grauslich aus, es ist ja nur auf den Oberschenkeln hinten, schwimmen wäre noch gut, das wäre am besten, aber das schaffe ich nicht, mehr als in den Prater laufen gehen, das werde ich nie schaffen, warum die Mama sich über Tangas so aufregt, herzig ist das, die Mama, glaubt den Mythos von den Hämorrhoiden, und ist das nicht eine Befreiung, keine Slipränder mehr, unter den Hosen, und vor zwei Jahren hat man sie noch kaum gekriegt, hier, da habe ich aus New York mitbringen müssen, aber irgendwie bin ich zu blass, unscheinbar, es geht doch nicht ohne Wimperntusche, sonst bin ich ja gar nicht zu sehen, und ich sollte doch ins Sonnenstudio, und wenn du dich noch lange anstarrst, dann ist es endgültig zu spät, meine Liebe, für narzisstische Spielereien ist keine Zeit, schön cool bleiben, und eine ruhige Hand für die Wimperntusche, Wimperntusche ist so schlimm wie rasieren, und es ist ja gleich, irgendwie, man starrt in den Spiegel, man muss ewig sich selber zusehen, und aufpassen, dass nichts schief geht, und dieser Widerwille wird nur dazu führen, dass du dir wieder in die Augen fährst und dann mit einem rot verquollenen Auge dasitzt und zugeben musst, dass du das Einmaleins der Frauen nicht beherrschst, ich kann ja mit der Claudia diskutieren, ob dadurch die weibliche Identität in Frage zu stellen ist, wenn ich meinen Körper nicht auf weiblich herrichten kann, bin ich dann überhaupt eine Frau, es ist ja eine Verweigerung, du bist ja sonst nicht so ungeschickt, aber beim Wimperntuschen, jedes Mal ein Unfall, aber jetzt bitte nicht, und vielleicht sollte man darüber etwas machen, über solche Unfälle, über Unfälle beim Schminken und was man dann tun kann, wenn man im MAK auf dem Clo in den Spiegel ums Eck schauen muss und dann immer mit dem lipliner ausrutscht und wieder alles abwischen muss und rot aufgerieben um den Mund zum Tisch zurückkommt, weil man beim zweiten Mal erst recht über den Rand hinauszittert, und wieder mit so einem rauen grünen Papierhandtuch den Mund abwischen muss, da gibt es doch sicher Tricks, diese Visagistinnen, die haben da doch sicher Tricks, in solchen Fällen, und das wäre doch wirklich guter Rat, praxisnaher guter Rat wäre das, und wenn man so etwas ordentlich recherchiert, aber das verstehen die nicht, denen passiert das nicht, die sind nicht solche tank girls, und wahrscheinlich hast du dir jetzt die Wimpern getuscht, damit du so lange in der Unterwäsche vor dem Spiegel stehen kannst, und na und, so lange ich noch nicht Nacktfotos bei irgendeinem Fotografen mache, ist der Narzissmus noch nicht übertrieben, und die Fotos sind ja richtig spießig, aber verstehen kann ich das schon, dass man sich erinnern will, was für eine Figur man gehabt hat, das möchte man doch nicht vergessen, und wahrscheinlich ist das ein Ansporn, sich die Figur zu erhalten, das kann ich mir schon vorstellen, dass das hilft, stellen die das Foto dann auf oder liegt das in der Lade, oder sind das die Leute, die auch Videos von sich machen, dabei, und das wäre ja auch so ein Dokument, so habe ich beim Ficken 2001 ausgesehen, und man könnte sich an die Liebhaber besser erinnern, wenn man die Namen auf die Videobänder schreibt, und wahrscheinlich machen das ohnehin alle und nur ich bin wieder nicht, ich habe wieder nicht begriffen, was läuft, und das wäre ja das Thema überhaupt, wie Frauen sich an sich selbst erinnern, davon lebt ja schon der biographychannel, aber die Seite in der Vogue mit den Bildern aus allen Lebenszeiten, die habe ich gern gehabt, das machen sie jetzt gar nicht mehr da, und die Fotos waren ja auch so klein, das wird die Claudia auch noch machen, und dann kommen die Klestil-Frauen als Erste dran, aber es wird ja alles eine homestory, und jetzt ist gar nichts passiert, ist das jetzt ein gutes Zeichen oder gar nicht, und die foundation lässt sich auch gleichmäßig verteilen, was bedeutet das, ist die Haut so zufrieden vom Laufen oder muss ich das Glück beim Schminken mit schlechter Laune von der Claudia bezahlen, oder die Tanja setzt sich dazu und verhindert gleich jede Kommunikation, und die Hose, die muss ich nicht bügeln, ich hasse diese auswahllosen Situationen, und eigentlich müsste ich für jede Bastlerzeitschrift schreiben, wenn die was haben wollten, von mir, und wenn ich nicht aufpasse, kellnern geht nicht mehr, meine Liebe, da gibt es viel Eifrigere als dich, die das viel besser können, und du schaust nicht mehr jung genug aus, für solche Jobs, die kriegst du gar nicht mehr, meine Liebe, du wirst jetzt da hingehen und einen sehr interessanten Vorschlag machen, den die Claudia nicht ablehnen kann und du wirst gleich hingehen, damit du noch mit der Tanja reden kannst, vorher und sie einladen, du lädst sie ein, mit der Mia und dann gehst du zur Claudia ins Büro, ganz selbstverständlich, dann kann sie sich nicht anhängen, das wirst du doch schaffen, ich muss halt etwas sagen, irgendetwas wie, dass sie sich nicht vom Arbeiten abhalten lassen soll und dass ich sie nicht aufhalten will und so, und dann davonmarschieren, und ich nehme eine kleine Tasche, das schaut nicht so nach Musterkollektion aus, nur das kleine Notizbuch, oder sollte ich so tun, als hätte ich eine Tasche voll Konzepte, und die arbeite ich dann um, mit dem Hosenanzug bin ich cool und ich nehme gar keine Handtasche, ich nehme gar nichts mit, da muss sie sich nicht fürchten, dass ich ihr schon etwas Fertiges hinlege und sie hat das Gefühl, wir entwickeln die Ideen gemeinsam, oder sie tut das, hauptsächlich, und nur einmal auf die Dissertation anspielen, ein einziges Mal, und sie gleich fragen, wie das vom Standpunkt der Praxis zu beurteilen ist, und du gehst besser los, und soll ich der Tanja eine Melone mitbringen, vom Markt, aber das ist zu penetrant, aber ich könnte sie beim Melonenessen zurücklassen, sie kann nicht Melone mampfend zur Claudia mit hinauf, und soll ich die Haare doch hochstecken, aber, sogar Ivana Trump trägt das nicht mehr, wahrscheinlich muss sie ihre Narben besser verstecken, und ich bekomme Kopfweh, wenn ich die Haare so hinaufdrehe, und nach dem Termin, dann gehst du sofort zum Wrenkh, auf einen Salat, so viel Belohnung muss sein, und wo sind denn nun alle Sachen, das handy, die box wieder voll, hat der Gerhard doch angerufen, heute Abend treffe ich die Gabrielle, ich habe diesen Film nie gesehen, und das wird doch Zeit, obwohl ich keine Lust habe, ich mag nichts mehr über die Nazizeit sehen, auch wenn es Charlie Chaplin ist, und es wird ja doch diesen Krieg geben, der Bush wird das schon durchziehen, so wie er in die Kamera grinst, und der könnte auch ein Kochrezept empfehlen, wenn er so dasitzt, aber die Gabrielle geht noch einmal, meinetwegen, da kann ich nicht absagen, und man muss diesen Film gesehen haben und ins Stadtkino gehe ich gern, da gehe ich immer gerne hin, und wo ist die Kleiderbürste, warum sind diese Flankerln auf der Jacke, wie kommen diese, ja, das ist vom weißen Angorapullover, das muss vom weißen Angorapullover kommen, die Flankerln bleiben im Mantel innen hängen und dann auf der Jacke, die kannst du nicht anziehen, doch den Rock und die lila Strümpfe und jetzt wird es richtig eng, oder die pink, die gehen beide, pink, und da komme ich gerade pünktlich hin, da gehe ich erst nachher zur Tanja, und beeil dich, da müssen die Augen noch betont werden, da reicht das nicht, und dann die Jacke, sonst kommen auf den Pullover auch die Angorafluseln, weil ich die Angorapullover nicht ins Tiefkühlfach lege, weil ich da Maple Walnut und Baccio liegen habe, weil ich da meine Sünden aufbewahren muss, weil da Großpackungen Viennetta und Cremissimo liegen müssen, da sollten die Angorapullover liegen und dann gäbe es keine Fressorgien in der Nacht und keine Figurängste, ich hätte mich nicht angezogen, heute Nacht, und wäre zu einer Tankstelle gefahren, oder zum Bahnhof und hätte eingekauft, und dann wäre ich schon auf dem Weg, aber ich kann ja mit dem Auto fahren, das geht sich alles aus, und es schaut lustiger aus, und sogar erwachsener, irgendwie schaut es so nach großer Schwester aus, nette große Schwester von einem besonders süßen kleinen Mädchen in Oilily, so habe ich mich, das ist ohnehin besser, ›Das sind mehr Sie.‹, wie die Modeberaterin sagt, so, das passt, und dann nehme ich noch die rosa karierte von Yamamoto, die hat die Mama richtig cool ausgesucht, und wenn ich schnell gehe, dann brauche ich den Parkplatz vor dem Haus nicht aufgeben, das muss sich ausgehen, und dann habe ich das Auto vor dem Haus, da kann ich morgen die Flaschen wegbringen, oder übermorgen, hinter dem Lusthaus sind die Container, dann zahlt sich das Hinfahren aus, und übermorgen sollte ich wieder laufen gehen, so wie das heute gelaufen ist, das muss sich ändern, ich muss wieder eine Kondition, das war ja richtig depressiv, wie ich mich da entlanggeschleppt habe, das ist Besorgnis erregend, das ist richtig Besorgnis erregend, zu Sylvester schlafen, beim Laufen nur schnaufen, nächtliche Eisorgien, leichter Sexekel, ja, eigentlich graust mir, ein bisschen graust mir davor, irgendwie ist das gerade nicht meins, und ist dieser Lippenstift o.k., oder ist der zu blass, der ist zu blass für den Pullover, da ist der cool red besser, mein Gott, jetzt war das auch noch das letzte kleenex, mit den bellawa-Wattebauscherln, wunderbar, da sind jetzt auch noch Flankerln um den Mund, weiße Flankerln, überall weiße Flankerln, löst sich meine schöne Seele auf, in weiße Flankerln und ist ja dann doch Schmutz, so, der dunkle, das ist besser, oder alles weg, und nur foundation und ein Hauch Terracotta um die Augen, aber dafür ist jetzt keine Zeit und ich bin nicht Cate Blanchett, so sollte man aussehen, besonders, es dürfte nicht einmal klar sein, ob man schön oder hässlich ist, nur besonders, und dann zu den Menschen gehören, die so hinter diesem Aussehen verborgen sind, und nie erreichbar, wie dieser Mike, bei dem war es wirklich bei jedem Licht, der war bei jedem Licht interessant, den hätte man den ganzen Tag anschauen können, und so entgegenkommend schön, das war der nicht, und dann müsste man in New York leben, da holen sie einen von der Straße, mit so einem Aussehen, und der hat nicht viel tun müssen, bodybuilding, aber das muss da ohnehin jeder, und er war natürlich schwul, gut, dass ich nichts gegessen habe, es ist ein angenehmeres Gefühl, und ich sollte eine Diät machen, insgesamt, irgendwohin gehen und reinigen, eine Reinigung, eine Pause und dann neu, den Gerhard gar nicht mehr, den ruf ich nicht mehr zurück, man sollte den Leuten gar nicht die Nummer geben, aber am Anfang ist alles so, und ich bin zu vertrauensselig, ich kann mir nie vorstellen, dass irgendeine Person nicht so nett ist, wie ich sie mir vorstelle, die Haare gehören hinauf, mit dem Rock gehören sie hinauf, das machen wir jetzt noch, mit dem Rollkragen schaut das nicht gut aus, wenn die Haare nicht frisch gewaschen sind, da hängen sie traurig, o. k., das muss reichen, und wenn ich laufen gehe und kein Fleisch esse, dann ist das ja auch schon ganz gut, das tut mir immer gut, vegetarische Wochen, ganz vegetarisch sein, das wäre das Beste, aber dazu bin ich zu chaotisch, dann vergesse ich es wieder und komme erst am Ende vom knusprig gebratenen Rindfleisch im Kiang drauf, dass ich eigentlich vegetarisch sein wollte, und die zwei Teller räume ich noch weg, dann kann ich jemanden mit nach Hause nehmen, wenn die Tanja doch freundlich ist, dann könnte sie ja Kaffee trinken kommen, ich lade sie ein, sie kommt, und wir plaudern über alles, wir haben uns doch immer gut verstanden, wir haben über alles reden können, und die Tanja ist intelligent, sie ist die Intelligenteste da, überhaupt, und ich verachte sie doch nicht, weil sie für so ein Massenblatt arbeitet, es ist natürlich schade um ihre Ausbildung, aber vielleicht projiziert sie das auf mich, auf uns, wir waren da ehrgeizig, ehrgeiziger, und dass sie als Psychologin da, findet sie das einen Abstieg, findet sie das einen Verrat, weil sie ja eigentlich etwas Therapeutisches machen wollte und dann noch lange kein Geld verdient hätte, ich verstehe das doch, ich verstehe doch, dass man es jetzt ordentlich haben will, wir haben auch ein Recht auf einen Lebensstil, und dann muss man halt solche Sachen machen, ich hätte ja auch nicht gedacht, dass ich einmal Sexratgeber schreiben werde und Foucault auch keine Rolle mehr spielt, aber das kann man nicht mehr besprechen mit ihr, damit könnte ich nicht mehr anfangen, es ist richtig vorbei, mit der Tanja ist es ganz einfach aus, ich hätte bei ihnen wohnen bleiben müssen, aber das hätte auch nichts geholfen, sie hat sich vollkommen geändert, so lange sie am Konzept gearbeitet haben, da war das noch lustig und fesch, aber jetzt sind sie erwachsen geworden, jetzt nehmen sie das alles ernst, dabei haben sie doch Erfolg, da sollte man sich ein bisschen Übermut leisten können, aber das tut ja dann keiner, höchstens wie der Gerhard, oder der Robert, die koppeln ihr Liebesleben an ihren Erfolg, so wie die Autofahrer, die einem den Vorrang nehmen, die einen schneiden müssen, damit sie am Abend ficken können, und die Gerti Senger, die fände das immer gut, Hauptsache man kommt zu einer der 14 Sorten von

Orgasmen, Prostituierte, Vorrangschneiden, Parlamentsdebatten, für so eine Sexberatung ist das alles gleich, und deshalb brauche ich mit dem Gerhard nicht einmal reden, der merkt das nicht einmal, als Nächstes vielleicht eine nette Fotografin, bei der APA haben sie eine Neue, die wirkt noch eifrig, und die ist noch richtig jung, und ich habe meine Ruhe, und man kann wirklich nichts, man muss wirklich durch alles durch, das hätte ich wissen können, und ich gehe zu Fuß hinunter, wo ist der Schlüssel, wo ist schon wieder dieser Schlüssel, das gibt es doch nicht, du kannst doch nicht jedes Mal nach dem Schlüssel suchen, du bist hereingekommen, also muss der Schlüssel da irgendwo sein, wahrscheinlich bei den Laufsachen, im Badezimmer, aber warum sollte ich da den Schlüssel, ich muss mir einen Haken montieren, auf den der Schlüssel kommt, wenn ich hereinkomme, dann muss der Schlüssel auf den Haken und wenn ich hinauswill, nehme ich ihn herunter, weil ich gleich Wasser getrunken habe und die Tür ist nur zugeworfen, die war jetzt gar nicht versperrt, und du bist ganz allein, es sind alle in der Arbeit, niemand ist tagsüber hier, ich muss Acht geben, ich muss besser Acht geben, solche Sachen, nur weil mir nie etwas passiert, so, und ist alles abgedreht, und soll ich die Heizung ausschalten, der Clemens schaltet die Heizung jedes Mal ab, wenn er weggeht, aber er weiß auch nicht, ob das wirtschaftlich ist, ob das wirklich wirtschaftlich ist, aber niedriger stellen, das ist sicherlich gescheit, und wenn die Tanja mitkommt, dann ist es nicht richtig kalt, die Wohnung muss schon, wenn eine Wohnung kalt ist, konventionell ist es schon, die Einrichtung, 80er, das viele Weiß, aber die erste Wohnung, da macht man sich eben das Kinderzimmer, das man gerne gehabt hätte, und ich hätte damals, dann, diese IKEA-Möbel, diese Fröhlichkeit, das möchte ich nie wieder und Minimalismus, das kommt immer gut, dagegen kann man immer etwas einwenden, aber man kann es immer anschauen, und ich habe diese Neue Prächtigkeit auch schon wieder über, nur bei den Kleidern nicht, aber beim Wohnen, und dann ist das halt konventionell, aber was erwarten die, eine Matratze am Boden und indische Tücher drüber, das ist konventionell, und jetzt wird aufgebrochen, meine Liebe, auch wenn du gar nicht willst und den Schlüssel schon verlegst, gleich beim Hereinkommen, jetzt wird hinausgezogen, Issi Somner, tank girl Lois Lane zieht in die Welt hinaus und nimmt den Kampf mit den bösen Kräften auf, Jessica Somner dekonstruiert Gerti Senger und gibt den Frauen den Orgasmus zurück, obwohl, das könnte man nur mit Verboten, würden strenge Verbote die Sache wieder anheizen, ich sollte ein zweites Schloss montieren lassen, so eines, das man nicht durchsägen kann, da haben sie beim Bauen gespart, die Gegensprechanlage mit Kamera reicht nicht wirklich, wenn einer im Haus ist, einmal, und es ist angenehmer, zwei Schlösser, zwei Schlösser zusperren, die Wohnung verschließen, versiegeln, unzugänglich machen, ich kann nur hoffen, dass hier nie eingebrochen wird, das könnte ich nicht aushalten, und wir nehmen nicht den Lift, meine Liebe, locker hinunterhüpfen, das tut den Muskeln gut, du hast überhaupt kein stretching gemacht, unter der Dusche wäre das, aber du hast ja Melone essen müssen, ist das nun fehlende Selbstakzeptanz, dass ich es nie ganz richtig finden kann, was ich so, es ist immer nur halb richtig, gibt es das, kann es das geben, sich vollkommen richtig zu fühlen, und merkt man dann noch etwas von sich, oder ist das dieses alles oder nichts wie in Amerika, wo die kleinste Abweichung mit dieser Strenge, und ich verstehe das nicht, ich habe das nicht verstehen können, wie dieser Vater seinen Sohn, lectured, der hat ihn belehrt, in einer Schärfe, ich kann das gar nicht beschreiben, mit diesem Ton, dieses Kind, das muss sich schrecklich bedroht gefühlt haben, richtig bedroht, lebensgefährlich hat das geklungen, und die Mutter, die hat weitergekaut an ihrem Schokoriegel, und ich kann es wirklich nicht verstehen, da würde keine Übersetzung helfen, diesen Ton, da müsste ich ein Semester ein Seminar machen, ich weiß nur, dass mit mir nie jemand so gesprochen hat, nein, es wird nicht nach der Post geschaut, jetzt wird dieser Termin, kein handy wird abgehört, keine SMSen, ich tauche da auf, dann können sie mich nicht verschieben, und wenn alles schief geht, dann muss ich halt kellnern, im Siebenstern, oder so, und jetzt kommt der Ausverkauf, da muss man schauen, es genügen ja ein, zwei Stücke, dann verliert man nie den Anschluss, da muss man nur aufpassen, eine Saison genügt und man ist hoffnungslos out, ein Hosenanzug, das wäre gut, der ist jetzt wirklich schon, na vielleicht mit der Mama, und die Jacke ist nicht warm genug, eine Scheißkälte ist das, aber dann musst du wenigstens schnell gehen, dann kommst du mit roten Wängelchen und glitzernden Äugelchen an, dann schaust du richtig frisch aus, ja, die Issi hat ein Leben, werden sie dann sagen, und du wirst lachen dazu, wenn ich denen sage, dass ich das dringend brauche, dann können die das nicht verstehen und dann kriege ich gar nichts, da kommt nichts heraus, du kannst nur die beste Freundin sein oder die Golden-Lady-beste-Freundin, und ich bin halt da die Golden Lady, da ist kein Rollenwechsel möglich, und das geht schon irgendwie, das wird schon irgendwie gehen, ich hätte die Flaschen gleich ins Auto stellen sollen, dann hätte ich sie weggehabt, wenn ich die Tanja mitnehme, das schaut aus, als würde ich saufen, ich kann ja nicht gleich sagen, dass das die Flaschen seit ewig sind, und dass der Gerhard das meiste getrunken hat, der trinkt doch immer seinen Rotwein und der Rest wird kaputt, ich trinke ja nur mit, aber so, das schaut schon gewaltig aus, das sind mindestens 20 Flaschen, war der Gerhard so oft da, aber das hört sich auf, Scheiße, ich hätte die Flaschen aus der Wohnung schaffen sollen, dann wäre das schon weg, dann muss ich nur einmal gründlich machen und neue Blumen und dann ist alles wieder, glatt und geordnet, und nicht wie hier, wo alle mit undurchdringlichem Gesicht an den Hunden vorbeigehen, die gerade auf den Gehsteig scheißen, alle schauen in die Luft, gerade dass nicht gepfiffen wird, dieses Ablenkungspfeifen und dieser Blick, der die Aufsichtsperson ablenken soll und das nie tut, man muss ja dann extra hinschauen, wenn ein Frauerl oder ein Herrl da so betont wegschauen, dann wird man richtig gezwungen hinzuschauen, wie sich das Hundstrümmerl aus dem Arsch von dem Viech quält, und als Lohn für unsere tägliche Koprophilie dürfen wir dann hineinsteigen, kein Wunder, dass man eine weiße Wohnung will und die Schuhe ausziehen muss, aber gezwungen ist man, man wird, behelligt wird man und was heißt das eigentlich, behelligen, helligen, heiligen, das ist doch, das hat doch etwas mit dem Stamm hel zu tun und dann heißt es ermüden, und das passt ja, das ist ermüdend, und das soll es auch sein, eine große Ermüdung der Gesellschaft, immer die gleichen Blödheiten, bis man es nicht mehr hört oder sieht, und nur noch hineinsteigt, und dann drinnen ist, und das ist keine Vorbereitung, schöne Gedanken denken, etwas Heiteres, und strahlend einschweben, auf einer Wolke positiven Denkens, und ich bin wirklich negativ, was ist denn los, ich komme gerade richtig da an, ich war laufen, ich schaue gut aus, das styling stimmt total, ich habe mir alles überlegt, es gibt keinen Grund so schlecht gestimmt zu sein, und du wirst super unglaubwürdig, wenn du es nicht richtig easy meinst, keep your cool, darling, es ist alles perfekto, es ist alles genau so, wie du es gewollt hast, du hättest ja auch eine Stunde laufen können und früher aufstehen und in der Nacht kein binge eating und da kann man nichts machen, mehr als man ist kann man nicht sein, oder du strengst dich mehr an, du weißt es ja auch immer, du bist ja nicht intellectually challenged, intelligent aber faul, aber es ist nicht Faulheit, eigentlich ist es nicht Faulheit, wenn ich alles richtig mache, dann, es würde alles verschwinden, wenn ich alles richtig mache, dann habe ich kein Leben mehr, richtig machen, das ist noch etwas anderes als funktionieren, wenn ich vernünftig gewesen wäre und mit dem Gerhard nichts angefangen hätte, dann wäre das ganze Jahr, dann wäre das wie, wie verschwunden wäre das, und dann bin ich nicht weitergekommen als bis zur Romantik, ein Pflichtleben, das findet sich nicht für mich, ich muss in diesem Miniwiderstand, da bin ich stecken geblieben, ich muss mir selber Nachtseiten suchen, und wahrscheinlich könnte ich das auch mit einer sexuellen Perversion, dafür bin ich eigentlich zu faul, zu feig bin ich dazu, intelligent aber feig, aber ein bisschen aufpassen muss ich noch können auf mich, ein Bier trinken nach so einer Perversion, das ist zu spießig postmodern, das könnte ich nicht, nicht so gut, und woher weiß Gerti Senger, dass es 14 Arten von Orgasmen gibt, und ich würde Sex ja nur lernen wollen, damit man dann richtig frei wird, dass man mit genauen Zeichnungen alles ganz genau aufmalt und die Grundmethoden richtig lernt und dann beginnt die Kunst, und fernöstlich ist nichts, da bleibt man in so einer Nachmacherei, das ist auch nur diese umgekehrte Didaktik, diese Kolonialisierung durch totale Annahme, peinlich ist das, und das eigentliche Thema wäre doch, wie die Globalisierung im Sex funktioniert, das Rundherum, dieses ganze Rundherum, obwohl diese japanischen Pornos, da läuft das alles ganz anders, da würde die Katrin sich wundern, die handeln nämlich davon, wie er sie währenddessen zu einem Orgasmus zwingt, die ist da so auf ihm aufgebockt und er reibt ihr die Klitoris und steckt drin, und das geht nur, wenn sie sehr viel kleiner ist als er, und auch wenn das dann ein gespielter sein soll, er schiebt die Schamlippen so weg, dass die Kontraktionen zu sehen sind, rund um seinen Schwanz, gut, jetzt kann sie die machen, das kann man lernen, aber wissen das alle, oder setzt das alle dann doch unter Druck, dass sie einen echten haben muss, wenn sie ihn liebt, wenn ein japanisches Paar in einem von diesen love hotels, wenn die in das da gegangen sind, wo das Bett ein Cadillac ist und sie schauen sich den Porno an, möchte sie dann kommen, wenn er sie dazu zwingt, oder spielt sie es dann, damit alles richtig ist, oder ist es so schon richtig für sie und ich kann diesen Porno ohnehin nicht interpretieren, weil ich den Kontext nicht verstehen kann, aber den vom Gerhard, den verstehe ich auch nicht, ohne Emotion, da läuft einfach keine Info, und er verlangt ja sowieso alles, dieser Befehlston, der macht ja alles dann auch einfach, der hat ja dann alles auch einfach gemacht, aber das machen wir nicht mehr, das ist nämlich der Grund für deine schlechte Laune, eine unbefriedigende Geschichte, das weißt du jetzt, das hast du geschnallt, das brauchst du nicht mehr, das haben wir auf der Platte und das reicht, und jetzt wird es langsam Zeit, das Thema wieder klarer zu fassen, vielleicht sollte man Frau Senger interviewen, und dann alle anderen Sexaposteln, über ihren Sexbegriff, und was sie persönlich davon haben und wie ihre Arbeit ihr persönliches Sexleben verändert hat, die Senger, die hat doch diese Fernsehshow gehabt, mit Paaren, haben die da etwas vorgeführt, wann war denn das, war das noch 80er, aber es war irgendwie lächerlich, schwülstig und tantenhaft, dass man das alles dürfe, die Märchentante, die einem das Knusperhäuschen zeigt, aber nur, wenn sie will, da ist dieser crossdresser auf VOX besser, dem glaubt man das, das Interesse, und dann sind die wieder die besseren Frauen, die Transen, und das hieße, dass Frau Senger eigentlich ein Mann ist, aber das ist die Generation, da ist den Frauen nichts anderes übrig geblieben, die haben da ihre Weiblichkeit nur unterdrückt, ich würde mich nie in diesen Schlabberdingern verstecken, wir lassen uns nicht übersehen und wenn mir einer sagt, ich soll meinen Nabel nicht herzeigen, da würde ich sofort gehen, so viel Belohnung muss schon sein, dafür, als Frau herumzulaufen …«

»... Scheiße, Scheiße, Scheiße, auf was hast du dich da wieder eingelassen, allein in der Wohnung, allein mit ihm in der Wohnung, aber wen hätte man fragen können, niemand lässt sich auf so etwas ein, und es wäre nicht fair, obwohl ihm gegenüber, aber es wäre doch so, und ich traue es mich nicht, eigentlich traue ich mich nicht, es wäre eine, eine Komödiensituation wäre das, jemand sitzt im Badezimmer hinter dem Duschvorhang und kommt heraus, falls er komisch wird, und wie weiß diese Person, wann er komisch wird, es ist so ein Widerwille, so eine Angst, sich lächerlich zu machen, dabei könnte mir das gleichgültig sein, das könnte mir vollkommen wurscht sein, was dieser Kerl von mir denkt, oder irgendjemand, und ich schaffe es nicht, ich schaffe es einfach nicht, dass es mir gleichgültig ist, was jemand von mir hält, in solchen Dingen kann ich es nicht aushalten, aber wenn ich der Nietsch die Rechnung nicht bezahlt habe, dann genügt es, ihr aus dem Weg zu gehen, das ist mir nicht peinlich, mir ist peinlich, wenn er dastünde und feststellen müsste, dass man ihm nicht vertraut, dass man ihm nicht mehr vertraut, da wäre ich fertig, das würde mich fertig machen, das wäre mir peinlich, weil ich als enge Person dastünde, uncool, und ich bin verschreckt, ich bin einfach verschreckt, dass er sich gekränkt fühlen könnte, dass er sich verletzt fühlen könnte, dass diese Verdächtigungen ihn treffen könnten, und warum nehme ich mir das zu Herzen, gefährdet bin ja nur ich, ich gehe ein Risiko ein und kann nur daran denken, was das für ihn bedeutet und ich wäre das ideale Opfer für einen Horrorfilm, unschuldig und ewig gutgläubig, und was habe ich mir gedacht, was habe ich mir vorgestellt, dass er vor meinen klaren jungen Augen zusammenbricht und gesteht, wie in ›Murder, she wrote‹, ich sitze auf meinem weißen Sofa, er steht vor mir und macht sein Geständnis und was sagt er dann, was sagt der Täter in so einem Fall, was kann der Täter schon sagen, warum er so etwas macht, was ihn dazu treibt, so etwas zu machen, weiß er das denn überhaupt, ist ihm das denn bewusst, und hat er so etwas schon öfter gemacht oder war das das erste Mal und was hat es dann ausgelöst, und dann sagt er doch sicher, dass es die Mia war, dass die Mia das bei ihm ausgelöst hat, weil sie immer so lieb ist, weil sie so lieb sein will, weil einem das dann auf die Nerven geht und weil einen das aggressiv macht und dann, und wo weiß so einer, was er da treibt, weiß er das parallel zum normalen Leben, weiß er das im normalen Leben und ist das der Genuss, oder ist er normal und happy und dann hat er auch noch die Möglichkeit, in sich an einen anderen Ort zu gehen und da ist wieder das Normale oder ist nur einfach alles richtig, was er macht und es gibt ohnehin keine Instanz und er braucht sich gar nichts denken und hat immer nur alles, jedenfalls geniert er sich nicht, der Gerhard geniert sich für gar nichts, ich werde ihm das Manuskript hinlegen und fragen, ob er das ist, dann muss er wenigstens sagen, ob er die Mia gekannt hat, ob er sich an die Mia erinnert, an dem Kanzlerheurigen, vor einem Jahr, da war auch die Mia mit, da hat die Claudia ja alle hinbestellt, einen großen Auftritt machen, das kommende Redaktionsteam, oder beim Sluka, oder im Landtmann, oder im Eiles, die Mia geht ja immer frühstücken, da hätten sie sich schon kennen lernen können, rund ums Parlament, oder wieder treffen, die Mia und der Gerhard reden beim Kanzlerheurigen und 2 Monate später sieht er sie im Eiles und setzt sich zu ihr, oder an den Nebentisch, zuerst, und dann schaut er so und fragt sie, ob sie sich erinnern kann, dass sie miteinander geredet haben, da, oder sie kennen sich schon aus der Zeit, wie die Mia fürs Profil fotografiert hat, die Mia kann man sich leicht merken, dieses Schneewittchengesicht, so veilchenblaue Augen und ebenholzschwarze Haare, die sieht man nicht alle Tage, und mit den Fotografen, mit denen sind alle freundlich, die merken sie sich noch einmal mehr, und die Mia kennt ziemlich alle aus der Zeit, und ihr war das dann wirklich zu viel, diese Kameraderie, diese grobe Selbstverständlichkeit, nur weil sie die Kerle fotografiert hatte, müsste sie noch nicht gleich ins Bett mit denen, und die wollten ohnehin alle nur mit ihrer Kamera ins Bett und nicht mit ihr, Kammerzofensex, nur musste sie nicht das Bett machen, sondern die Bilder von denen, die Mia war immer sicher, dass es besser gewesen wäre für sie, hässlicher zu sein, da hätten die Frauen sie nicht so gehasst, sie hat sich ja auch nicht geschminkt, deswegen, nur schaut sie halt ungeschminkt noch besser aus, aber sie war ja dann heraußen, aus dieser Welt, und hat nur noch geknipst, nur noch nette Leute, die schön ausschauen wollen, Hochzeiten und Feste, und ohne Atelier geht sich so etwas schon aus, und sie hat nie wirklich einen Ehrgeiz gehabt, und sie hat sich immer sofort ausruhen müssen, sie ist nach Hause gekommen und hat sich sofort ins Wohnzimmer auf die Couch gelegt, aber so hilflos, wie sie getan, das war sie nie, das war nicht gespielt, aber das war mehr so eine Art Freundlichkeit, da hätte man sie falsch eingeschätzt, sie hat dann schon immer gemacht, was sie wollte, sie hat alle immer lange reden lassen und sich alles angehört, die Tanja hat das nie richtig überrissen, wie unabhängig die Mia war, eigentlich, und die Claudia sollte da sein, sie sollte jetzt hier sitzen, wenn er kommt und man sollte ihn gemeinsam konfrontieren, mit der Geschichte, und ihm sagen, was die Mia da sagt, was sie da geschrieben hat, und er würde es abstreiten, entrüstet und gekränkt würde er es abstreiten, vor Zeugen, ich hätte der Claudia sagen sollen, dass sie mich wenigstens anrufen soll, dass sie versuchen muss, mich zu erreichen, und wenn ich bis ein Uhr nicht bei ihr angerufen habe, dann soll sie die Polizei einschalten, oder selber kommen und ich hätte ihr einen Schlüssel lassen müssen, und ich habe mich überrumpeln lassen, von ihr, ich habe mich vollkommen überrumpeln lassen, und eigentlich hat sie mich erpresst, ganz einfach erpresst, sie zieht nur mich ins Vertrauen, niemand anderer weiß etwas, niemand anderer darf etwas wissen, erst wenn die Geschichte wirklich ausrecherchiert ist, dann lässt sie die Bombe platzen, dann gibt es Mias story als Vorabdruck, und ich darf ihre Verbündete sein und woher weiß sie, dass ich den Gerhard, aber wie stellt sie sich sonst so eine Recherche vor, ich kann froh sein, wenn er zugibt, dass er die Mia gekannt hat und wenn das alles stimmt, dann war das gleich danach, wie er mich angerufen hat, weil er meine Nummer wieder gefunden hat, zufällig, und wenn man die Geschichte glaubt, dann stimmt alles und wenn man sie nicht glauben will, gibt es keinen einzigen Grund dagegen, und es kann immer noch sein, dass die Mia spinnt, und dass sie alles erfunden hat, und für sie ist das alles so, und das wäre ja krass genug, aber hat er dann etwas damit zu tun, oder hat sie sich ihn einfach ausgesucht, sie hat mit ihm geredet und ist nach Hause gegangen und Wochen später, Monate später wird er die Hauptfigur in ihrem Horrorroman, und wenn die Claudia weiß, dass ich mit ihm, wer weiß es noch, allein dafür wird er mich, Schluss ist auf jeden Fall, nach heute Abend ist von ganz alleine Schluss, man kann niemanden fragen, ob er eine der besten Freundinnen ein Wochenende lang gegen ihren Willen festgehalten hat und gequält, und dann befreundet bleiben, ich habe es ihm dann ja jedenfalls zugetraut, Vertrauen kann man da nicht vermuten, ich finde natürlich, dass das ein besonderes Vertrauen beweist, wenn ich mich traue, ihn das zu fragen, aber das würde niemand so sehen, ich auch nicht, und man kann ja wirklich die falschen Dinge sagen und dann nie wieder miteinander reden können, wie die Tanja geglaubt hat, dass ich mit dem Harti in der einen Woche, wie sie den Artikel über Prada recherchiert hat und in Mailand war, und der Harti hat nur Kaffee getrunken, ich könnte mit dem Harti gar nichts anderes trinken, mit dem Harti könnte ich nicht

Alkohol trinken, mit dem Harti wollte ich nicht einmal einen Gespritzten trinken, der Harti ist ein strikter coffee-only-Typ, aber das kann sich die Tanja dann nicht vorstellen, dabei hat sie ihn gar nicht richtig gewollt, und mir ist kalt, reine Nervosität, da hilft die Heizung auch nichts, und für eine Wolljacke bin ich zu faul, da sitze ich und friere und hoffe immer noch, dass die Wolljacke von allein herüberfliegt, aus dem Schlafzimmer, oder dass sie mir gebracht wird, und ich habe es lieber unbequem, bevor ich jetzt aufstehe, und das ist eine seltsame Situation, eine sehr seltsame Situation, eigentlich ein Film, und kann man einen Mann ruinieren, mit so einer Geschichte, er hat ja sonst nichts gemacht, er hat sie festgebunden, das heißt er hat sie nicht losgebunden, nachher, und hat sie dann am Sonntagabend befreit, er kann immer sagen, dass er zurückgekommen ist, weil er sich Sorgen gemacht hat, weil sie nicht erreichbar war, und sonst ihr handy immer eingeschalten, und dass er dachte, dass er die Knoten aufgemacht hatte, man müsste wissen, wo er war, an dem Samstag und an dem Sonntag, und ob er vorbeigekommen ist, gesehen hat ihn niemand, jedenfalls kann sich niemand erinnern, ihn je im Stiegenhaus gesehen zu haben, aber das ist einfach, die Daisy und ihr Mann, die fahren in ihr Haus im Waldviertel, am Wochenende, die sind immer weg, jedes Wochenende, und die anderen, der Buchhändler ganz oben, der ist entweder im Geschäft oder er haut mit seinem Fahrrad ab und ist den ganzen Tag weg, die Billy und ihr Mann schlafen das ganze Wochenende, die gehen nicht einmal einkaufen aus dem Haus, die gehen dann nur am Abend weg und sonst kennen wir niemanden da, und als Staatssekretär, sehr bekannt ist sein Gesicht dann auch wieder nicht, und vor dieser Regierung hat man seinen Namen überhaupt nicht gekannt, und ich glaube, die Leute da, in der Josefstädter Straße, die sind nicht sehr politisch, der Mann von der Daisy ein bisschen, aber die anderen, und die Billy und der Kurt, in swinger clubs wird man nicht so viele Politiker treffen, und wenn, dann wäre das ein Grund, den zu wählen, dem seine Stimme zu geben, jedenfalls für die 2, und die sind immer so lustig, die swinger-club-Leute, die brauchen nur einfach Abwechslung, die können sich nicht konzentrieren, und die können ihren Egoismus sozialisieren, denen geht nichts verloren, vor lauter Egoismus oder was es halt ist, ich kann immer noch etwas verlieren, dabei, ich bin nicht gefestigt, ich kann immer noch nicht entscheiden, was ich mir gestatten kann, und will, und warum will ich das aber nicht verlieren, warum habe ich das Gefühl, weniger kostbar zu sein, ich würde mich nach einem swinger club weniger kostbar fühlen, nicht weniger wert, aber weniger kostbar, aber sogar in ›Plattform‹ muss ja die große Liebe auftreten, und deswegen macht mir ein solches Buch Angst, nicht wegen der zynischen Schilderungen am Anfang, die kann ich gut vertragen, es ist wegen der großen Liebe, dass die jeder haben kann, auch wenn er vorher ein solches Schwein war, die große Liebe dann, das ist nicht auszuhalten, dass dem dann alles zufällt und er hat den Mittelpunkt, obwohl er natürlich erst verwundbar wird, nachdem er eine Frau in diesen Mittelpunkt zugelassen hatte, und dann ist das alles schon wieder in der Romantik zu Hause und nostalgisch und die Frage ist ja ohnehin, ob er kommt, 4 Wochen nicht zurückrufen und alles abschalten und dann zu einem

Gespräch bestellen, da wird er doch wegbleiben, da wird er doch einfach wegbleiben, und es gibt keinen Grund, es gibt keinen einzigen Grund, weshalb er so ein Gespräch mit mir führen muss, so eine Geschichte war das ja nicht, wir haben einander nicht einmal sehr kennen gelernt, aber er hat zugesagt, er hat zugesagt, dass er kommen wird, das hätte er nicht machen müssen, er hätte gleich sagen können, dass er keine Zeit hat, und warum sitzt Angela Lansbury nicht mit mir hier, das wäre nett, wir könnten gemeinsam die Fragen besprechen, die wir ihm stellen müssen, es wäre wie Aufgabenmachen in der Schule, mit einer Lehrerin, die einen ernst nimmt, das ist ein Mädchenwunschtraum, von der Lehrerin ernst genommen zu werden, von der älteren Frau, ein kleines Ermächtigungsseminar könnte das werden, und ich hätte ein Publikum, der Mama könnte ich diese Geschichte nicht erzählen, die würde ausflippen, die würde sich hier aufpflanzen und dem Gerhard die Leviten lesen, und das wäre es dann für sie, und die eindringlichen Ermahnungen, die kämen dann wieder täglich, nein, die erste Frage ist, hat er die Mia gekannt, gibt er das zu, dann muss man feststellen, wo er an diesem Wochenende im Juli gewesen ist, am besten wären Spuren von ihm in der Wohnung gewesen, aber die kann man nach so langer Zeit, das kann man vergessen, und sie hat dann alles geputzt, extra sauber hat sie dann gemacht, dann war es wieder richtig sauber, hinter Tür 7, zum Arzt ist sie auch nicht gegangen, sie war nicht dehydriert und die Spuren um die Gelenke, die hätte sie fotografieren sollen, wenn er wenigstens ein ordentlicher Triebtäter wäre, der dann auch noch eine Erinnerung an seine Taten braucht, dann könnte man danach suchen, aber das müsste ein Profi machen, da müsste die Claudia jemanden bezahlen, aber wegen seiner Position geht das ohnehin nicht, dann gäbe es gleich ein Gerücht, gibt es ein Schließfach, in dem Fotos liegen, oder ein Video, davon schreibt sie nichts, aber sie kann sich an lange Strecken auch überhaupt nicht erinnern, und wäre es eine Möglichkeit, die beiden zu konfrontieren und das zu dokumentieren, aber das ist dann wieder nur für sie eine weitere Qual und er kann es genießen, wir müssen das professionell machen, professioneller, es hat ja überhaupt kein Gewicht, was er mir gegenüber sagt, die Claudia hat alles auf mich abgewälzt und wird mich dann für alles verantwortlich machen, die investigative Reportage, ha ha, ich lasse das Tonband mitlaufen, aber im Schlafzimmer kann ich es nicht verstecken, in der Lade brummt es zu laut, richtig abhören, da müsste ich überall Mikrophone haben, und dafür bräuchte ich ein Budget, und wie sichere ich mich ab, ich will da nicht als Kronzeugin auftreten müssen, weil nur ich etwas gesagt bekommen habe, wenn ich mich da öffentlich einmische, dann kann ich alles vergessen, dann kann ich auswandern, und ja, es ist sehr nett von dir, dir doch eine Wolljacke zu holen, und ich sollte noch etwas essen, damit der Alkohol nicht, einen Toast, wenigstens, sonst gibt es ohnehin nichts, und eigentlich muss ich mir nur anschauen, wie viel ich einkaufe, wenn einer zu Besuch kommt, im September war der Eiskasten total voll gestopft, damit alles da ist, worauf er Lust haben könnte, und jetzt, 5 Monate später, liegt eine Packung Anker Singlevollkorntoast im Eiskasten, eine Flasche Wodka und eine Flasche Gobelsburger Messwein, na toll, ich könnte Spaghetti kochen, aber es ist ja auch kein Geld da, und die Claudia hätte mich wenigstens den Artikel über die frechen Erotiktipps machen lassen können, und imgrund hat sie mich wieder ins Volontariat zurückgestuft, wenn ich die Sache mit dem Manuskript von der Mia richtig handle, dann, aber was dann, über Geld ist wieder nicht gesprochen worden, und wie stellen die sich das vor, die können sich das nicht vorstellen, wie das ist, wenn man nicht jeden Monat diese Überweisung erwarten kann, bei mir sind nur die Abbuchungen regelmäßig und von der UTA ist schon wieder eine Mahnung gekommen und dann habe ich keinen Internetzugang, dann kann ich nicht einmal mehr ins Internet, morgen rufe ich die Claudia an, oder ich maile ihr einfach eine Spesenrechnung und eine Stundenliste, allein die Analyse von dem Manuskript, das ist allein schon eine Woche Arbeit, das ist gebackener Kleister, dieser Toast, aber es ist warm, es ist eine warme Mahlzeit, wenigstens eine warme Mahlzeit am Tag und warum komme ich nicht aus diesem Studentenleben, oder kommt man da nicht heraus, ich darf so etwas nicht denken, ich muss mich besser coachen, für dieses Treffen, ich darf nicht einmal einen Augenblick denken, dass ich in einer studentischen Situation bin, dann kann er sich sofort über mich positionieren, ich bin hier in meiner eigenen Wohnung, ich bin hier in charge, ich darf ihm keine Initiative zukommen lassen, ich muss jeden Versuch von ihm, das Gespräch zu übernehmen, im Keim ersticken, er darf gar nicht in die Nähe einer Initiative kommen, das ist Gesprächsführung 1, und es muss alles locker bleiben, es darf nicht emotional werden, immer leicht und drüber hin, ich darf mich nicht involvieren, ich darf mich überhaupt nicht identifizieren, es darf nicht der Hauch eines Vorwurfs, damit würde ich mich sofort verraten, er darf nichts vermuten, ich muss alles aus dem Manuskript vergessen und nur diese Fragen in Erinnerung behalten, damit er nicht einmal irgendwie meine Vermutungen auch nur ahnen kann, ich muss das alles vergessen, damit ich mich nicht verstellen muss, ich muss eine Rolle spielen, richtig und vollkommen eine Rolle, sonst gefährde ich mich noch wirklich, ich bin natürlich nicht so ein zartes Blümchen wie die Mia, aber wenn er solche Sachen macht, und wenn er annehmen muss, dass man ihm draufkommen könnte, reagieren müsste er, jedenfalls, und wie zivilisiert, ach Gott, das handy, und er ist es, und warum ruft er an, sagt er ab, aber wenn ich nicht mit ihm rede, dann glaubt er vielleicht,

›Ja. Hallo.‹

›Du. Ich bin es. Ich werde mich um eine halbe Stunde verspäten. Ich komme hier noch nicht heraus. Du weißt ja. Und ich komme dann. Ja?‹

›Ist gut. Ich warte. Ciao.‹

so, das ist wie immer, das ist so, wie er es immer macht, da kommen noch 2 Anrufe und am Ende ist es dann zu spät, Koalitionsverhandlungen, ich hoffe ja nicht, dass das mit den Grünen funktioniert, aber das schaffen sie nicht, Macht, das bleibt schon rechts, mit den Roten, das ist den ÖVPlern doch widernatürlich, die hassen die doch, die hassen die doch richtig, das war im Wahlkampf doch zu hören, und wenn sie mit den Grünen, den ÖVPlern, denen geht es um, Begradigungen, die wollen dann schon jeden Baum umschneiden können, der sie stört, oder doch gleich alle, so wie diese Gärten in Hitzing, oder in Döbling, nie Natur, immer alles abgeschnippelt, Schrebergärten sind Urwälder dagegen, und ich habe Angst vor ihm, weil er mir sagen wird, dass die Mia das so gewollt hat, dass die Mia das alles genau so gewollt hat, und dass es kein Argument dagegen gibt, als dass das nicht richtig ist, dass sie es nicht gewollt hat, dass sie es sicher nicht so gewollt hat, und dann wird er grinsen und mir sagen, dass ich nichts weiß, dass ich nichts begriffen habe und dass ich mich nicht auskenne, dass ich mich gar nicht auskenne, beim Sex, und das ist wie in der Schule, es ist dieses Gefühl, alle anderen wissen etwas, und selber ist man draußen, und dumm, blöd, begriffsstutzig, und deswegen hat man dann diese ganzen Pornos angeschaut, damit man es endlich auch weiß, aber es hilft nichts, der, der zuerst behauptet, du weißt es nicht, der hat gewonnen, und ich stehe dann da und bin ganz allein, eine verletzte Mia, ein kaputtes Miakätzchen, die ist da gar nicht existent, in diesem Argument, und das ist wie diese Vermieter, die ihren Mieterinnen durch die Spiegel im Badezimmer zusehen, dagegen gibt es ja auch kein Gesetz, die kann man auch nicht bestrafen, und hier kann man nicht einmal sagen, dass es falsch ist, am Ende muss man dann mitlachen, über sich lachen und mitlachen, damit die anderen wenigstens vergessen, dass es einem passiert ist, und deshalb ist die Claudia so vorsichtig, wahrscheinlich, weil man in Wien so etwas nicht ernst nimmt, weil man in Wien so etwas schon überhaupt nicht ernst nimmt, das hat man ja beim Kardinal Groer gesehen, Unrechtsbewusstsein, das gibt es da nicht, er hatte keines und alle anderen auch nicht und es liegt nur daran, dass die Medien etwas berichten müssen, damit sie die Seiten und die Sendezeit füllen, auch in den Medien hat es niemand wirklich falsch gefunden, was der Groer gemacht hat, wie der Kurti sagt, es wird ja nichts weniger dabei, und das ist ja die Frage, was passiert denn schon dabei, der Gerhard hat die Mia nicht einmal vergewaltigt, jedenfalls kann sie sich nicht erinnern, aber nicht einmal dann, gibt es hier eine Vorstellung, dass das nicht richtig ist, es sollte nicht passieren, das Gefühl, das ist sehr stark, aber das heißt nur, dass man nichts wissen will davon, bei der Groer-Geschichte haben die Medien ja auch so eine Art internationalen Standard vertreten, weil man so etwas in England nicht gut findet, oder in Amerika, weil die internationale Presse über solche Sachen berichtet, so wie das Profil die Spiegel-Geschichten 4 Tage später nachmacht, so ist das auch mit diesen Geschichten, warum das verletzend sein soll, für die Opfer, das kann hier niemand verstehen, sicher niemand von dieser Regierung jetzt, und deshalb passt es ja auch, dass es der Gerhard ist, und vielleicht gibt er ja auch alles ganz freimütig zu, stellt sich hin und gibt noch an damit, oder er wird so süffisant besserwisserisch und sagt, dass man halt nur machen soll, was man auch aushalten kann, und dass sich die Mia halt nicht so auf Sadomaso einlassen hätte sollen, wenn sie es dann nicht verträgt, aber was passiert denn wirklich, wenn sie vorher so etwas gemacht haben, und sie hat es gemocht, kann man dann sagen, jetzt will ich nicht mehr, geht das, wenn man die Entscheidung einmal getroffen hat, kann man das von einem anderen dann verlangen, dass man das abdreht, ist das wirklich ein Spiel, wenn nur einer die Spielregeln festlegt und der andere sie befolgt, und meine erste Reaktion war das doch auch, dass sie sich halt nicht auf so etwas einlassen hätte sollen, die blöde Kuh, wie kann man so etwas machen, wie kann man sich jemandem so anvertrauen, das wäre mein größtes Problem, darüber sagt sie ja nichts, warum sie mit ihm, das beschreibt sie überhaupt nicht, welche Gefühle sie für ihn, wollte sie das nur ausprobieren, oder hat sie das immer so gemacht, hat sie sich immer an ihr Messingbett fesseln lassen, und ich habe zwei Zimmer weiter geschlafen, und sie hat das genossen, ich war die unbefangene Freundin, die das alles nicht wissen hat dürfen, damit es ihr ordentlich Spaß macht, was wird die Tanja sagen, oder weiß die das, weiß die immer alles und ich habe es nicht begriffen, waren diese Blicke nicht, weil ich schon wieder mein Geschirr nicht abgewaschen habe, sondern weil ich das nicht überrissen habe, und dann auch nicht sollte, war ich das harmlose Gänschen der WG, die Provinztusse, von der man solche Sachen fern hält, wahrscheinlich war es nur wegen der Dissertation, das war ihnen zu feministisch, aber sie haben ja alle ein Theorie-Praxis-Problem, hier, in Wien, da gehen alle lieber von der Praxis aus, und wenn es dann schon passiert ist, dann macht man sich lieber keine Gedanken darüber, und warum hat es die Mia dann so getroffen, warum hat sie jetzt so eine Krise, wenn es wirklich das war, was sie gewollt hat, kann man nur ein bisschen maso sein, eine halbe Stunde und dann muss es gut sein, ist maso etwas, was man ein bisschen befriedigen kann, ein schwacher Maso-Impuls, kann man sich wirklich vorstellen, in so eine Art grausames Kinderland zurückzukehren, auf eine halbe Stunde, und wenn es dann Wirklichkeit wird, zwei Tage lang dauernde Wirklichkeit, dann geht man kaputt, oder wusste sie nicht, was sie kaputtmacht, hat sie sich überschätzt, oder hat sie sich nicht vorstellen können, wie das ist, so dazuliegen, zwei Tage lang und der andere sieht einen dabei, und wenn ich mir das alles so lange ausmale, es macht geil, sich das alles vorzustellen, das macht geil, Kehle, Fut, es macht ein klingelndes Geräusch da, aber es ist genau das, was mich abschreckt, was mir Angst macht, und wäre die Überwindung dieser Abwehr nun, wäre das dann Freiheit, oder gar nicht, wenn er jetzt kommt, und ich lasse es so weit kommen, ich müsste ihm das vorschlagen, ich müsste das nur andeuten, ich müsste mich nur so an ihn drängen und ihm das zuflüstern, dass ich wissen wollte, wie das geht, dass ich mir das schon immer wünsche, und dass ich es mich eigentlich nicht traue, aber vielleicht doch und was er dazu sagt, und wenn das funktioniert, irgendwie, ich habe ja kein Bett, an das man sich festbinden lassen kann, aber wenn das funktioniert, wenn er da mitmacht, und dann ist es vorbei, imgrund wäre das dann auch nur die Onanievorlage, wie sonst, nachher, oder man müsste es wieder haben, weil es so toll war, und dann müsste man das haben und nicht die Person, die Sehnsucht wäre von der Person auf die Angelegenheit verschoben, und weil ich gerade in niemanden verliebt bin, deswegen könnte ich das auch, und der Gerhard wäre ideal dafür, in den kann ich mich nicht verlieben, den wollte ich bei dem Heurigen, weil alle anderen auch mit ihm mitgegangen wären, aber so eine nette Sexkameraderie, die ist es dann ja auch nicht geworden, er möchte, dass man nach ihm giert, und es war ja immer nur, dass er noch Interesse hat, und jetzt könnte er langsam auftauchen, diese Warterei ist die Pest, und im Fernsehen, ich kann heute keine C-movies sehen, ich bin ja selber in einem, und jetzt trinke ich ein Glas, vielleicht sollte ich mich einfach ansaufen und herumlallen, wenn ich nur eine bessere Schauspielerin wäre, dann könnte ich so eine Szene spielen und dann sage ich, dass ich halt leider so angesoffen war und dass er alles vergessen soll, die Männer mögen ja hysterische Frauen, eigentlich mögen Männer so richtig hysterische Frauen, die Szenen machen, die glauben dann, dass sie wirklich der Mittelpunkt sind, von diesen Frauen, jedenfalls könnte man sich viel mehr leisten, und Rotwein macht mich sofort schläfrig, ein Schluck und die Augen fallen mir zu, und ich bin müde, ich war schon wieder 2 Wochen nicht laufen, dann bin ich nicht so gut drauf, dann bin ich gleich nicht so gut drauf, obwohl, es ist fast 1, und ich bin früh aufgestanden, warum eigentlich, ach ja, das Frühstück mit der Mijou, und die muss sich auch etwas anderes suchen, die haben diese vielen Tänzerinnen aus Russland, und aus den anderen Ostblockländern, die sind da viel strenger ausgebildet, und die haben einen ganz anderen Biss, die können um ihre Existenz kämpfen, die gehen über Leichen, auch über die eigene, das können wir gar nicht, da sind wir einfach hinten nach, und zu nett, die Mijou weiß jetzt auch, dass es falsch war, dieser Russin auch noch eine Wohngelegenheit, aus lauter Nettigkeit hat jetzt diese Russin die Anstellung und die Mijou ist draußen, aber das Staatsopernballett ist ohnehin in Gefahr, jedenfalls ist das das Erste, was sie auflösen, wenn sie nicht mehr Geld bekommen, und dann hat die Russin auch nichts mehr, und die Mijou ist da so total fair, ich könnte das nicht, so objektiv bleiben, und es ist doch auch immer subjektiv in solchen Dingen, wer besser ist, die Russinnen, die sind halt strenger trainiert, dafür können sie nicht so improvisieren, die kommen halt noch aus dieser militaristischen Tradition, new dance kann man nicht mit ihnen machen, aber die Staatsoper braucht ja Schwanenseeleute, und die Mijou muss es jetzt frei probieren, wie wir alle, es ist ja nur, die Mieten werden deshalb nicht kleiner, und sie muss sich eine billigere Wohnung suchen, damit sie es länger aushalten kann, zwischen Jobs, ich hätte zuerst einmal eine Stinkewut auf die Russin, die Mijou sieht das ganz gelassen, ruhig sieht die das, und sie hat ja auch Recht, natürlich hat sie Recht, und jetzt schlafe ich doch gleich ein, das ist der wunderbarste Augenblick am ganzen Tag, liegen und gerade einschlafen, der ganze Körper ist schon ins Schlafen hineingezogen und nur noch ein schmaler Gedanke, gerade noch genug, nur genug, es schön zu finden, im Wegrutschen in den Schlaf das Denken an den Schlaf, schön, wunderbar, und man weiß überhaupt nicht, wie lange das so geht, ob das nur ganz kurz ist, dieser Zustand, oder ob das so lang ist, wie man es fühlt, herrlich, total herrlich, und

›Ja bitte.‹

›Du, Häschen, ich bin's. Ich brauche nur mehr 20 Minuten. Dann komme ich.‹

›O.k.‹

›Ciao.‹

und was mache ich jetzt, ich hätte ihm sagen sollen, dass ich schon schlafe, dass ich schon schlafen gegangen bin, oder ich hätte das Ding abschalten sollen, das ist doch alles ein Blödsinn, das ist doch alles absurd, so etwas gibt es hier nicht, so etwas gibt es hier doch gar nicht, das ist doch ein Filmskript, was die Mia da geschrieben hat, das hat sie sich ausgedacht, und es wird schon so sein, für sie, aber das sollte dann Gegenstand einer Analyse sein, wir sind in Wien, da sind alle verdorben, aber es sind auch alle faul, niemand strengt sich hier an, um zu seinen Genüssen zu kommen, niemand tut auch nur einen Handgriff und setzt eine Perversion durch, hier ist alles ruhig und behäbig, wir sind alle nett und müssen uns von den Russinnen beim Meinl am Graben erklären lassen, was Lebensart ist, wie man sich anzieht und wie man sich aufführt, was ein Temperament ist, hier geht kein Mann und bindet eine Frau an ein Bett fest und lässt sie dann so liegen und kommt immer wieder und schaut sie nur an, schaut ihr zu, wie sie sich beschmutzt und wie sie ihn anbetteln muss, dann vergewaltigt er sie doch, dann schiebt er ihn ihr immer wieder hinein und beschimpft sie, weil sie so schmutzig ist, oder weil sie ihn dazu gebracht hat, sich so hässlich aufzuführen, aber dass der dann nur schaut, das ist viel zu anstrengend, das ist viel zu, sophisticated ist das, das ist geradezu sophisticated, das ist eine Episode aus dem ›Profiler‹, das ist einfach nur eine gute Geschichte, was sollte das dem Mann bringen, und wenn es wirklich der Gerhard war, der ist ein Mann, der am Abend auch noch ficken will, der will nicht gut essen, der will ficken, und dazu soll die halbwegs jung sein und sie muss sich mit dem Spiel da auskennen, dass so ein Politiker wenig Zeit hat und dass man ihn nicht öffentlich haben kann, aber kurz, kurz ist das spannend, kurz, da flirrt das und wenn das beiden Spaß macht, dann ist das doch o. k., der hat gar keine Zeit, für solche Spielchen, und keine Phantasie und dem ist das viel zu wichtig, den Schwanz drinnen zu haben, so eine ekelhafte Geschichte, so eine ekelhaft sanfte

Geschichte, die fällt dem nicht ein, und der geht auch keinen Umweg, wenn er es einfach haben kann, das hat schon etwas Welkes, dieses Wien, in New York, da geht man so einen Boulevard entlang und weiß, dass die unmöglichsten Sachen in diesen Häusern möglich sind, da weiß man, dass alles möglich ist, in Wien kann ich mir das nicht vorstellen, in London, in Berlin, da weiß ich auch nicht, aber in Wien, da überhaupt nicht, Gewalt, ja, Vergewaltigungen, ja, aber ausgesuchte Perversionen, inszenierte Grausamkeiten, nein, die gibt es hier nicht, es ist alles grob, irgendwie ist das alles grob, welk und grob, und ich möchte ja ohnehin wieder weg, und wie kann ich das machen, und ist das nur, weil ich diese Welt kenne, dass ich das begreife, oder ist das überall so und ich kann es nicht sehen, weil man es nicht sehen kann, wenn man nicht von da ist, und jetzt drehe ich das handy ab, nein, ich sage ihm auf die box, dass ich jetzt schlafen gehe, das hat alles keinen Sinn, da habe ich mich in etwas hineinziehen lassen, warum tue ich das, wenn die Claudia keinen Text von mir will, dann ist das so, und es ist besser, das hat ja anders ausgesehen, am Anfang, da hat das ambitionierter gewirkt, vielfältiger, und jetzt ist das Ganze ein einziger Vorwand für Mode und Aussehen, das ist Weiberschund auf die schlimmste Art, und die Brigitte ist dann leider sehr viel besser, die sind da viel knapper an der Realität, mit diesen Job-Serien, und den Berufstipps, und da gibt es dann wenigstens noch eine Gegenstimme gegen die Busenoperation, und nicht die Dagmar Koller, die dagegen ist, aber nicht so genau weiß, warum, und es geht doch gar nicht um die Frauen in der ihrem Alter, es geht doch um uns, wir sollen das doch machen, es geht doch längst nicht mehr um das Altwerden, dahin darf man doch gar nicht mehr kommen, aber für eine Doppelseite von Inseraten von Schönheitschirurgen, da lassen sie die ein bisschen plaudern und der Bericht handelt dann ohnehin davon, wie eine es macht und damit ist das gelaufen, da kann Frau Koller strampeln, was sie will, das ist gelaufen, und am besten ich fahre nach Berlin und schaue mich da um, ich kann ja versuchen, wieder für den Falter zu schreiben, berichten, was sich in Berlin so tut, die Filmfestspiele wären eine gute Gelegenheit, die sind doch jetzt, und der Papa wird das schon verstehen, dass man investieren muss, und wohnen kann ich bei irgendjemandem, fürs Erste, und diese Fluglinie, da fliegt doch jetzt auch so eine billige, da kann man um 38 Euro hinfliegen, dann muss ich nicht den Nachtbus nehmen, das ist sogar billiger als der Bus und es gibt ein Clo, jedenfalls ein saubereres als in diesem Bus, das war ja immer die Hölle, da gehen zu müssen, und nie eine Pause, und diese Busse auf Autobahnparkplätzen, wenn alle so herausstürzen und zu den Clos und alle gleich eine Zigarette anzünden, das kann man sich dann ersparen, und sicher werden die doch sein, in Österreich darf sicher keine Fluglinie fliegen, die nicht den Sicherheitsstandards entspricht, das wird doch sicher überprüft, in Österreich, obwohl, bei diesem Seilbahnunglück, bei diesem Unglück, wo die alle verbrannt sind da, da hat das ja nicht hingehauen, mit der Überprüfung, da haben die nicht nachgeschaut, da hat niemand nachgeschaut, und das ist auch allen nur peinlich, und das ist die Reaktion in Österreich, das ist typisch österreichisch, grob und peinlich, da sagt niemand, dass er die Verantwortung übernimmt, da sagt niemand, dass er bestürzt ist, da sagt niemand, dass das traurig ist, da schicken sie Kondolenzbriefe mit dem himmelbauen Logo ›Näher zum Himmel‹ von der Bergbahngesellschaft und wundern sich, dass die Hinterbliebenen das nicht gut finden, sie verstehen es nicht, und weil sie es nicht verstehen, werden sie aggressiv, und weil der Herr Fagan da auftritt, dieser Anwalt und der Gerhard würde ja auch sagen, dass man dem Herrn Fagan schon noch beibringen wird, dass er in Österreich und nicht in Amerika ist, und dass hier ein anderer Wind weht, und dass der das schon noch sehen wird, da wird er immer ganz spitz, der Herr Staatssekretär, ganz aufrecht und angespannt, und sehr, sehr kalt, dann hat er schon etwas Kaltes, aber da gibt es einen Feind, kann er kalt sein, ohne Feind, so kalt, wie die Stimme von dem am Telefon, ›Ich habe ihren Mann in meiner Gewalt und wenn Sie nicht tun, was ich will, dann wird es ihm schlecht gehen.‹, da war die Stimme noch, da hat der nur, das war nur herrisch, so kalt sadistisch ist er ja erst dann geworden, weil ich gelacht habe, weil er die Nummer aus dem Telefonbuch vom Jahr davor hatte, da waren noch die Schmidhubers in der Josefstädter Straße eingetragen, Schmidhuber, Dr. Erich und Sabine in Klammern, und der hat geglaubt, er hat die Sabine am Apparat, der hat das einfach probiert, aber nach dem Lachen, da war diese Stimme, das war, böse war das, da war so eine Kraft dahinter, die kenne ich nicht, von mir kenne ich die nicht und von meinen Eltern auch nicht, die habe ich eigentlich nur da, ich habe noch nie sonst jemanden getroffen, der diese Energie ausgestrahlt hat, nur im Film, im Fernsehen, wie diese jungen Männer, der ältere Mann, der sie da nach links weitergehen hieß, sich an die Wand stellen, der hätte das dann gehabt, wenn das eine Doku war, und sonst gespielt, wie in der Szene in ›A farewell to arms‹, am Fluss, wo sie die jungen Soldaten erschießen, und ich weiß ja nicht einmal, ob ich das erkennen könnte, gleich, am Telefon, das war eindeutig, und die Tanja hat leicht reden, ich hätte mir das länger anhören sollen und die Frau auf der Polizei, die wollte eigentlich auch nur wissen, was er von mir verlangt hat, und ist das jetzt genug an Gegenwehr, dass ich lachend aufgelegt habe, wieder angerufen hat er ja nicht, obwohl, er hätte die Mia errreichen können, die Tanja hat von nichts gewusst, die war noch neugierig, aber den Alfred habe ich dann doch angerufen, obwohl es aus war und er so weit weg, und ich ihn aufgeweckt habe, und ich könnte ihn jetzt anrufen, jetzt ist gerade Abend bei ihm, 7 am Abend, da beginnt man gerade zu überlegen, wo man abendessen wird und telefoniert herum, wer mitkommt und wohin, oder man holt sich noch schnell etwas, oder man lässt es sein und kümmert sich darum, wenn der Hunger sich nicht mehr übersehen lässt, und das hätte ich jetzt auch gern, im Second and Eighth anrufen und dann den cheeseburger abholen, und zurück und weiterarbeiten, nirgends auf der Welt kann man sich so wichtig vorkommen wie in New York, einerseits vollkommen überlegen und trotzdem wichtig, und wenn man nur einen Hamburger abholt, oder ist das wieder nur die kleine Provinzlerin, die so etwas beeindruckt, ich beneide ja jeden irgendwie, der am counter steht und seine Bestellung abholt und wieder geht, mir kommt das wichtig vor, alle anderen kommen mir wichtiger vor, manchmal, und das wäre doch eine Voraussetzung, aber das ist wahrscheinlich nicht masochistisch,

masochistisch, das braucht wahrscheinlich auch eine Entscheidung, das ist wahrscheinlich auch anstrengend, und ich lege lachend auf, es interessiert mich ja nicht einmal, wie es aussieht, ich hätte dem Mann zuhören sollen, dann wüsste ich es, dann wüsste ich, was er will, was so einer will, dann wüsste ich es authentisch, dann wüsste ich es nicht aus so einem Sexratgeber, sondern wirklich, und da fehlt mir der Antrieb, vielleicht habe ich einen total unterentwickelten sexdrive, ich lege lachend auf, wenn es plötzlich interessant werden könnte, und ich etwas erfahren könnte, und dann wüsste ich ja erst, wie ich wirklich darauf reagiere, vielleicht interessiert es mich ja dann doch, vielleicht muss ich da eine Schwelle überwinden, vielleicht muss ich meinen Körper da in etwas vorausschicken und dann nachkommen, mit dem Kopf, aber das hat eben nie funktioniert, das funktioniert nicht bei mir, ich lache dann, ich lege lachend auf, und wahrscheinlich stimmt es eben, ich kann mich nicht fallen lassen, ich gehe ja auch laufen, statt meditieren, ich bin eine steirische Kuh, na, Kuh bist du nicht, aber so etwas Schwebendes, das nicht, ich bin nicht einmal geheimnisvoll, ich wirke sicher nicht geheimnisvoll, das ist die Mia, bei der niemand weiß, was sie denkt, und dass sie das selber nicht weiß, das kann ja eine Reflexion von dem sein, was die anderen über sie denken, die begehren das, was sie nicht verstehen können, an ihr, und dann muss sie sich selber unverständlich werden, damit sie es für die anderen ist, und wie spät ist es, diese 20 Minuten, die sind doch um, aber das hast du davon, meine Liebe, wenn man mit dem Warten einmal anfängt, beim Gerhard bist du in der Warteschleife, und aus der kommst du nicht mehr, wenn man einmal in der

Warteschleife ist, dann kommt man da nicht mehr heraus, und du hättest das schon lernen können, Beziehungen, die Möglichkeiten von Beziehungen, die entscheiden sich wirklich am Anfang, jedenfalls solche Beziehungen, und das ist doch nett für ihn, für ihn ist das doch nett, und für dich ist es gleichgültig, dir ist das doch ohnehin wurscht, außer diesem brennenden Gefühl der Erwartung am Anfang, und wenn dann so gleich nichts nachkommt, nichts nachkommen kann, und wenn keiner etwas investieren will, und du am allerwenigsten, meine Liebe, du bist einfach noch beziehungsgestört, 3 Jahre danach immer noch, und wahrscheinlich soll man dann warten und nicht solche Gschichterln anfangen, ungesund ist das, und ich schlafe jetzt doch noch ein, das ist Hingabe, dieses In-den-Schlaf-Hineinrutschen, und wäre das der Anfang, und das wollte ich ja, ich wollte es sehr gerne, neben einem einschlafen und dann in der Nacht dringt er einfach ein und irgendwie bleibt alles im Schlaf und am Morgen weiß man es, aber man hat es nicht gemacht, eigentlich, und das wäre unschuldig, irgendwie wäre das eine Art von Unschuld in der Hitze unter der Decke, aber das hat sich nicht gefunden, bisher hat sich das nicht finden lassen, und das hat ja schon bei Lady Chatterley nicht funktioniert, weil der Kerl dann ja doch hat reden müssen, und weil es dann einen Tag gibt, ich würde nicht nach dem Namen fragen, wenn ich Psyche wäre, ich würde das genießen, aber das ist ja klar, Psyche hatte keine Erfahrung, die konnte das nicht handhaben, mit 19 hätte ich auch den Namen wissen wollen, obwohl ich damals nicht gefragt hätte, mit 19, weil ich da schon überhaupt alles richtig machen hätte wollen und mich an jede Regel gehalten hätte, die mir irgendeiner vorgesetzt hätte, obwohl, das stimmt nicht, ich habe auch damals schon aufgelegt, noch nicht lachend, aber davongegangen bin ich schon, wie dieser bombastische Kerl da, auf dieser Medizinerparty, wie der gesagt hat, dass er natürlich auch andere Freundinnen haben würde, da bin ich auch auf und davon, es funktioniert ganz gut, ich kann das alles ganz gut zusammenhalten, irgendwie bleibe ich ja doch ganz, am Ende kann ich dann doch wieder alles zusammensetzen, insgesamt, jedenfalls,

›Ja?‹

›So. Ich bin jetzt schon im Auto. Soll ich noch irgendetwas mitbringen von irgendwo? Ich habe den ganzen Tag nichts gegessen.‹

›Hallo. Du. Ich schlafe schon fast. Ich mag nichts mehr. Aber nimm etwas für dich mit.‹

›Irgendetwas Chinesisches? Eine Kleinigkeit. Und hast du einen Wein?‹

›Ich habe noch eine Flasche von dem Gobelsburger.‹

›Und ist der kalt?‹

›Der liegt im Eiskasten.‹

›Na. Dann ist doch alles bestens. Knusprig gebratene Ente, das nimmst du doch immer.‹

›Ja. Aber es ist wirklich schon spät.‹

›Dann schlaf schon ein bisschen. Ich komme dann. Ciao.‹

›Ciao.‹

und ich schlafe doch wirklich schon, und jetzt hat er mir Hunger gemacht, jetzt kann ich die knusprig gebratene Ente schon schmecken, und soll ich ihn anrufen und sagen, dass er mir eine mitbringen soll, aber das ist zu anstrengend, ich bleibe liegen, ich bleibe noch liegen, ich mache nichts, ich mache jetzt gar nichts, nicht einmal anrufen, er wird das schon machen, er wird mir schon etwas mitbringen, wo will er denn das jetzt bekommen, wird das dann noch länger dauern, Nein, ich stehe jetzt gar nicht auf, wer weiß, wie lange der noch braucht, und warum bin ich so schläfrig, ich habe überhaupt keine Kondition, früher bin ich doch nie vor 4 Uhr schlafen gegangen und habe am nächsten Tag, und da habe ich auch noch getanzt, bis 4 Uhr mindestens, aber das war auch total krass, die raves, damals, und wie die love parade noch am Anfang war, das war eine Mischung, die war alles inklusive, da musste kein Bedürfnis getrennt behandelt werden, und wie vorbei das ist, die kids singen wieder deutsch, das hätte man sich nicht vorstellen können, 1992, und ich möchte nicht wach werden, das ist der ganze Grund, denn dann muss ich mich erinnern, dass ich eine Mission habe, dass ich den Mann, der jetzt gleich hier hereinkommen wird und einen Teller haben will für sein Schweinefleisch süß-sauer und der Weißwein zum chinesischen Essen trinkt, dass ich herausfinden soll, ob dieser Mann wirklich der Mann ist, den meine Freundin Mia in einem Bericht beschuldigt, sie ein Wochenende lang an ihr Bett gefesselt zu haben und sie auch auf inständige Bitte erst nach 2 Tagen losgebunden und ihr in der Zwischenzeit nur Wasser gegeben zu haben und sie sonst sich selber überlassen, und dazu kann man ja nicht aufwachen, so etwas gibt es ja nicht, und die Vorsicht von der Claudia, die ist hier sehr angebracht, und ich will nicht aufwachen, ich will nicht wirklich wach sein, weil das eine Buchsituation ist, und die in den Büchern haben immer einen

Freund bei der Polizei, der ihnen die eigentlichen Informationen beschafft, wenn ich so jemanden kennen würde, dann wäre der Fall längst gelöst, dann müsste ich nur die Protokolle von der Staatspolizei anschauen, da stünde es drinnen, ob er an dem Wochenende im Juli in Wien war, ob er immer wieder in die Josefstädter Straße gefahren ist, die wissen das doch alles, der alte Masseur in der Prater-Sauna, der früher Staatspolizist war, der erzählt nur solche Geschichten, wie sie den Staatsgästen die Prostituierten besorgt haben, wer welche Vorlieben gehabt hat, wo welcher Kardinal erwischt worden ist, da müsste ich nicht so außen herum, aber ich kenne keine Polizisten von den Freiheitlichen, die in den EDOK-Computer gehen und solche Infos ausheben, ich kenne auch keine anderen Polizisten, ich kenne nur den Gerhard, der an solche Dinge herankommen könnte, und es würde jeder fragen, wozu man diese Info braucht und dann wäre das Gerücht schon in der Welt, in den Krimis, die liefern die facts da so einfach, einen Wiener Journalisten so etwas fragen zu wollen, oder dass er seine Kontakte dazu verwendet, damit man da etwas erfährt, da wäre die Geschichte schon in der Welt, und mit der Bombe wäre es vorbei, dann wäre es mit dem Traum von der Claudia vorbei, mit so einem Text die Regierung, die Claudia träumt ja wirklich davon, die Regierung zu stürzen, damit, ein Frauenmagazin, das in die Politik eingreift, Mode und Schminktipps und Politskandal, und das wäre diese story ja dann schon, obwohl, das mit dem Bankräuber von dieser FPÖlerin, die ist doch auch schon wieder da, in der Öffentlichkeit, und so gesehen wäre das klassische domestic violence, und gegen einen Promi, was ist eigentlich aus dieser Frau geworden, die von dem steirischen Abgeordneten, die weggegangen ist, weil er sie geschlagen hat, die Mama hat sie gekannt, wie sie noch in Graz gewohnt hat, aber dann nicht mehr, weil so ein Skandal alle verändert, die Mama, die Mama würde gleich hinfahren zu ihm, ins Büro, und ihn vor den Sekretärinnen beschuldigen und ihn anschreien, dass er doch die Polizei holen soll, die Mama hat da eine ganz andere Wut, und das wäre auch ein Skandal, aber er würde ihr angelastet werden, sie wäre diese hysterische Gymnasialprofessorin aus Graz, die seltsame Vorstellungen hat, Phantasien und dass man diesen Mann vor ihr schützen muss, restraining orders, das gibt es ja nur in den USA, aber irgendetwas Ähnliches werden wir hier schon auch haben, zum Schutz von so einem Mann wird das Recht schon etwas wissen, aber da muss man vorsichtiger vorgehen, da hat es keinen Sinn einen weiblichen Parzival zu spielen, das geht nur mit List, mit guter altmodischer weiblicher List und wenn er, es ist nicht vorstellbar, aber wenn doch, es gibt ja keine Regeln in diesen Dingen, und ich weiß nichts, ich weiß nichts über ihn, was ich über ihn weiß, das ist die clippings-Mappe, was man halt so wissen kann, über ihn, man weiß natürlich nie etwas über sie, es ist schon erstaunlich, was man sich traut, eigentlich, was man sich eigentlich traut, wenn man sie so mitnimmt, oder mitgeht, die armen Amerikanerinnen, die jetzt sogar schon ihre drinks testen müssen, ob die Kerle ihnen irgendetwas hineingetan haben, und es ist immer diese blöde Aktiv/passiv-Geschichte, was hätten wir, wenn wir so einem knock out drops in die Caipirinhas schütten, Ruhe hätte man, der verwandelt sich in ein schnarchendes Ungeheuer und das wars dann, man könnte ja nicht einmal spielen mit ihm, die wären einem dann sicher auch noch viel zu schwer, und das würde mir auch keinen Spaß machen, aber deswegen verstehst du das Ganze ja auch nicht, meine Liebe, du hast den Spaß an Rollenspielen schon bei den Heimabenden in der Pfarre nicht mitgekriegt, und das ist ja auch ein Manko, dieses gerade Denken, ich komme ja immer erst auf die Idee, dass man das auch anders sehen kann, wenn ich schon alles gesagt habe, dann bist du doch wie die Mama, die sagt es auch gleich, und deshalb sehe ich das dann alles nicht, gut, ich war schon weg, ich habe ja nicht mehr da gewohnt, in der Josefstädter Straße, aber gesehen habe ich sie, jeden Samstag, im Segafredo am Naschmarkt, und man hat nichts bemerkt, jedenfalls dann nicht, im Juli, da war ich in Berlin, da war ich doch in Berlin, ja, weil da hat die Brigitte geglaubt, dass sie mich in die taz-Redaktion bringen kann, aber die haben noch weniger Kapazität und die arbeitslosen Journalisten da, da hat es gar keinen Sinn etwas versuchen zu wollen, obwohl ich es gerade deswegen noch einmal versuchen sollte, hier ist das sinnlos, und eigentlich kenne ich da auch sehr viele Leute, da muss man sich halt kümmern und noch einmal 100 Bewerbungen abschicken, und ich muss halt auch diese Wohnung vermieten, davon kann ich es schaffen, wenn dann alles abgezogen ist und ich kein Auto mehr habe, dann geht das ganz gut, mir tut das ohnehin nicht gut, hier herinnen zu sitzen, es macht mich faul, ich werde faul, oder nicht faul, ängstlich, mich macht diese Rückzugsmöglichkeit ängstlich, und man kann es mir wegnehmen, es ist etwas, was man mir wegnehmen kann, wenn ich in Marzahn wohne, da geht der Kampf bis in die Wohnung weiter, hier, wo ich nichts höre und sehe von den anderen Mietern, und alle so nett und freundlich, man hört nicht einmal die Kinder, wenn sie nicht auf dem Gang toben, hier werde ich, verwöhnt bin ich hier, es wäre noch besser, ich könnte nach New York gehen, aber dafür reicht das Geld aus diesen zwei winzigen Wohnungen nicht, da müsste ich in Queens wohnen oder in Brooklyn und wenn schon, dann nur upper westside, und eines von diesen apartments, in denen man dann sein ganzes Leben leben kann, bis man ganz alt ist, sesshaft in Manhattan, da haben doch alte Leute gelebt, die da schon 30 Jahre und länger waren, in dem Block, da wo der Richard gewohnt hat, da haben die alten Ehepaare schon ewig gewohnt, da beim birdland um die Ecke, das ist auch nur so eine Saga, das Entwurzelte, und ich müsste jetzt hier 30 Jahre wohnen, und wäre ich dann auch so eine von diesen netten alten Damen, die so genau wissen, was richtig ist, aber das ist eben Amerika, da darf man sich auf eine Moral berufen, da gibt es gesellschaftliche Abmachungen, hier gibt es die nicht, hier gibt es keine Konservativen, hier gibt es niemanden, der weiß, was richtig und was falsch ist, und dieser Kasperlkanzler, der lebt ja davon, dass er so aussieht, als wüsste er das, und er glaubt es sich ja auch selber, und Selbstüberschätzung, diese kleinen Männer sind schon deswegen Faschofundis, er könnte ja mit nichts rechnen, zu seinem Schutz, wenn er keine Macht hat, das ist wie in der Klasse, entweder er hält zu den Großen und hält den Mund oder er, der Gerhard, der fährt wahrscheinlich durch ganz Wien und sucht nach einem Essen, ich kenne keinen Chinesen, der so lange aufhat, und Japaner schon gar nicht, ein paar Avocado Maki, das wäre jetzt gut, und ein Bier, nur nicht diesen warmen Reiswein, ein Bier, das wäre zum Schlafen ohnehin das Beste, ein Weißwein, der würde mich jetzt nur wieder aufwecken, und vielleicht findet er nichts und es wird zu spät und er sagt ab, oder ich, ich bin müde, ich bin zu müde, ich bin zu müde für so einen Auftritt, ich bin nicht geeignet für solche Sachen, ich verliere die Lust zu schnell, das hat mich interessiert solange ich bei der Claudia gesessen bin, und das ist ja auch eine Häuslgeschichte, das war ja klar, sobald man aus diesem Büro heraußen war, und warum hat sie das Büro in Mahagoni eingerichtet, in so ein Hochhaus, da passen so schwere Möbel doch nicht, aber sie sieht natürlich zarter aus, sie hebt sich von diesen dunklen Möbeln besser ab, als wenn sie in Hell und Glas, die macht das besser, ich bin immer gleich Bestandteil meiner Umgebung, ich passe in meine Wohnung, aber das kommt eben davon, ich werfe mich in die Welt statt mir die Welt zu entwerfen, und das ist immer alles so unbewusst, ich sollte mehr in command sein, ich sollte mehr Überblick haben und das kann ich ja jetzt üben, ich muss beim Gerhard mitdenken, als schriebe ich die Szene, das ist nicht Video, da würde es sich ja selber entwickeln, ich muss das Skript machen, ich muss das inszenieren und ich darf nicht richtig sein wollen, die edle Heldin, das bringt einen nicht weiter, in so einem Fall, bei so einem absurden Unternehmen, da hilft nur scheming and cunning, und es ist schon interessant, wie die Claudia das ernst nimmt, ich hätte gedacht, die weiß nicht einmal etwas von Perversionen, die verbietet sich, dass es so hässliche Dinge gibt, für die ist die Welt nur toll und voller Chancen und für jeden und die größte Sünde ist, dass man seine Chance nicht nützt, aber das ist wie die dunklen Möbel, die Geschichte von der Mia ist wie der dunkle Hintergrund für ihre helle Gestalt, das gehört zur Stilisierung, aber ich möchte das nicht, ich möchte das nicht einen Augenblick, mit der Hilfe des Ehemanns etwas anfangen, mit seinem Geld, und nachweisen müssen, dass sie nicht nur die beste Figur hat, sondern auch noch die beste Chefredakteurin ist, aber die Chance ist von ihm, und auch wenn sie sie genützt hat, ihre eigene Chance wird das nie, weil sie immer über ihren Körper gegangen ist, aber vielleicht kann sie sich das ja einreden, dass das ein Teil von ihr ist, eine berechtigte Strategie, dass das sogar ein schwerer Fehler wäre, eine solche Chance nicht zu nützen, sie wird nie wissen, ob sie wirklich eine gute Chefredakteurin ist, es wird immer die Chance über diesen Mann gewesen sein und mir könnte man das nachschmeißen, glaube ich, ich glaube, ich würde das nicht so machen, zumindest würde ich ihn nicht heiraten, Kinder haben sie schließlich keine, aber sie hat ja auch Recht, ich habe keinen Ehrgeiz, nicht diesen, jedenfalls, mir ist es so scheißegal, ob ich im System drinnen bin, ich bin wirklich ein alien, und ich werde es auch nicht schaffen, nicht so, ich bin zu unabhängig, es ist mir dann doch wurscht, es ist mir dann am Ende doch wurscht, ob ich dazu passe, ich strenge mich an, ich strenge mich schon an, aber dann ist es mir auch gleichgültig, weil ich mich nicht von außen sehen kann, weil ich mich nicht genügend von außen sehen kann, ich habe einfach nicht genügend Über-Ich-Instanz, und das kommt wahrscheinlich, weil ich von einer Frau allein erzogen worden bin, und weil die Mama schon so widerspenstig war, und die alten Sprachen, kommt vom Bauernhof und studiert Latein und Griechisch, Ende der 60er, da hat das überhaupt niemand mehr gemacht, die Mama, und der Vater, ein guter Latsch im Hintergrund, immer ein Geld da, aber der Papa ist ein schwacher Charakter, dieses ewige Betrügenmüssen, das ist Mitleid erregend, und er glaubt jedes Mal, dass die es jetzt ist, er kann sich jedes Mal überzeugen, dass diese Frau die Frau seines Lebens ist, und die Omi hat es auch immer geglaubt, die Omi hat ihm das immer geglaubt, die Omi hat wirklich auch an ihn geglaubt, die 2, eine Glaubensgemeinschaft, und ich schlafe jetzt wirklich gleich, die 20 Minuten, die sind doch um, nein, noch nicht ganz, aber in 20 Minuten bekommt man kein take out in Wien, auch wenn man vorher anruft, eine halbe Stunde muss man da rechnen, und etwas Süßes wäre gut, aber da gibt es überhaupt nur den Zanoni am Lugeck, und der macht um Mitternacht zu, glaube ich, oder hat der bis 1 offen, aber das wäre auch schon zu spät, man muss sich besser versorgen, ich hätte ein Essen haben sollen, dann könnten wir uns hinsetzen und reden und trinken und so von einem zum anderen plaudern und dann könnte man über Sex reden und ob man wirklich alles ausprobiert, was man so ausprobieren will und man kann so über den Tisch schauen und die Antworten provozieren, und etwas in den Mund stecken oder bedeutungsvoll über das Glas schauen und ihm das Glas wegnehmen, und sagen, man möchte ihn in voller Pracht und nicht wieder durch Alkohol reduziert, man hätte schon die eine oder andere Erfahrung mit alkoholisierten Männern und wie die plötzlich einschlafen und was für ein Geschnarche das dann gleich ist und dann schenkt man ihm ein und sagt, dass das ihn ja nicht betreffen könnte und dann trinkt er gleich vor Angst, dass ihm das auch passieren könnte, noch zwei Gläser und dann wird er so, expansiv wird er und man erzählt ihm noch ein paar Details, und dann wird es so kameradschaftlich, dann kommt diese Kameraderie, zwei Personen auf der Suche nach der sexuellen Erfüllung und wie schwierig das ist und was für komische Leute man dabei trifft und wie man von diesen Partnern abhängig ist, dass man seine sexuelle Erfüllung eben nicht alleine spielen kann, da braucht man immer andere dazu und was man tun könnte, damit die funktionieren, und wenn man sich verliebt hat, dann geht das alles schon wieder nicht, dann ist das alles schon wieder etwas anderes und man verliert seine Wünsche wieder aus den Augen, wenn man sich verliebt hat, dann stürzt man sich doch die erste Zeit nur so übereinander, dann will man das ja nur einfach so machen und dann ist es einem doch ganz wurscht, da macht man, wie es sich ergibt und dann ist das wieder vorbei und dann lässt sich das auf einmal nicht mehr ausbauen, wenn man dann wieder einen klareren Kopf hat und die Phantasien diese Person mit einschließen könnten, dann kann man entweder nicht reden, mit dieser Person, oder der will das jetzt immer so weitermachen, wie er es vom Anfang an gewohnt war, oder der hat überhaupt keine Vorstellung, dass das auch ein ausbaufähiges Gebiet ist, der möchte es nur machen und sonst nichts, der hat überhaupt keine Vorstellung von anderen Möglichkeiten und wie dieses vorsichtige Anfragen, wie diese Versuche, darüber zu reden immer alles kaputtmachen, das ist wie in ›Dawson's Creek‹, entweder man redet darüber oder man macht es, irgendwie ist die Kommunikation da gestört, dann redet man darüber und kann das nie so weit bringen, weil der dann schon vorher kommt und Vorbereitungen für so etwas, die führen zu noch mehr Peinlichkeit, und wenn etwas verlangt wird, da versagen doch alle, eigentlich versagen da doch alle und man möchte doch nur einen erwachsenen Mann finden, mit dem man alles ausprobieren könnte, aber natürlich in Sicherheit, Vertrauen wäre da schon notwendig, und er sitzt einem gegenüber und löffelt in sich hinein und hört sich diese Elegie an und nickt immer und dann muss er erzählen, wie er das so macht und wie er das so gemacht hat und ob er einen Weg gefunden hat, seine Wünsche, und dann müsste er doch davon reden, oder wäre das der sicherste Weg, es nicht herauszufinden, wenn er Unterwerfung braucht, dann muss die ja echt sein, dann müsste man ihm erzählen, wie widerlich manche Männer seien und was für grausliche Vorschläge die einem machen, und dass man nie genau wissen könnte, wer auf solche Ideen kommt, dass man das den Kerlen nicht ansehen könnte, aber dass er, der Gerhard, dieser gute Mensch, der auch aus der Steiermark ist, dass er sicher nie auf solche Gedanken kommen könnte und dass man sich deshalb so sicher fühlen könnte bei ihm und dann muss man es halt draufankommen lassen, und man muss ihn beschäftigen, währenddessen, während man so auf ihn einredet, essen, trinken, und dann abgreifen, richtig antatschen und mit ihm spielen, dass er sich so zurücklehnt und so vor sich hinstöhnt, und dann mit dieser Kleinmädchenstimme fragen, was er möchte, so eine kleine Kylie-Minogue-Szene abziehen, und er darf der big white hunter sein, und er ist ja nicht so richtig brutal gewalttätig, wenn das stimmt, was die Mia geschrieben hat, dann hat das ja mit so Spielereien begonnen, er müsste halt das Gefühl haben, dass man seine Komplizin ist, seine sichere Komplizin, dass er einem das erzählen kann, als Einstieg, damit wir das selber machen, dann, so consenting adults together, aber ich weiß nichts darüber, ich weiß überhaupt nichts darüber, aber ich möchte es lernen, ich möchte das von ihm lernen, das müsste ihm doch schmeicheln, das müsste ihm doch genug schmeicheln, er weiß nichts von dem Manuskript, er glaubt, dass es da keine Probleme gibt, er ist sich sicher sicher, er kann nicht vermuten, dass ich etwas weiß, dass ich etwas wissen kann, und ich muss nur die Rolle richtig spielen, und das wird sich schon herausfinden lassen, und wenn ich das Gefühl habe, dass das alles stimmen könnte, dann breche ich ab, ich schaffe es doch nicht, oder ich brauche Zeit, das klingt besser, ich brauche Zeit, dann werde ich das schon alles lernen, ich bin da langsam, ich muss solche Erfahrungen immer erst verarbeiten, aber dafür bin ich dann in der Lage, damit umzugehen, da muss man nur so Psychoscheiß herumreden, den glaubt einem jeder, es glaubt einem ja ohnehin jeder, dass man das braucht, und das wäre ja auch glaubwürdig, ich würde mich bemühen, mich für meine Rolle in seinen Wünschen selbst zurechtzubiegen, wenn er klug ist, schaut er dem gelassen zu und wartet, bis die Person sich so zurechtgeschustert hat, dass sie alles richtig findet, was er will, ich würde das auch so machen, wenn ich von einem etwas verlangen wollte, was dem noch nicht so einfach fällt, dann würde ich auch versuchen, dass er selber draufkommt, dass es für ihn besser ist, wenn er sich selber verändert und nicht sich verändern lässt, sich nicht von Umständen verändern lässt, sondern es gleich selber macht, wir sind mit uns selber dann immer noch sanfter, als die Personalbüros, und viel anders ist das ja auch nicht, die Gerti Senger findet sicher, dass man es versuchen sollte, wenn der andere das will, und erst wenn man es wirklich nicht mag, dann müsste der Partner sich danach richten, aber wann weiß man dann noch, ob man es wirklich nicht mag, das Ausprobieren ist ja auch schon ein Verlust, wenn man es nicht verträgt, und Erfahrung ist ein Scheiß, man weiß es vorher genauso, ich habe das alles schon mit 11 gewusst, mit 11 ist man ohnehin am klügsten, mit 11 wäre ich auch nicht bei Claudia gesessen und hätte mir das aufschwatzen lassen, sie könnte das alles selber auch versuchen, sie könnte den Gerhard genauso zum Abendessen einladen, sie ist ja ohnehin meistens allein, und dann könnte sie das genauso besprechen, aber er würde anders mit ihr reden, obwohl, das könnte besonders interessant sein, mit ihr, und sie ist doch so eine Eisprinzessin, das interessiert doch solche Kerle ganz besonders, ich bin da ohnehin falsch, ich bin da immer nur der Kumpeltyp, mir erzählen sie alles, weil ich nicht so geheimnisvoll bin, jedenfalls nicht so wie die Mia, und ich bin so rational gesteuert, und das hat nur den Harti beeindruckt, diesen kalten Fisch, sonst muss immer ich die Initiative, mich hat noch nie einer so verfolgt, wie das der Mia dauernd passiert ist, der sind sie dauernd nachgestiegen und haben sie abgepasst und sie angefleht und sie hat nur gelächelt, ich muss immer selber den Vorschlag machen, bei mir fühlen sie sich sicher, ich strahle Kompetenz aus, na, das werde ich jetzt ausprobieren, lässt sich Kompetenz eigentlich in Dominanzphantasien verwandeln, aber das geht sicher nicht, wenn es nach mir ginge, dann würde ich ein ernstes

Gespräch führen und an seine Ehre appellieren und dann würde er alles gestehen und zusammenbrechen und ich wäre traurig und enttäuscht und würde ihn wegschicken und das alles würde bei einem Spaziergang stattfinden, im Schlosspark von Schönbrunn und ich würde dann noch eine Runde gehen und noch trauriger sein und das wäre es dann, und ich werde ja nie verstehen, warum Leute es komplizierter haben müssen, und was das Vergnügen an Verlogenheit ist, aber wahrscheinlich bin ich eben nur ganz einfach zu faul für solche Anstrengungen, oder zu phantasielos, und ich würde auch gerne einmal etwas ausprobieren, aber ich weiß wirklich nicht, was das dann mit mir macht, in den Pornos schaut das immer so einfach aus, von ganz hinten, da fragen sie nur, ob sie fertig ist, und dann stecken sie ihn ihr hinein und sie stöhnt und man weiß nichts, die Männer schauen so konzentriert beim Stoßen und schauen immer ihrem Schwanz nach und meistens sind die Frauen so dünn, dass man Sorgen hat, ob alles hineinpasst und es geht nicht so einfach, in den Schwulen-Pornos jedenfalls nicht und in dem Sexshop in Basel, gleich gegenüber vom Theater, da haben sie diese Dinger für das Arschloch in der Auslage liegen, und groß beschriftet, da gibt es wenigstens keine Informationslücken, in Basel, aber niemand hat in die Auslage geschaut, niemand ist stehen geblieben und hat sich das genau angeschaut, und dann ist es wieder nur so eine Impression, beim Vorbeifahren, oder beim Vorbeigehen, ich bin ja auch nicht stehen geblieben, und der Alfred hat auch nur gegrinst, aber diese Ironie, die ist es ja, die mir das unmöglich macht, ich kann nicht mit dem Alfred reden, als würden wir in der Sandkiste sitzen und uns ausmachen, wie wir diese Sandburg bauen, mit dem Alfred nicht, und eigentlich geht mir das Ganze auf die Nerven, eigentlich habe ich genug davon, ich höre jetzt auf damit, ich höre jetzt einfach auf damit, das ist bankrott, das mit diesem Trieb, das ist alles bankrott, da ist auch zu hoch spekuliert worden, da drauf, das ist doch alles Unsinn, ich möchte es schön haben, ich möchte es auch da gemütlich haben, und ich möchte es innig, mich in jemanden einwickeln, sich ineinander gemeinsam verbergen, und ein Schutz, ich möchte eine problemlose Rückkehr in die Kindheit und ich möchte jedes Mal die Rückfahrkarte haben und nicht da zurückgelassen werden, wenn ich einmal das Urvertrauen gefasst habe, wenn ich dann wieder zu intensiv geworden bin, zu fordernd, und der Alfred mir vorwirft, es zu ernst zu nehmen, ich nehme es ernst und ich werde es weiter ernst nehmen, und wenn es niemanden gibt, der das auch will und mit dem es gemeinsam geht, dann eben nicht, die Welt ist groß und schön und die sollen mich alle gern haben, und jetzt schlafe ich einfach ein, ich schalte die Klingel ab und lasse den Trottel da draußen, der träumt ja, nach 1 Uhr in Wien ein chinesisches Essen, das findet man nie, und ein Gulasch vom Drechsler, das esse ich nicht, oder ein Kebab vom Kent, nach Mitternacht kann ich überhaupt kein Fleisch mehr essen, dann stinkt das, nach Mitternacht stinkt Fleisch noch mehr, nach Mitternacht ist Fleisch einfach ekelhaft, und dann habe ich lieber so einen leeren Eiskasten, das ist dann ästhetischer, weiß und strahlend und das durchscheinende Grün von den Fächern, ich bin wirklich nichts für die dunklen Seiten des Lebens, in meiner Umgebung schaffe ich es jedenfalls nicht, da muss alles hell und durchsichtig sein und leuchtend, schimmern, und das dürfte nicht verloren gehen, ich hätte es gerne leuchtend und schimmernd auch im Finsteren, und wenn man sich etwas nicht vorstellen kann, für sich, dann ist das ja vielleicht auch eine Errungenschaft, und nicht ein Versagen, nur weil alle anderen dorthin wollen, oder müssen, und ich sollte aufstehen und die Türglocke, es sollte diese Fernbedienung für alles geben, dann könnte ich das vom Sofa aus und müsste mich nicht mehr bewegen, ich bin zu müde zum Schlafengehen, ein Klick und die Welt wäre ausgeschaltet, und wenn du nicht aufstehst, er wird läuten und du wirst aufmachen, ich müsste jetzt anrufen, ich müsste jetzt anrufen und absagen, und das muss alles auch anders herauszufinden sein, man muss das eben offiziell machen, eine Anzeige, das hätte längst angezeigt werden müssen, das ist kindisch so, da muss man den korrekten Weg gehen, wenn er das wirklich gemacht hat, dann wird man das herausfinden können und wenn das nicht geht, dann ist es halt eine von diesen Lehrgeschichten, die kann die Claudia ja auch veröffentlichen, in Österreich kann man in der Öffentlichkeit viel behaupten, sie muss ja keine Namen nennen, und dann bekommt die Sache noch irgendeinen Sinn, wenigstens, immer dieses geheime Herumtun, da bleibt nichts anderes übrig, als das an die Öffentlichkeit zerren und die Konsequenzen in Kauf nehmen, die Frauen müssen irgendwann begreifen, dass sie mit solchen Sachen anders umgehen müssen, sonst ändert sich nie etwas, aber die Claudia will das ja auch nicht, die geht ja auch nicht das Risiko ein, wenn die Wahrheit nicht genügt, sie glaubt der Mia das ja auch nicht, sie will nur eine gute Geschichte, und die wird sie dann auch nicht nehmen, ich kann mir nicht vorstellen, dass ein Institut für Schönheitschirurgie dann noch inseriert bei ihr, wenn über den Staatssekretär für Zukunfts- und Entwicklungsfragen so eine hässliche Geschichte dasteht, oder sie schreiben es noch um, als Fortsetzungsgeschichte, und ich glaube ja eh nicht, dass er so etwas macht, ich kann es mir nicht vorstellen, und ich will es mir nicht vorstellen, und das ist ja auch alles gleichgültig, das ist alles ganz gleichgültig, und ich will von nichts etwas wissen, das ist mir alles wurscht, ich schlafe und alles ist gut, ich schlafe ein und die ganze Welt soll mich gern haben, morgen, morgen kümmere ich mich um alles, und dass ich so müde bin, irgendwie ist das auch ganz wunderbar, dass das jeden Abend geht, dass man jeden Abend wieder einschlafen kann, auch wenn man den ganzen Tag nur so herumgetan hat und sich nicht angestrengt hat, schlafen geht immer, und dieser Psychologe, dann flüchte ich eben, dann flüchte ich eben in den Schlaf, und wie ist der dazu gekommen, mir das wiederum zu erklären, wie kommen Leute überhaupt dazu, einen immer unterrichten zu wollen, immer kleine Lektionen, unbestellte Erwachsenenbildung, im Hawelka, da mampfen sie Buchteln und erklären einem die Welt, ich glaube, ich glaube, ich werde nie wieder mit einem Kerl zusammenleben können, das fällt denen immer ein, einem ihre Weisheiten, die nächste Zeit keinen, so liegen und wegtauchen, das gäbe es nicht, so eine Ruhe, sich so ausdehnen können, aber das geht mit niemandem, da darf niemand, asozial, wie die Mama, die sagt das selber, die ist total asozial geworden, allein, aber wir haben eben ein Innenleben, wir sind uns selber interessant genug, und, Scheiße, ja, ja, ich tue schon,

›Ja, hallo.‹

›Ich habe es geschafft. Ich habe etwas zum Essen aufgetrieben.‹

ja, ja, ist ja gut, ich schaue fürchterlich aus, ich habe den Polster im Gesicht, bin ich so lange da gelegen, das schaut ja, und das geht nicht weg, die Wange wird nur auch noch rot, und da hilft nichts, da muss ich die, da darf nur der Deckenstrahler und den dimmen wir und die Augen sind dafür besonders groß, dann muss ich ihn eben anstarren, seitlich, dann muss ich ihn seitlich fixieren und wo ist der Flaschenöffner, ist das der Lift, kann das schon der Lift sein, das ist der Lift und er soll essen und er kriegt einen Wein und dann schmeißt du ihn hinaus, du bist in keinem Zustand, Mata Hari zu spielen, und die hatte eine super Motivation, du wirst jetzt nichts unternehmen, und das ist jetzt der Lift,

›Sag einmal, wo gibt es denn noch ein chinesisches Essen um diese Zeit?‹

›Hallo. Entschuldige bitte, aber das gibt es auch nicht. Es gibt in dieser angeblichen Metropole auch wirklich nichts und schon gar nichts Chinesisches nach 10 Uhr. Was ich jetzt herumgefahren bin, das kannst du dir nicht vorstellen und du wirst mich erschlagen.‹

›Du warst beim Würschtelstand. Das habe ich mir gedacht, es gibt nichts anderes. Es gibt ja nichts anderes.‹

›Ja. Aber ich habe dir ein vegetarisches Würschtel mitgebracht. Wenigstens.‹

›Und du, du isst sicherlich.‹

›Ja. Mein Mäuschen, ich habe mir eine Eitrige mitgebracht. Ich weiß, ich weiß. Es ist barbarisch, aber was soll ich machen. Mich bringt der Hunger um. Kannst du das noch einmal kurz in die Mikrowelle, damit das wieder heiß wird.‹

und es stinkt in der ganzen Wohnung nach dieser Wurst, nach diesem Fett,

›Ja, gib es da drauf. Nein, so lang darfst du das nicht einstellen, eine Minute, das genügt und kannst du den Wein aufmachen. Ich habe nur Wein. Aber Messwein zu einer Käsekrainer?‹

›Ja. Ja. Das ist ganz toll. Komm, gib uns Gläser und wir machen es uns richtig gemütlich. Hmm! Was hast du denn gemacht, den ganzen Abend? War etwas im Fernsehen?‹

›Da hätte ich mir diesen Starmaniascheiß anschauen können. Wirst du da nicht neidig als Politiker, wenn du das siehst. Ihr könntet das Ganze viel poppiger aufziehen.‹

›Ja, aber dann müssten wir auch noch singen können und das kannst du nicht verlangen. Es reicht, dass wir uns die ganzen Nächte um die Ohren schlagen müssen.‹

›Und meint ihr das ernst? Das mit den Grünen? Macht ihr wirklich eine grün/schwarze Koalition? Bringt ihr das wirklich fertig?‹

›Hättest du denn das gerne? Würdest du das gut finden? Ich meine, das ist alles sehr schwierig. Die kommen nicht wirklich rüber mit etwas. Und dann merkt man einfach, dass sie noch nie etwas mit dem Regieren zu tun gehabt haben. Das ist wie mit Erstklässlern, wie man mit denen reden muss und das nicht nur in den Sachfragen. Die sind ungeheuer angerührt. Die sind richtig empfindlich und Scherze verstehen die schon überhaupt nicht. Das ist schwieriger als eine Jungfrau überreden.‹

›Ich dachte, die gibt es nicht mehr. Gib mir auch einen Wein.‹

›Ich brauche kein Besteck. Die Zahnstocher reichen doch. Der Wein ist richtig gut. Prost. Deswegen wird es ja auch nichts werden.‹

›Ja, Prost. Wieso?‹

›Weil es keine Jungfrauen gibt. So kann man sich nicht aufführen. Die sind derart ideologisiert. Die können ja keinen Gedanken fassen, ohne gleich die ganze Welt hineinzuziehen. Da kann man nicht zusammenarbeiten. So kann man nicht regieren. Nicht mit diesen Problemen. Und es gibt kein Geld. Es gibt kein Geld für irgendetwas. Da muss man sich schon etwas anderes überlegen, als solche linke Heilsphantasien. Dafür ist nicht die Zeit. Unvernünftig ist das. Sehr unvernünftig. Und denen ist es wichtiger, was im Irak ist und dass wir hier mit der Osterweiterung die größte Umwälzung der letzten 100 Jahre zu erwarten haben, das ist denen gleichgültig. Traumtänzer sind das. Und dieser Van der Bellen, der ist so ein Oberlehrer. Ich bin froh, dass es nicht funktionieren wird. Mit dem könnte ich nicht jede Woche an einem Tisch sitzen. Du hast ja keine Vorstellung. Der weiß alles besser. Und wie lange der braucht für alles. Bis der etwas gesagt hat, da ist schon alles längst vorbei. Ich meine, ich habe ja auch meine Probleme mit dem Schüssel, aber entscheiden kann er. Das schaut manchmal anders aus, aber dann redet der nur nichts, entschieden hat der dann schon längst.‹

›Und warum dauert es dann so lange mit dieser Regierungsbildung. Und wenn ihr die Grünen eh nicht wollt, warum redet ihr dann so lange mit ihnen. Ist das nicht unfair?‹

›Was ist schon fair? Komm, setzen wir uns doch gemütlich. Ich bin den ganzen Tag schon nur an Tischen gesessen. Ich möchte es bequem haben. Das sind Tage. Das kannst du dir nicht vorstellen. Wenn es so den ganzen Tag geht und du musst die ganze Zeit aufpassen wie ein Haftelmacher, dass sie dir nicht etwas unterjubeln mit ihrer Selbstgerechtigkeit. Wenigstens ist diese Glawischnig eine fesche Person. Da hat man wenigstens etwas zum Anschauen. Unsere Weiber, die sind ja eher so Politschlachtrösser. Die Rauch, die strengt sich ja an, aber mit dem Haarschnitt. Ich bin froh, dass du die Haare lang lässt. Es ist ja doch. Hmm. Die Haare sind ja doch einer der aufregendsten Körperteile.‹

›Findest du? Ja? Komm. Nicht so schnell. Du bist ja gerade erst gekommen. Nach dem langen Warten, da. Ich kann nicht so schnell umschalten.‹ und jetzt kann ich mich auch noch mit diesen ÖVP-Frauen solidarisieren, aber wie kommt er dazu, er ist selber nicht, eine männliche Schönheit ist er selber nicht,

›Ach komm! Es tut mir ja Leid, dass es wieder so spät geworden ist. Glaubst du, mir macht das Spaß. Aber du als Journalistin, du musst doch wissen, wie das ist. Aber o.k. Magst du auch noch einen Wein. Sag. Ist das die einzige Flasche?‹
was will er denn jetzt, hat der schon den ganzen Wein ausgetrunken, ist schon der ganze Wein weg, ›Ja. Das ist meine einzige Flasche. Mein Haushalt ist auch eingeschränkt. Aber es gibt noch eine ganze Flasche Wodka und Tonic gibt es auch. Und ich glaube, ich habe noch einen Orangensaft.‹ und will sich der hier ansaufen, das kommt nicht in Frage, dann will er womöglich hier schla-

fen, ich kann ihn hier nicht schlafen lassen, das hat er auch noch nicht gemacht, aber das ist vollkommen unmöglich, ›Trink doch ein Wasser. Du trinkts nie etwas gegen den Durst. Trinkst du überhaupt genug? Und ich glaube, es wäre nicht gut für dich gerade jetzt, wenn sie dich erwischen. Müsstest du dann eigentlich gehen, wenn sie dir den Führerschein wegnehmen? Da müsstest du doch zurücktreten, oder könntest du da etwas machen?‹

›Ich fahre doch nicht. Ich denke doch nicht daran. Das fehlte noch. Nein, mein Mäuschen. Der Horvath hat mich hergebracht, der hat an diesen Würschtelstand am Naschmarkt gedacht, wegen der vegetarischen Würstel, von denen du übrigens fast nichts gegessen hast. Nein, nein. Das macht doch nichts. Ich verstehe ja, dass du so spät nichts mehr essen willst. Bei deiner Figur, da würde ich auch aufpassen und dann fahre ich mit dem Taxi, aber ich kann auch dableiben und in der Früh. Was meinst du?‹
so ist das also, der Herr Chauffeur weiß alles, ›Und weiß dieser Horvath, wohin du gehst?‹ o Gott, ist das alles klebrig, das ist wie zu Hause, wenn alle immer alles gewusst und es der Mama erzählt haben, wenn alle immer alles gewusst haben und man selber nicht wissen konnte, wer was weiß,

›So ungefähr schon. Aber den interessiert das nicht, der ist froh, wenn er nach Hause fahren kann. Dem ist das doch gleichgültig, der kriegt einen extra Schmartes und aus! Was glaubst du, wie viele übrig bleiben, wenn man vor den Chauffeuren nichts mehr machen dürfte und außerdem hat das eine Sicherheitskomponente.‹

›Mich wundert das ohnehin, dass das alles nicht strikter ist. In keinem andern Land könntest du deinen bodyguards so leicht entkommen.‹ und ich wäre nie in diese Situation gekommen, ich wäre nie in diese total verkrampfte Geschichte gerutscht, wahrscheinlich nicht,

›Das ist eben Österreich. Das ist einer der Vorteile von Österreich. Aber meine Liebe, komm, jetzt sei doch gemütlich!‹

wenn es gemütlich wäre, dann würde ich schlafen, dann würde ich in Frieden schlafen, ›Sag einmal, wie ist das eigentlich. Kannst du selber mit deinem Auto fahren, oder musst du immer mit diesem Horvath herumkutschieren? Also wenn du etwas urgeheim machen willst, ginge das? Könntest du das? Könntest du auf ein Wochenende verschwinden? So ganz einfach?‹

›Schatzl! Wir sind ja nicht in Amerika. Ich meine, ganz unbemerkt bleibt nichts. Aber was soll schon sein. Glaubst du das interessiert jemanden? Gut, seit den Klestil-Geschichten, da geht es rauer her. Früher hat man nicht einmal die Fakten in die Öffentlichkeit kommen lassen. Mit News ist das anders geworden, aber dem Klestil hat das alles auch nicht geschadet und wir haben hier nicht diese Moralgeier. Wir haben hier Gott sei Dank nicht diese Frauenvereine, die solche Verfolgungsjagden anzetteln wie in England. Da geht es uns schon besser. Da haben wir hier mehr Freiheit. Du machst dir doch keine Sorgen. Du hast doch nichts zu verlieren!‹

du lieber Himmel, er beantwortet schon solche Fragen nicht, und er ist total geil, sein Schwanz steht kerzengerade, ›Ja, das ist ja alles sehr schön. Aber könntest du einfach dein Auto nehmen und wohin fahren, ohne dass jemand weiß, wohin du fährst? Könntest du dich wirklich davonstehlen? So total?‹ und in die Josefstädter Straße fahren und dich da aufführen, und mir ist das bisschen Wein schon zu viel, mir ist, eigentlich ist mir dünn im Kopf, aber so viel war das doch jetzt nicht, ich habe doch höchstens ein Glas Wein gehabt, ›Wenn du etwas ganz geheim machen willst und wirklich niemand etwas wissen soll davon, wäre das möglich für dich? Oder hast du ein GPS eingebaut und wirst sowieso immer geortet. Das muss doch ein fürchterliches Gefühl sein, wenn man nie etwas unbeobachtet machen kann?‹ und nein, ich küsse dich nicht, mein Lieber, nicht mit diesem Würstelgeruch, ›Und du rauchst ja wieder!‹

›Schatzel, bei solchen Sitzungen, da fängt jeder wieder an. Wenn ich noch nicht geraucht hätte, dann würde ich das jetzt überhaupt anfangen. Jetzt denk einmal, das geht seit 3 Monaten so und wir haben nie eine Pause. Und was ist mit dir los? Freust du dich denn gar nicht, dass ich da bin?‹

nein, da darf er auch nicht hingreifen, nein, ›Du, ich muss mich eben erst. Gewöhnen muss ich mich erst wieder. Ich kann da nicht so schnell anschalten oder abdrehen. Erzähl mir lieber noch etwas. Wir müssen ja nicht gleich übereinander herfallen. Ich funktioniere nicht so. Das verstehst du doch?‹ und jetzt hole ich mir lieber ein Glas Wasser, das ist ja seltsam, wie verdreht mir der Kopf ist,

›Sind wir aber. Wir sind übereinander hergefallen und das ist noch gar nicht so lange her. Ist etwas passiert? Hast du jemanden anderen? Du weißt, dass ich weiß, dass ich keine Exklusivrechte habe. Bei meinem Zeitbudget kann ich das von niemandem verlangen. Obwohl es mir natürlich lieber wäre. Aber selbstverständlich muss ich deine

Entscheidungen akzeptieren. Hättest du lieber, dass ich gehe? Komm, ich merke doch, dass ich dir nicht angenehm bin. Soll ich gehen?‹
weit her ist es nicht mit meiner Schauspielkunst, wenn man es so stark merkt, ›Gerhard, jetzt sei doch nicht so. Es geht doch wirklich nur darum, dass man sich wieder aneinander gewöhnen muss. Das mit dem Übereinanderherfallen, das geht doch nur ganz am Anfang. Wenn man sich dann ein bisschen kennt. Ich finde es schöner, wenn man sich Zeit lassen kann dafür. Ich habe geglaubt, dass es dann erst richtig anfängt, wenn man es nicht mehr so eilig hat. Das macht man doch eh nur, weil jeder Angst hat beim ersten Mal. Das braucht man dann doch nicht mehr.‹ und wenn er mich so von hinten hält, das geht, da muss ich ihn nicht riechen und wenn es ihm reicht, dass er mich berührt,

›Ja. Ja. Du hast ja Recht.‹

›Du als Zukunftspolitiker, du musst doch auch für die Kultur der Zukunft sorgen und eine Kultur ohne erotische Kultur, da dürft ihr nichts mehr von der Kulturnation reden.‹

›Da hast du Recht. Da sollte ich mit einem besseren Beispiel vorangehen.‹
und das fühlt sich gut an, und seine Stimme, die ist das Beste an ihm, die kann einen, ja, und

›Ist das richtig so? Möchtest du es heute so? Sollen wir uns heute nicht ausziehen, damit du dich wieder langsam an mich gewöhnen kannst?‹
du lieber Himmel, ich muss etwas tun, wenn der mich so weiter, dieses singende Gefühl hinter dem Gaumen, ich wollte doch nicht, aber wenn er sich so Zeit lässt und ich

fast wieder einschlafe und nur noch dieses Streicheln dazu kommt,

›Ja? Ist das richtig für dich? Ist das so richtig für dich? Du kannst ruhig wieder einschlafen. Ich habe dich aufgeweckt. Ich habe dich doch wieder aufgeweckt. Du warst ja ganz verdrückt, wie ich gekommen bin. Du schläfst jetzt einfach wieder ein und lässt mich machen. Lass dich nur fallen und dann ist alles gut. Bleib ganz ruhig. Du musst gar nichts machen. Lass es so und für mich ist das perfekt so. Mir reicht es, wenn ich dich so halten darf. Und was hast du für einen schönen Busen. Aber das weißt du ja. Und deine Haut. Die könnte ich die ganze Nacht streicheln. Ich habe den ganzen Tag schon nur an dich gedacht. Ich habe mich schon den ganzen Tag auf das gefreut. Sonst hätte ich diesen Tag gar nicht überstanden. Das kannst du dir nicht vorstellen, wie sehr ich mir das vorgestellt habe.‹

mein Gott, wenn das so ginge, nur dieses Streicheln und dann verschwindet er einfach, nur keine Bewegung, nicht aufstehen, nicht umdrehen, nur so gegen ihn liegen und er bleibt dabei, so beruhigend, und faul, nur so ein bisschen, er muss ja auch müde sein, und wenigstens dösen, aber die Vorhänge sind nicht vorgezogen, ich habe vergessen, die Vorhänge vorzuziehen, und es könnte uns jemand, wenn jemand auf das Dach über der Straße, dann könnte man, aber dann ist ja nur das Sofa zu sehen, die Sofalehne, dann kann man nur die Sofalehne sehen und vielleicht noch seinen Kopf, er ist doch ziemlich größer, und ich tue jetzt nichts, ich schlafe, ich schlafe ein und bin für nichts mehr verantwortlich, obwohl irgendwann dann, danach wird es schon notwendig werden, aber wenn ich mich bewege, dann ist alles wieder weg, dann ist dieses klingelnde Gefühl in der Kehle, das ist dann gleich wieder weg,

›Schlafen. Ja, so ist es gut. Schlafe ein bisschen. Ich muss leider. So. Ich muss kurz hinaus. Schlaf weiter. Das tut dir gut und ich komme gleich wieder. Nein, du musst dich nicht aufsetzen. Komm, leg dich gleich wieder hin und mach die Augen zu. Lass dich von mir nicht stören, hörst du? Augen zu.‹

Scheiße, was ist mit mir los, so eine Trägheit, als wären die Schultern gelähmt, und das ist angenehm, das ist sehr angenehm, aber ich muss mich zusammenreißen, so war das nicht ausgemacht, wenn ich das so weiter, wenn der das so weitermacht, dann habe ich gleich einen Orgasmus, dann kommt mir die Lust und was erzähle ich der Claudia, und er weicht mir aus, er weicht mir dauernd aus, wo ist denn dieses Wasser, und ich hole mir besser ein frisches, und aufgewacht, so mulmig kann dir nicht sein, nach einem Vierterl, mehr kann das nicht gewesen sein und du verträgst doch etwas, du verträgst doch mehr als ein Vierterl und jetzt wird Kaffee gekocht, das geht so nicht, und was macht er so lange im Badezimmer, ein Espresso, das ist das Beste, um diese Zeit, aber da habe ich doch noch, da habe ich doch noch einen im Eiskasten, so einen Dosenespresso, ja, und popp, und ein Fingernagel, ich muss mir so einen Dosenöffner besorgen, wie ihn die Stewardessen haben, Scheiße, wie schaut das wieder aus, aber der Kaffee ist gut, so kalt, das weckt auf, und du kannst nicht mit einem Mann schlafen, den du nicht riechen kannst, weil er Käsekrainer gegessen hat, oder putzt sich der die Zähne, nein, der war nur auf dem Clo, und es ist 2 Uhr in der Nacht, das war einmal meine beste Zeit, um 2 bin ich gerade erst wach geworden und jetzt brauche ich einen Kaffee, damit ich durchhalten kann, ist dieser Kaffee eigentlich noch gut, der ist vom Sommer, der ist noch vom vergangenen Sommer, wo ist denn, da, 5-2003, na das geht sich aus, und, shit, der hat sich ausgezogen,

›Hallo!‹

›Ach. Ich dachte, ich mache es mir bequem.‹

was machst du jetzt, meine Liebe, scherzen, Jessica, scherzen, und nimm ihn in die Hand, man kann dieses Ding nicht so herumflappen lassen, ›Hmm. Ich habe mir immer gedacht, dass das ziemlich unbequem wirkt, wenn das so.‹

›Ja. Für meinen Kleinen ist das schon anstrengend, wenn er schon den ganzen Tag darauf gewartet hat.‹

›Vorfreude. Hat es nicht immer geheißen, Vorfreude wäre das Beste.‹

›Aber du wirst ihn doch nicht hängen lassen. Das wäre nicht nett. Du hättest einfach weiterschlafen sollen und ihn machen lassen. Darauf hat er sich besonders gefreut.‹

›Mag er das besonders gern? Schlafende Frauen? Wehrlose, schlafende Frauen?‹

›Ja. Er ist ein Verträumter. Weißt du, er ist ein ganz Verträumter. Er ist kein Macho. Er ist ein ganz Sanfter. Er ist ein ganz sanfter Lieber und warum lässt du ihn das nicht beweisen.‹

›Vielleicht sollte ich vorher die Vorhänge vorziehen. Hmm. Und dann kann er in die Beweisführung eintreten. Ja?‹

›Aber lass doch die Vorhänge. Komm ins Schlafzimmer.‹

aber ich will nicht ins Schlafzimmer, Mister, und da können Sie mich anschmusen, was sie wollen, ins Schlafzimmer kommen Sie mir nicht mehr, und ein bisschen selbstverständlich nehmen Sie das schon alles, und dieses ungute Gefühl in der Kehle ist ja trotz der Aufregung nicht vergangen, und es ist interessant, und das alles ausprobieren, ich bin jetzt wach, er ist geil, er ist total geil, und man kann sich nicht vorstellen, dass er mehr will, als seinen Kleinen hineinstecken, zum Platzen, wie der ist, und irgendwie ist das toll, wir wissen nichts übereinander, wir wissen überhaupt nichts übereinander, wir clinchen hier und küssen uns und wissen überhaupt nichts voneinander, und er will gar nichts wissen und ich will alles herausfinden und irgendwie ist das total geil,

›Du. Wir können auch ins Badezimmer zurück. Da hast du den einzigen großen Spiegel, oder? Einen großen Spiegel braucht man. Wieso weißt du denn nicht, dass man im Schlafzimmer einen großen Spiegel braucht?‹

›Ach, Spiegel im Schlafzimmer. Das ist doch spießig. Das ist doch Spießerkitsch. Dazu muss man ins Hotel gehen. Hast du in deinem Schlafzimmer einen Spiegel? Hast du das zu Hause? Du hast doch Kinder. Kann man da einen Spiegel im Schlafzimmer haben. Kann man das mit Kindern haben. Glauben die den Schmäh, dass man den braucht, damit man immer richtig angezogen ist?‹ und ja, Mister, Sie haben es eilig, was, das ist ziemlich dringend bei Ihnen,

›Na. Jetzt sei nicht gleich beleidigt. Ich mache dir doch keinen Vorwurf, weil du keinen Spiegel im Schlafzimmer hast. Wahrscheinlich siehst du dein Schlafzimmer auch immer noch als Mädchenzimmer. Ich denke mir ja sowieso, dass man noch ein eigenes Zimmer dafür haben sollte. Ein Zimmer nur für solche Sachen und das ist dann auch eingerichtet dafür.‹

›Und? Was müsste da drin sein? Außer einem Spiegel? Ein Bett, an das man gefesselt werden kann, vielleicht?‹ und komm, wir setzen uns wieder auf das Sofa, und wir führen jetzt ein galantes Gespräch, dafür behalte ich den Schwanz in der Hand, so, ja, so ist es gut, und es ist nett, angezogen zu sein und der andere ist nackt und erregt, und ich bin ganz weit weg und das gehört alles mir, mein Lieber,

›Issi, du quälst mich!‹

›Na komm. Erzähl mir das. Das wäre doch ein Wahlprogramm. Eine Grundversorgung mit erotischer Ausrüstung und zusätzlich zu einem Haushaltsraum in den Wohnungen, da kommt noch ein Fickraum dazu und damit könnt ihr mit allen anderen koalieren, oder denkst du, dass sich die Parteien darin auch noch unterscheiden.‹ wenn ich ihn so halte, da ist er wirklich ausgeliefert und seinen Schwanz, den mag ich ja, der ist auch ganz schön, nicht wahnsinnig groß, aber gerade und hell, nicht so rot wie manche und er zuckt ja richtig süß,

›Issi. Das geht so nicht.‹

›Aber sicher, Herr Staatssekretär. Jetzt erzähl einmal, wie schaut euer Fickprogramm aus, wie macht ihr das mit der Familie, zum Beispiel? Wie bringt ihr das auf die Reihe, das mit der glücklichen Familie?‹

›Issi. Nein, Issi. Das ist Folter!‹

›Na komm, sag schon. Wenn du mir alles erzählst, dann …‹

›Das ist doch ganz einfach. Die Familie ist heilig und die

Prostitution wird wieder steuerfrei. Mach das nicht. Bitte!‹

›Das wird aber der Grasser nicht gern haben. Glaubst du, der weiß überhaupt, was Prostitution ist? Mir kommt der so fischig vor, so richtig kalt fischig.‹

›Der Grasser, der weiß gar nichts. Der spielt Tennis stattdessen. Aber deswegen mögen ihn doch alle, weil er so elegant und glatt ist und man an nichts denken muss bei ihm. Aber das ist doch unser Geheimnis, wusstest du das nicht? Bei uns schauen alle aus, wie die kleinen Buberln, die es noch nie gemacht haben und nie machen werden und damit sind wir nie eine Gefahr für irgendwelche Seelenleben und unsere alte Tantenriege passt noch auf uns auf. Wir sind die wirklich Braven.‹

›Und wie deckt sich das mit der Evidenz hier, Herr Staatssekretär?‹

›Na dass ich brav bin. Das ist doch der Beweis. Ich soll dich doch befriedigen, das ist doch meine Aufgabe hier. Wenn ich schon nichts Gescheites zum Essen mitbringen habe können, dann sollte es doch wenigstens das sein. Das ist doch nur höflich. Ich kann doch nicht bei einer so attraktiven jungen Dame sitzen und keinen ordentlichen Steifen haben. Das würde sich doch wirklich nicht gehören!‹

›Ah, das ist also gutes Benehmen, was Sie da vorführen?‹

›Ja, wir nehmen unsere Verantwortung ernst. Aber langsam sollten wir uns auf eine andere Entscheidungsebene begeben, findest du nicht? Langsam sollten wir in die Durchführung gehen.‹

›Ohne Angelobung?‹

›Dazu brauchen wir den Klestil nicht, ich bin doch noch immer im Amt, ich führe die Geschäfte doch weiter.‹ ja, aber mich kriegst du nicht ins Schlafzimmer, ich mache das heute nicht, das ist so viel interessanter und sicherer, ›Ich glaube aber, dass ich hier die Geschäfte führe, Herr Staatssekretär und sag, könntest du nicht Minister werden, das klingt viel besser, Herr Minister?‹ und keuch nur schön, das tut dir gut, ein bisschen ausgeliefert zu sein,

›Issi, Spätzchen, das machst du wunderbar. Aber ich möchte wirklich. Komm!‹ nein, nein, das hättest du gerne, nein, du greifst mir nirgends hin, ›Nein, Gerhard, nein, komm, nein, lass mich doch machen, du kannst das ruhig auch einmal so. Wir müssen das immer so machen lassen. Da kannst du einmal sehen, wie es uns Frauen so geht. Ja, bleib nur schön liegen. Ja und genauso geht das und ich möchte jetzt wissen, wie würdest du so einen Raum einrichten? Wie würdest so einen Fickraum eingerichtet haben wollen?‹

›Warum ziehst du dich nicht aus. Das ist unfair. Du thronst da über mir und ich bin vollkommen hilflos. Nein. O ja. Bitte, mach das weiter und ja, ich sage ja schon.‹ ein bisschen lutschen, und er muss ihn gewaschen haben, der riecht frisch gewaschen, der schmeckt nach Seife, ein bisschen schmeckt der nach Seife, aber alles ist besser als Käsekrainer,

›Ja, ja. Ich gestehe ja schon. Ich gebe ja schon alles zu. Komm. Komm. Lass das jetzt. Komm. Ich sage es dir. Ja, aber ganz loslassen darfst du nicht!‹ ich lasse schon nicht los, das Pimpi kann ja nichts dafür, an wem es dranhängt, und solange ich dran herumlutsche, da gehört er schon mir, ›Wir wollten Ihre Version hören, Herr Staatssekretär! Wollen Sie denn, dass wir brutal werden?‹

›Ja, ja. Ich sage ja schon, also: Ich hätte gerne einen kleinen Turnsaal. Das stelle ich mir am praktischsten vor. Stell dir vor, Sprossenwand, Ringe, Kasten, und Gummimatten, und natürlich sind Spiegel rundherum. Mich haben Turnsäle immer fasziniert. Ja, mach das aber nicht so fest. Ja. Schon der Geruch ist aufregend. Und dann könnte man alles machen. Aber es müsste ein altmodischer Turnsaal sein, kein Fitnessraum. Ein Fitnessraum, das wäre stressig. Da müsste man an seine Figur denken und dass man noch nicht lange genug auf dem Heimtrainer gefahren ist und mach das bitte so weiter, und natürlich ist der Raum verboten, wenn man hineingeht, dann passieren einem Sachen, dann passieren einem sofort Sachen. Wenn du hineingehst, zum Beispiel, wenn du hineingehst, dann musst du dich sofort ausziehen. Aber du muss deine Kleider ganz genau zusammenlegen und wenn ich sehe, dass du deine Bluse nicht genau zusammengelegt hast, dann muss ich dich sofort festbinden. Dann wirst du sofort an der Sprossenwand festgebunden und als Erstes musst du dich gleich über das Pferd legen und ich stecke ihn dir von hinten hinein, damit du gleich weißt, wer. Nein.‹
das ist sein handy, der Arsch, der stellt das handy nicht ab, wenn er, ›Lass. Warte. Ich muss.‹
hör einmal, wenn du telefonieren musst, dann kann man dir halt keinen blasen, hej, nicht so, nicht den Kopf so drücken, ich beiß ja noch hinein,

›Nein. Bleib. Nein. Scheißtelefon! Ja, Lilli? Was ist denn los? Warum schläfst du noch nicht?‹

der erstickt mich, hej, nicht so tief, und das muss seine Frau sein, die heißt doch Liliane,

›Ich bin schon in der Lichtensteinstraße. Nein, habe ich nicht gehört, aber ich habe das Telefon in die Küche gestellt. Ich will jetzt nichts mehr hören. Ich habe genug für heute!‹

den macht das noch geiler, den macht das noch geiler, das ist unglaublich, der liegt da und redet mit seiner Frau und man merkt seiner Stimme nichts an,

›Ja, da hast du Recht. Aber das sollten wir morgen besprechen. Ich komme doch morgen Abend noch zurück.‹

nein, der redet, als wäre er ganz allein und dabei, und jetzt fickt er mich wieder, wenn er mir den Kopf so niederdrückt, dann fickt ja er wieder,

›Nein, der Horvath macht das schon. Da musst du gar nichts machen. Ja, da musst du halt hingehen und ich komme nach, wenn es sich noch ausgeht. Da kann man nichts machen, das müssen die Leute schon verstehen.‹

der kommt, der wird gleich kommen, der will kommen, während er mit seiner Frau redet und ich kann, ich muss, schreien, schreien, damit sie das hört, die soll das hören, was ihr Kerl da macht, die soll das einmal wissen, was sie da hat, der kommt, der will kommen,

›Nein, du hast keine Ahnung wie schrecklich und ich habe natürlich Recht, die sind eine Truppe von Traumtänzern, die haben keine Ahnung von der Realität. Es wäre verantwortungslos, diese Leute in die Regierung zu lassen.‹

der kommt ganz einfach, der spritzt jetzt gleich und ich möchte das nicht, aber wenn ich, eine Szene, der schlägt einen, das ist einer, der schlägt zu, und der reißt mich an den Haaren, das tut weh, nein, ich will nicht, der lässt mich nicht aus, und wenn ich nur einen Mucks mache, und der will das genauso, der macht sich das jetzt genauso, wie ihm das passt, die eine Frau am Telefon und die andere mit seinem Schwanz im Mund,

›Nein, nein, mach dir keine Sorgen. Die wissen hier überhaupt nichts. Da hast du Recht. Aber die sehen das ja nicht jeden Tag, in Wien gibt es diese Art von Bettlern gar nicht. Nein, nein, da werden wir schon Ordnung machen. Mach dir da keine Sorgen, der Karl, der macht das schon.‹
ich schreie, ich fange jetzt zu schreien an, nein, ich frage ihn etwas Laszives, wie kommt er dazu, er soll mich auslassen, er soll mich ganz einfach auslassen, ich werde ihn noch verletzen,

›Mir würde das nichts machen, wenn das einer von den Blauen wird. Die machen das sicher besser, aber es schaut schlecht aus im Ausland und wir müssen uns noch ein bisserl hinziehen. Das weißt du doch. Das haben wir doch tausendmal besprochen, und solltest du nicht schon längst schlafen?‹
und er macht das wirklich, er kommt wirklich, ja, und, Knall, Hilfe, der macht das jetzt wirklich, Hilfe, und er schmeckt staubig, staubig, bäh und dann scharf, und jetzt, lass mich los, lass mich doch los, ich will weg und ich kann doch nicht in den Schwanz beißen, damit ich

›Du, Lilli, aber das besprechen wir morgen. Ich muss jetzt schlafen. Nein, wirklich, ich muss jetzt und du auch.‹
der wollte nur, dass ich das jetzt, Scheißkerl, Gott verdammter Scheiß, Scheiß, Scheißkerl,

›Ich dich auch. Ich dich auch. Schlaf gut!‹

›Hej, was soll das? Spinnst du? Warum hast du mich nicht losgelassen? Warum hast du mich nicht ausgelassen? Das war ja. Du, ich finde das gar nicht lustig. Du bist ein richtiges Arschloch!‹

›Issilein. Spätzchen. Was soll ich denn machen?‹

›Du bist ein widerliches Arschloch. Du hast mir den Mund gestopft mit deinem Schwanz. Das ist.‹

›Issi. Mäuschen. Das war eine Notsituation und du hast mich so aufgeregt. Das war alles deine Schuld.‹

›Hör einmal. Du hast mich festgehalten.‹

›Ja. Aber du hast schon vorher die ganze Zeit und ich sehe ja ein, dass du auch, aber ich war schon zu weit. Ich habe da nichts machen können!‹

›Du hast meinen Kopf. Du hast mich nicht weggelassen, du hast es dir selber gemacht, so wie du meinen Kopf. Du hast mich sogar an den Haaren gerissen. Das tut weh!‹

›Jetzt komm schon. Komm. Wir kümmern uns gleich um dich, aber was erwartest du? Du sitzt da, angezogen und widmest dich meinem Kleinen. Ich habe schon gedacht, ich habe eigentlich gedacht, dass dir das Spaß macht, dass du das so willst. Und ich muss dir sagen, das war, das war schon. Wow! Issilein!‹

›Du begreifst das nicht, was? Ich fühle mich von dir benutzt.‹

›Komm. Heul jetzt nicht. Nein, ich begreife das nicht, du hättest das Ganze doch nicht anfangen müssen. Wenn du nicht willst, musst du es doch nur sagen. Glaubst du, ich komme nur, um mir das abzuholen? Das ist doch dann ein großes Missverständnis und ich gehe dann besser. Wir hätten auch nur ein Glas Wein miteinander trinken können. Ich habe ohnehin gedacht, dass du das Interesse verloren hast. Ich habe mich ohnehin über deinen Anruf gewundert. Du hast wochenlang nicht abgehoben und jetzt. Also, ich kenne mich nicht aus und wenn das alles ein Missverständnis war, dann tut es mir Leid.‹

der versteht das nicht, der kann das wirklich nicht verstehen, der kennt das nicht, dieses Gefühl, angespannt, leer, widerlich, und eine Wut, und der Geschmack, er hat mir nicht einmal Zeit gelassen, ins Badezimmer zu laufen, und er hat gewonnen, er hat es sich dann am Ende doch wieder genommen, aber wenigstens hat er mich nicht einmal richtig angefasst, das bisschen am Busen Herumfummeln, das gilt nicht und zwischen den Beinen herumrühren, mit den Jeans an, das gilt schon überhaupt nicht, ›Nein, lass es. Ich finde das halt nicht lustig. Ich finde es nicht lustig, während du mit deiner Frau telefonierst. Das war doch deine Frau?‹

›Ja, das war die Lilli, aber ich seh nicht ein, was dich daran stört. Was soll dich daran stören. Das ist eine gefährdete Person, ich kann da nicht einfach nicht abheben, wenn sie noch so spät anruft. Ich muss schließlich auch an die Kinder denken.‹

›Deine Kinder sind doch gar nicht zu Hause. Die sind doch auch in Wien.‹

›Ja, schon. Aber insgesamt. Ich muss das alles insgesamt zusammenhalten. Du hast es leicht. So ohne jede Verantwortung. So ein Leben möchte ich auch führen. Da hast du es eben besser und ich kann da nicht mit. Ich habe Verpflichtungen und das hast du ganz genau gewusst. Ich habe immer alles offen gelegt. Mehr kann ich nicht tun.‹

›Du, es geht nicht um Offenlegung, wenn du mich benutzt hast.‹

›Du hättest doch jederzeit aufhören können. Ich habe nicht gemerkt, dass du das Interesse verloren hättest. Jetzt komm schon, Mäuschen. Das ist doch kein Problem. Einmal ist es so und dann kommt es wieder anders. Wir kümmern uns das nächste Mal nur um dich, ich verspreche es. Ehrenwort, Issi.‹

ich hasse ihn, O Gott, ich hasse ihn, und ich hasse mich noch viel mehr, und er versteht es einfach nicht, er glaubt wirklich es geht nur darum, ›Aber darum geht es doch gar nicht. Du hast mich nicht ausgelassen und ich hätte mit dir zu raufen anfangen müssen und dann hätte deine Frau das wirklich gehört und es tut mir Leid, dass ich das nicht deutlicher gemacht habe, dass ich das nicht will. Verstehst du? Ich habe das nicht gewollt, so und leider habe ich auf dich noch Rücksicht genommen.‹

›Issi. Ich finde das ja auch toll und ich bin dir auch dankbar. Ich bin dir überhaupt dankbar. Jetzt komm, lass es mich noch genießen. Das war wirklich ganz besonders.‹

›Ja, weil du deine Machtgefühle ausgelebt hast. Machst du das öfter, solche Sachen?‹

›Was hat denn das mit Macht zu tun. Ich war halt so weit. Ich habe mich doch schon entschuldigt. Das war nicht nett von mir, so früh zu kommen. Aber es war ein harter Tag und ich habe so lange nicht. Ich habe dich schließlich so lange nicht gesehen, da darfst du dich nicht wundern, dass ich es nicht lange aushalte. Das Ganze ist doch nur ein Kompliment für dich.‹

›Du meinst, es besteht kein Zusammenhang zwischen dem Telefonat mit deiner Frau und dass du mir in den Mund spritzt?‹

›Ihr jungen Frauen habt schon eine Art darüber zu

reden! Aber wenn du das alles so gut beschreiben kannst, warum hast du dann nicht aufgehört, wie es dir nicht mehr gefallen hat?‹

›Weil du meinen Kopf in einem Schraubgriff gehalten hast.‹

›Na geh, du bist doch keine schwächliche Person. Wie soll ich dich mit einer Hand. Aber na gut. Ich verstehe es wieder nicht und ich entschuldige mich noch einmal. Aber man kann von euch schon ein bisschen Klarheit verlangen.‹

›Das Ganze ist wirklich ganz einfach ein Missverständnis für dich? Ganz einfach nicht funktionierende Kommunikation?‹

›Ja, eigentlich ja. Ich meine, du bist eine gescheite Person, die weiß, was sie will. Wenn du mich zu dir einlädst und mit unserer Vorgeschichte, dann denk ich mir schon, dass sich da etwas abspielen wird. Das gebe ich zu. Ich habe schon gedacht, dass das die Abmachung ist. Aber ich gebe auch zu, dass ich mich da nicht mehr so gut auskenne. Da habe ich offenkundig den Anschluss verloren.‹

›Ah, gibt es solche Missverständnisse öfter? Und kannst du dir nicht vorstellen, dass auch wenn es diese Abmachung gäbe, dass dann auch nicht alles so einfach laufen kann, wie du dir das so ausdenkst?‹

›Du, ich habe mir nichts ausgedacht. Ich denke mir da überhaupt nichts aus. Das ergibt sich doch einfach so. Du das meine ich ernst, ich bin der Erste, der das als etwas Gemeinsames sieht. Das muss schon gemeinsam gestaltet werden. Du, ich sehe das partnerschaftlich, wirklich. Das musst du mir glauben. Das Ganze ist ein Missverständnis und wir fangen wieder von vorne an, ja? Komm, Issilein.

Sei wieder gut. Ich wollte doch nicht, dass du dich schlecht fühlst!‹
ich werde weinen, ich werde jetzt gleich zu weinen anfangen, ich fühle mich elend, elend, elend und ich will kein Verständnis, ich will ihn schlagen, und warum habe ich ihn nicht in den Schwanz gebissen, aber die Vorstellung davon, das ist ja wirklich ekelhaft, pfui, das ist ja scheußlich, das ist ja noch scheußlicher und nein, das ist ja nicht,
›Ich fühle mich aber schlecht und jetzt werde ich gleich zu weinen anfangen und ich bin ganz durcheinander.‹

›Warum bist du denn durcheinander? So etwas erlebt man eben gemeinsam. Das gehört doch dazu. Das ist doch nichts Schlimmes.‹

›Das Problem ist doch ganz offensichtlich, dass es nicht ein gemeinsames Erlebnis ist.‹ mein Gott, ist mir schlecht, und gelähmt, ich bin wie gelähmt, ich könnte ihn prügeln und kann nicht einmal einen Finger rühren,

›Na, komm schon. Komm, wir buchen das unter Erfahrung ab, und ich mache das wieder gut, ja? Wie wäre das? Wir fahren zusammen weg und nehmen uns ganz viel Zeit für alles. Wenn diese Regierungsverhandlungen endlich vorbei sein werden, dann fahren wir zusammen weg. Ich habe eine Tagung in Brixen. Da muss ich nur zur Eröffnung und zu meinem Vortrag und die andere Zeit haben wir nur für uns allein und lange dauert das jetzt nicht mehr. Das mit den Grünen, das ist jetzt bald vorbei und mit den Blauen ist ja alles ausgemacht. Die müssen sich dann nur mehr ein bisschen zieren, damit es besser ausschaut und dann gibt es eine Regierung und dann beginnt wieder ein normales Leben. Ich kann dir sagen, ich sehne mich danach. Du kannst dir nicht vorstellen, was das für ein Stress ist, jeden Tag zu diesen ewigen Sitzungen gehen und dabei genau wissen, dass das alles nichts zu bedeuten hat. Manchen macht das ja Spaß. Der Khol, der kann von solchen Auftritten gar nicht genug kriegen, da kann er seine Predigten halten. Der ist da sadistisch, das kannst du dir nicht vorstellen. Das ist wie in der Schule dieser Lehrer, der jede Stunde dasselbe erzählt. Wir haben so einen in Religion gehabt. Genauso ist das da. Ich habe Erholung nötig. Ich habe eine Erholung bitter nötig. Entspannung, das brauche ich. Der Wolferl, der hat schon Recht mit seiner Strategie, die ist schon ein Kunstwerk. Aber einfach ist das nicht, das musst du mir schon glauben.‹

›Das ist mit Kunstwerken so, heißt es. Die kommen nicht beim Fenster hereingeflogen. Sag, hast du eigentlich die Mia Raumberger gekannt?‹ mir ist jetzt alles gleich, ich frage ihn einfach alles und dann wird sich schon was herausstellen,

›Raumberger? Mia? Machst du Witze? Was ist mit ihr. Wie kommst du darauf? Wie kommst du plötzlich auf die?‹

jö, jö, was soll denn die Aufregung, ›Was ist denn? Ich frage dich doch nur, ob du sie gekannt hast?‹

›Was heißt gekannt hast? Was bedeutet das? Natürlich habe ich sie gekannt. Das musst du doch wissen. Ich habe sie und dich am gleichen Abend kennen gelernt. Das war beim ersten Kanzlerheurigen vom Wolferl. Da wart ihr doch alle da, mit dieser Claudia Springer, die dieses Frauenmagazin herausgibt. Was ist denn daraus geworden? Ich habe das am Anfang gekriegt, aber ich habe es immer der Lilli weitergeben lassen. Die Mia! Wie geht es ihr denn?‹

›Schlecht. Schlecht geht es ihr. Ihr geht es auch

schlecht.‹ und mir geht es noch elender, dieser Ton, wie er nach ihr fragt, als ob nie etwas geschehen wäre, aber vielleicht ist er ja, vielleicht ist er nicht schuldig, du musst fair sein, du kannst jetzt nicht fair denken, jetzt, nachher, ›Der Mia geht es sehr schlecht.‹

›Ja, wieso denn? Ich habe lange nichts von ihr gehört. Die Mia! Was macht sie denn so? Sie war plötzlich einfach verschwunden, war nicht zu erreichen. Sie muss weggezogen sein, aus der Wohnung da. Das war doch in der Josefstädter Straße, oder?‹

›Ja, die Mia hat auch in der Josefstädter Straße gewohnt. Die Mia hat ein Buch geschrieben. Die Mia ist zu ihren Eltern nach Steyr zurück und hat ein Buch geschrieben.‹

›Aber die Mia war doch Fotografin. Keine sehr gute, wenn ich mich recht erinnere, mehr so eine Schnappschüsslerin. Aber ich war sehr traurig, wie sie so plötzlich verschwunden ist. Die Mia. Ich habe die Mia schon gern gehabt.‹

ich begreife nichts mehr, das kann alles nicht stimmen, was die Mia da, es ist ein anderer, es muss ein anderer sein, ›Habt ihr eigentlich noch einen anderen in der Regierung, der mit Vornamen Gerhard heißt?‹

›Nein, wie kommst du da drauf? Ich bin der einzige Gerhard. Ich bin der einzige Speerträger. Aber sag einmal. Hast du die Adresse von der Mia? Ich meine, offensichtlich wollte sie nicht in Kontakt mit mir bleiben …‹

›Ja, wenn sie dir die Adresse nicht gegeben hat. Hast du etwas mit ihr gehabt?‹

›Nein. Das heißt, ja. Aber das war lange vor dir. Wirklich, das war lange bevor wir zwei und die Mia wollte nicht, dass ihr das wisst. Aber du warst ja gar nicht da, oder? Du warst ja da in. Wo warst du da gerade? Du warst doch da ein ganzes Jahr nicht in Wien, wenn ich mich recht erinnere.‹

also doch, das Verhältnis, das ist einmal zugegeben, aber wenn er das wirklich gewesen ist, würde er das dann so einfach zugeben, er muss doch wissen, dass wir alle nichts gewusst haben, ›Ich war in Berlin. Ich war bis zum Sommer in Berlin und dann bin ich in diese Wohnung gezogen.‹

›Das ist der Vorteil von den handys. Früher hätte ich dich dann nicht mehr anrufen können, da hättest du mit der neuen Wohnung eine neue Telefonnummer gehabt. Da ist das mit den handy-Nummern praktischer, dafür ist diese caller-ID ein Blödsinn.‹

›Wieso, sonst weißt du doch nicht, wer dich da anruft.‹

›Ja, aber wenn du jemanden erreichen willst, der dich nicht will. Früher hat man einfach angerufen, nur um die Stimme der anderen Person hören zu können. Aber das kennst du gar nicht. Das kennst du natürlich gar nicht mehr. Aber ihr geht doch sicher auch absichtlich irgendwohin, um jemanden nur zu sehen oder ist das alles nur mehr Abmachung und wird in einem Gespräch geregelt?‹

›Ah, das ist wieder der Vorwurf, dass wir nicht romantisch sind. Dass wir gar nicht mehr wissen, was Romantik ist. Dass wir gar keine romantischen Geschichten mehr haben. Aber ich sage dir etwas, ich habe lieber keine romantischen Geschichten und dafür kann ich immer sagen, was ich möchte und was nicht, und zwar vorher und nicht danach, so wie hier.‹

›Issi, jetzt reg dich nicht noch einmal auf. Ich habe mich

ja entschuldigt. Es liegt an mir. Ich habe da etwas versäumt. Ganz offensichtlich habe ich da etwas versäumt, aber du musst halt dann wirklich deutlich sein. Ich verspreche dir, ich werde das lernen und ich werde dich immer fragen, was du willst. Jetzt sei aber wieder lieb! Ja?‹
mir geht alles durcheinander, der Kopf, schwimmt, im Bauch das Elend und ich will mit diesem Mann, nie wieder will ich etwas mit diesem Mann, ›Aber sag, hast du mit der Mia nicht auch diese Schwierigkeiten gehabt, dass du nicht gefragt hast, was sie will?‹

›Sagt sie das? Ja? Sagt sie das?‹

›Na ja. Sie hat immerhin ein ganzes Buch darüber geschrieben.‹

›Was? Was soll das heißen? Ein ganzes Buch. Was bedeutet das?‹
ach Gott, hätte ich das nicht angefangen, wegschicken, ich hätte ihn wegschicken sollen, jetzt wird er wieder wütend, ›Na ja, was das halt heißt, wenn jemand ein Buch schreibt. Sie schildert halt ihre Erlebnisse. Sie beschreibt die Ereignisse aus ihrer Perspektive.‹

›Und wie sieht die dann aus, diese Perspektive?‹

›Na, die sieht traurig aus.‹

›Für wen?‹

›Na, das kommt wieder darauf an, aus welcher Perspektive man das liest.‹

›Mich interessiert fürs Erste einmal die Mia-Perspektive.‹

›Aus der Mia-Perspektive sieht die ganze Sache ziemlich traurig aus.‹

›Traurig?‹
der findet das auch noch komisch, ›Traurig traumatisch, würde ich sagen.‹

›Aha, ich verstehe. Das heißt, sag mir, ob ich das alles richtig verstehe: Die Mia hat ein Buch geschrieben, das eine traurig traumatische Geschichte erzählt, aber du wirst mir doch nicht sagen wollen, dass diese Geschichte etwas mit mir zu tun hat?‹

›Die Hauptfigur, die männliche Hauptfigur heißt Gerhard und ist Mitglied in einer blau/schwarzen Regierung und ist genau wie du Staatssekretär für Zukunfts- und Entwicklungfragen, und nachdem was heute vorgefallen ist, da muss ich dir sagen, da bin ich mir nicht sicher.‹

›Aber das ist eine Erfindung. Das ist eine reine Erfindung. Das kann nur eine reine Erfindung sein! Was denn sonst!‹

›So kann ich das im Augenblick nicht sehen.‹

›Issi, was weiß denn ich, was da wieder passiert ist. Vielleicht hat die Lilli mit ihr geredet und ihr Geschichten erzählt. Geschichten über mich. Die Lilli erzählt viele Geschichten über mich, wenn sie wieder eine Phase hat und vielleicht hat sich die Mia einfach mit ihr solidarisiert. Das passiert ja, dass die Freundin und die Ehefrau miteinander und die Mia, die hat doch auch mit Frauen. Der Lilli muss ich auch alles zutrauen. Da setzen die zwei sich zusammen und schwups, die beste story ist schon erfunden. Es kann ja sein, dass die Mia das alles glaubt, was ihr die Lilli so. Ihr habt ja manchmal so eine naive Art von Solidarität und ihr könnt euch nicht einmal vorstellen, dass es auch andere Absichten gibt. Die Lilli, die erzählt alles. Die Lilli ist eine Alkoholikerin, für sie wird es sogar so aussehen, als wäre es die Wahrheit, die kann das nicht mehr unterscheiden und das ist der Preis von Erfolg, dass ich erpressbar bin. Das ist schwer zu begreifen, aber ich habe meine Lektion gelernt. Ich lasse mich von solchen Machinationen nicht mehr beirren und ich kann dir eines sagen, mich, mich wirft niemand aus der Spur. Das kann ich dir versprechen!‹

›Ja, so könnte es gewesen sein, dass das alles Hirngespinste sind. Es könnte aber auch sein, dass die Mia einfach die Wahrheit erzählt.‹

›Ich weiß ja nicht, was die Mia da so sagt. Aber eines muss ich dir schon auch sagen, die Mia ist nicht so ein reines Blümchen, wie sie so aussieht. Die Mia, die ist eine ganz Heiße, das kannst du mir glauben. Da hat sie also ein Buch geschrieben, die liebe Mia.‹

›Ich gebe ja zu, dass ich auch Schwierigkeiten habe, das alles zu glauben. Auf der anderen Seite, es gibt natürlich solche Geschichten. Und du musst zugeben, nach jetzt. Also nach der Geschichte vorhin, du hast schon.‹

›Die Geschichte vorhin! Die Geschichte vorhin! Was war denn das. Was war denn das schon! Und ich habe mich doch entschuldigt. Was willst du denn noch? Warum reitest du denn noch immer darauf herum. Du hast mir schon öfter einen geblasen. Wenn ich mich recht erinnere, hast du mir einen auf dem Ring geblasen. Wenn ich mich recht erinnere, sind wir auf dem Ring in meinem Auto gefahren und du hast mir einen geblasen und wir haben zweimal um den Ring gebraucht, weil wir so viel lachen haben müssen. So ein großer Unterschied ist das dann auch nicht, oder? Du lieber Himmel, du tust ja so als hätte ich dich auf 25 verschiedene Arten geschändet. Ich bin doch kein Sadist!‹

›Doch. Doch, du bist ein Sadist und das war ganz anders, da wollte ich das machen. Das um den Ring, da habe ich das gewollt und jetzt vorhin, da hast du mich gezwungen. Bist du so ein Steinzeitmonster, dass du den Unterschied zwischen freiem Willen und Zwang nicht erkennen kannst?‹

›Schrei mich nicht an. Ich kenne den Unterschied sehr wohl, aber er muss mir halt klargemacht werden und können wir das zu Protokoll nehmen, ich habe gedacht, dass du das so willst und ja, ich habe das genossen, und ja, ich bin ein schweinisches Steinzeitmonster, aber ihr jungen Frauen, ihr müsst euch halt auch einmal entscheiden, wie ihr es wollt. Wenn man euch ernst nehmen soll, dann müsst ihr das auch aushalten, dass ihr ernst genommen werdet. Dann müsst ihr euch halt entscheiden, aber ein bisschen etwas und dann wieder nichts, das wird nicht gehen. Ich habe jedenfalls aus deinem Benehmen bisher geschlossen, dass du eine aufgeschlossene junge Frau bist. Du hast dir etwas mit einem verheirateten Politiker angefangen und musstest wissen, was das bedeutet. Wir können nicht eure Entscheidungen für euch treffen, die müsst ihr dann schon selber aushalten und komm mir jetzt nicht mit so einem Gejammer im Nachhinein. Wenn du wirklich nicht gewollt hättest, dann hätten wir das nicht gemacht. Ich dachte ja, dass du das machst, weil du nicht gleich wieder. Wir haben einander ja nun lange nicht gesehen und ich funktioniere auch nicht so auf, auf Knopfdruck und da ist das ja dann das Leichteste zum Wiederanfangen. So habe ich das jedenfalls verstanden und das Gespräch mit meiner Frau ist ohne jede Bedeutung für uns. Ich kann dir versichern, dass ich voll auf dich konzentriert war. Das kann ich dir versichern.‹

›Du schnallst es nicht. Freiheit ist doch nicht etwas, was

man beschließt, das muss man doch jeden Augenblick haben können. Und du hast nicht das Recht, von der Episode am Ring auf jetzt zu schließen.‹

›Aber wie soll man dann eine Beziehung aufbauen, wenn man sich nicht auf die gemeinsame Vergangenheit beziehen darf?‹

›Du, das ist doch sinnlos. Du nimmst das ohnehin nicht ernst.‹

›Nein, das stimmt nicht. Aber wenn du mir nicht glaubst, dann kann ich nichts tun. Dann gehe ich wohl besser, aber sag mir noch, hast du dieses Buch von der Mia. Ich würde das doch gerne sehen.‹

›Ich habe es selber nur einmal gesehen.‹

›Ja, aber das geht so nicht. Wenn ich da vorkomme, dann möchte ich das schon wissen oder hast du das alles erfunden, weil du dich über mich geärgert hast? Da kann ich dir nur sagen, dass das keine gute Idee ist. Du hast dir das ausgedacht, ja? Ja? Aber eines kann ich dir sagen, wir sind nicht in Amerika. Erstens interessiert es hier niemanden, was einer so treibt. Das ist der Öffentlichkeit scheißegal, im Gegenteil, denk an den Jörgl. Der kann machen, was er will, der könnte schwul sein, der könnte bi sein, der kann seinen Privatsekretär und seine Frau mitnehmen, der kann in der Praterstraße machen, was er will, das interessiert niemanden. Da bellen nur ein paar Intellektuelle dahinter her und die sollten es besser wissen. Nein, nein, Österreich ist ein aufgeklärtes Land, da kann jeder tun im Bett, was er will, das interessiert die Öffentlichkeit nicht und das ist gut so, meine Liebe. Ich bin da nicht erpressbar, wenn du dir das vorstellst und jetzt möchte ich gar nichts mehr hören. Ich ziehe mich jetzt an und der Mia

kannst du ausrichten, dass sie halt nicht so experimentell sein soll, wenn sie es nicht aushält, nachher.‹
vollkommen fertig, ich bin vollkommen fertig, liegen, etwas anderes kann ich gar nicht, auf dem Sofa liegen und dem Kerl zuhören, wie gelähmt, wenn ich es nicht wüsste, ich müsste denken, er hat etwas in den Wein, aber es reicht so, das lähmt so, so eine Strafpredigt und seine Stimme, doch wie der Mann am Telefon, jetzt ist es ernst, das ist seine richtige Stimme, so abgehackt, knallt, jeder Satz knallt und ja, bitte, geh ins Badezimmer und zieh dich an,

›Aber geh, Issi, lieg nicht so da.‹

›Bitte, lass mich. Mir ist einfach. Mir ist einfach wirklich schlecht. Hundeelend ist mir.‹

›Na komm, dann brauchst du etwas Starkes. Komm, trink ein Glas Wodka. Na, viel hast du nicht in deinem Eiskasten. Bist du auf totaler Diät? Das nächste Mal bringe ich dir einen ordentlichen Whiskey mit. Glendronach. Nicht so einen Fusel, das ist ja eine Schande, so etwas trinken zu müssen.‹

›Nein, ich mag nichts. Danke. Wirklich nichts!‹

›Komm, komm. Du schaust ja ganz verdreht aus. Nein, wenn du das nicht trinkst und wieder in Ordnung kommst, dann muss ich hier bleiben. Ich kann dich so nicht alleine hier lassen.‹

›Nein, wirklich, ich brauche nichts. Wirklich.‹

›So, ich stelle das jetzt hierher und gehe mich anziehen und wenn ich zurückkomme, dann ist das ausgetrunken!‹
wenn ich jetzt noch etwas trinke, dann bin ich total fertig, und jetzt bräuchte ich eine Topfpflanze, jetzt rächt sich die Abneigung gegen Topfpflanzen, da könnte ich den Wodka

hineinschütten, so muss ich jetzt aufstehen und das Zeug wegschütten und das ist wie im Kindergarten, aber der soll einfach verschwinden, der muss aus der Wohnung hinaus, dann ist alles fürs Erste, der muss nur weg,

›Ha, es geht dir schon besser. Du läufst wieder herum. Das ist gut. Du hast wirklich ausgesehen, wie die bleiche Braut.‹

›Es ist ziemlich spät.‹

›Mir macht das nichts. Das ist eine meiner großen Begabungen, ich brauche fast keinen Schlaf und du kannst doch immer ausschlafen.‹

›Ja, so stellt sich der kleine Maxi das vor, ein ewiges Studentenleben. Aber mir geht es nicht so gut wie dir. Ich habe keinen Job, nicht einmal einen, für den ich sehr früh aufstehen müsste. Aber da sieht man es, ihr wisst überhaupt nichts, wie es wirklich ist und das ist doch eure Schuld, dass die Wirtschaft nicht funktioniert. Das ist doch eure Schuld, dass Leute wie ich, mit einer vollgültigen akademischen Ausbildung keinen Job finden können. Ausschlafen, ja!‹ der Arsch, jetzt soll er endlich gehen, ich will allein sein und allein heulen und allein die Welt verwünschen, ich will ihn nicht in diesem Zimmer,

›Ja, ja, ich bin ja schon weg. Ich darf mich noch in Ruhe fertig anziehen, ja? Das wird ja wenigstens gestattet sein. Eigentlich müsste ich der Angefressene sein, nicht du. Ich meine, du rufst bei mir an, du machst dir dieses date aus, ich arbeite wie ein Hund, dass sich das ausgeht. So einfach ist das nämlich nicht, sich davonzumachen. Die sind alle noch in die Pianobar gegangen. Ich gehe da gerne mit, musst du wissen. Da lässt sich alles besprechen. Da kann man den nächsten Tag besser vorbereiten als in tagelangen

Sitzungen. Da entsteht die Stimmung. Da entscheidet sich, wer mit wem welche Beschlüsse. Das ist die Belohnung. Ich bin ein Gruppenmensch. Ich gebe das zu. Ich habe das immer gebraucht und ich war immer in einer Gruppe. Von der Jungschar bis zum Studentencorps. Ich bin sozial. Mir gibt das etwas, im Einklang mit einem größeren Ganzen zu funktionieren. Das verstehst du natürlich nicht. Frauen verstehen das nicht. Das hat der Weininger ganz richtig gesehen, Frauen wollen einen dann nur aus diesen Gruppen herauslösen und damit ruinieren. Und dabei habt ihr ja auch nichts anderes, wenn ihr den ganzen Tag miteinander telefoniert und eure Namen sind ja auch nichts anderes als unsere Verbindungsnamen. Issi, Sissi, Tini, Isi, Butzi und Schmatzi. Ihr solltet euch das klarmachen und ordentlich organisieren und dann könntet ihr auch einen ordentlichen Beitrag leisten, für die Gesellschaft. Aber das könnt ihr gar nicht. Da müsstet ihr eure kostbare Individualität aufgeben, wenn ihr aus euren informellen Lebensformen herauskriechen müsstet. Da würdet ihr ja eure Kostbarkeit verlieren und dann würdet ihr überhaupt keinen Mann mehr bekommen. Dann hättet ihr nichts mehr, mit dem ihr diese Untergriffe veranstalten könntet. Und manchmal, weißt du, da finde ich Huren interessanter und die würden dir die Augen auskratzen, wenn du ihnen sagen würdest, dass wir sie ausbeuten. Die verstehen von Freiheit um einiges mehr, als ihr da so in eurer Verspieltheit und diese Frauen, diese Frauen arbeiten wirklich, für ihr Geld. Die müssen wirklich für ihr Geld arbeiten, weißt du. Ein wirkliches Leben, das schafft ihr doch alle nicht. Du doch auch nicht. Du lebst doch auch noch vom Papa.‹

das ist Schule, das ist der Geographieprofessor und dass wir alle seinen Unterricht nicht wert sind, und ja, wir sind auch den Herrn Staatssekretär nicht wert, wir sind gar nichts wert, aber bitte, können Sie jetzt bitte verschwinden, kann der Kerl sich nicht schneller anziehen und abhauen und mich in Ruhe lassen und ich will nichts wissen, ich will überhaupt nichts mehr wissen, die Claudia soll sich dem aussetzen, die Claudia, die in ihrem Herrenbüro sitzt und glaubt, sie kann mich mit einem Fingerschnippen in die Kinsey Millhone verwandeln und ich beginne womöglich eine großartige Karriere als Privatdetektivin wie bei Marcia Muller, ›Du kannst ja noch zu deinen Leuten in die Pianobar gehen, dann hast du wenigstens da nichts versäumt.‹

›Issilein, sei nicht so bitter. Mir tut es ja Leid, dass es nur mir so gut geht. Du hast allen Grund, grantig zu sein und nein, ich bereue es nicht, zu dir hergekommen zu sein. Mach dir da keine Sorgen.‹

›Du kannst ja da hingehen und allen erzählen, dass dir eine arbeitslose Akademikerin einen geblasen hat, während du mit deiner Frau über die Verhandlungen mit den Grünen geredet hast. Du kannst damit angeben bei den anderen, nicht wie der Herr Clinton, der mit niemandem darüber sprechen konnte, der Arme. Da geht es euch hier schon besser, oder?‹

›Mein liebes Fräulein Somner, jetzt werde ich Ihnen einmal etwas sagen. Ich sehe schon, dass mit Scherzen die Sache nicht zu bereinigen ist. Ironie hilft hier nichts, ganz offensichtlich. Deshalb warne ich dich. Ich habe keine Ahnung, was du weißt, oder was du zu wissen glaubst, aber eines kann ich dir raten, misch dich nicht ein. Denk nicht einmal daran. Es ist ja ganz klar, dass du ein Vorurteil gefasst hast. Wahrscheinlich hat die gute Mia eine tränenreiche Geschichte über Verfolgung und was weiß ich geschrieben. Was immer sie geschrieben hat, ich sage dir, es stimmt nicht. Die gute Mia, die ist eine von der experimentellen Sorte. Die hat immer genau gewusst, was sie wollte, das kann ich dir versprechen und eines kann ich dir auch bestätigen, dieses Buch wird nicht erscheinen. Ich bin nicht so blöd wie der Klestil und gehe erst zu Gericht, wenn schon alles in den Buchhandlungen liegt. Ich bin ein Macher. Das kann man mir vorwerfen und das bringt mich manchmal in Schwierigkeiten, aber das holt mich auch wieder heraus. Mach dir da keine Sorgen. Meinen Ruf werdet ihr nicht zerstören. Ein paar verquälte Krampfhennen werden das nicht schaffen. Und eines muss ich dir auch noch sagen, das Ganze, das ist eine einzige große Enttäuschung. Ich habe die Mia gemocht. Sehr gemocht. Ich habe die Mia geliebt. Wenn nicht schon alles so. Wenn nicht schon alles so festgelegt wäre, mit der Mia hätte ich mir einen neuen Anfang, den hätte ich mir vorstellen können. So, und jetzt weißt du es, aber ich rate dir wirklich, dich in der Angelegenheit nicht mehr zu engagieren. Da tust du dir nichts Gutes und jetzt sag einmal. Kann man denn gar nichts machen? Es muss doch einen Job geben, für dich. Du hast doch nichts so wirklich Abwegiges studiert?‹

›Ich habe ein Doktorat in Kulturwissenschaften. Da wissen die meisten Leute nicht einmal, was das ist.‹

›Wo gibt es denn das überhaupt?‹

›Ich habe in Wien Germanistik und Philosophie gemacht und dann in Berlin mein Doktorat. Aber was hat das damit zu tun, wie es der Mia geht?‹

›Jetzt lass diese Mia. Jetzt kümmern wir uns um dich. Mir war nicht klar, dass du auf Jobsuche bist. Ich dachte, dass du diese Art von Leben. Dass das dein Konzept ist, habe ich gedacht. Aber gut, ich werde nachdenken, wäre da dieses Institut nicht etwas für dich. Das, wo diese Künger ist. Die heißt doch so. Dieses Institut, das der Busek damals gegründet hat und das von der Raiffeisen bezahlt wird. Die haben doch immer solche Vorträge, ich meine, ich gehe da nicht hin, aber ich höre immer nur Gutes davon. Mich stört es ja nicht, wenn das opus dei mitschneidet, ein bisschen Religion tut ja immer gut.‹
Bestechung, der Kerl glaubt doch allen Ernstes, er kann mich, obwohl, wenn ich wirklich, nicht mehr zur Claudia gehen müssen oder zu irgendjemandem und sich anpreisen, das wäre zu schön und das gibt es nicht, diese Person, die wird auch nicht auf mich warten und als Protektionskind und dann opus dei, nein danke, lieber nicht, ›Jetzt sag mir noch, ich meine, sag mir ganz ehrlich, wieso kannst du dir vorstellen, dass die Mia nichts Gutes über dich geschrieben hat? Es hat dich jedenfalls nicht überrascht, dass sie sich negativ äußert, allem Anschein nach.‹

›Eine beleidigte Frau, die schreibt doch nie etwas Nettes über einen und die Mia ist böse, weil ich mich nicht. Weil ich mein Leben nicht verändern kann. Jetzt im Moment kann ich mein Leben nicht verändern und ich muss dir auch sagen, ich will auch gar nicht. Wir sind an der Macht. Wir machen aus Österreich etwas ganz Neues. Für mein Privatleben ist das der denkbar schlechteste Zeitpunkt. Ich würde mir doch alle Chancen vermasseln. Nein, nein, die Mia hätte warten müssen und das hat sie nicht gewollt und ich lasse mir keine Ultimaten stellen. Das kannst du dir doch vorstellen. Aber was schreibt sie denn? Du kannst es mir ruhig sagen!‹

jetzt ist mir alles gleich, das ist wie eine von diesen kalten Kriegsgeschichten, wo jeder immer nur ein Eckchen vom Ganzen kennt, ›Die Mia schreibt, dass du sie. Also sie. Du hast sie an das Bett angebunden und dann liegen gelassen.‹

›Das ist alles? Das ist der ganze Vorwurf?‹

mein Gott, der Mann ist erleichtert und was heißt das jetzt, ›Ja, aber ein ganzes Wochenende und du wärst immer wieder aufgetaucht und hättest …‹

›Ich habe überhaupt nichts gemacht. Nichts dergleichen. Ich vergewaltige keine Frauen, drehst du durch?‹

›Du, hör einmal, ich sage nur, was die Mia und du kannst ja sagen, was dran ist. Wir sind hier allein und ich bin nicht sehr wichtig, was soll schon geschehen. Ich wüsste es auch gern. Ich meine, ich verstehe solche Geschichten nicht und die Vorstellung, dass du. Dass du solche Sachen. Obwohl, es interessiert mich eigentlich nicht. Jetzt, wo ich drüber nachdenke, das Ganze interessiert mich überhaupt nicht. Ich will eigentlich nichts davon wissen. Mir reicht mein eigenes Elend. Lass es, lass es, es ist jetzt besser, du gehst.‹

›Nein. Jetzt wirst du mich anhören. Soviel werde ich ja vielleicht noch wert sein. Die Mia und ich. Wir haben eine wunderbare Zeit miteinander gehabt. Es war alles geheim und alles aufregend und wir sind ins Experimentieren geraten. Ich habe mir das nicht vorstellen können, das alles mit einer normalen Frau und weil man einander liebt. Für mich war das wie eine neue Welt und für mich hätte das immer so weitergehen müssen und du musst verstehen, der Reiz der ganzen Geschichte lag in der Verstrickung und in dem Geheimen. Für mich jedenfalls war das ungeheuerlich. Eine Explosion war das. Eine Hormonexplosion von exotischem Sex und ich war in Thailand, ich weiß wovon ich rede, und dann hat die Mia nicht mehr gewollt. Von einem Tag auf den anderen war alles vorbei und ich habe nicht gewusst, warum. Kannst du dir das vorstellen? Einen Augenblick bist du noch im Himmel und im nächsten hast du alles verloren. Kannst du dir das überhaupt vorstellen?‹

›Aber das passiert doch jedem einmal. Das nennt man, glaube ich, den Lauf der Welt, oder den Lauf der Dinge.‹

›Mach dich nicht lustig. Mach dich nicht lustig über mich. Ich habe auch eine Welt zu verteidigen. Ich habe auch Gefühle. Auch wenn ich 99% meiner Zeit in der Öffentlichkeit stehen muss und immer Rechenschaft abgeben und eine Frau habe, die mir nachspioniert und die mich nur nicht vernichtet, weil sie mich lieber quält und das Geld kriegt und weil ich auf meine Kinder Rücksicht nehmen möchte, deswegen habe ich doch noch eine Seele und Gefühle. Und die Mia hat gespielt damit, mit meiner Seele und mit meinen Gefühlen und dann habe ich mich gewehrt. Aber ich habe sie geliebt, ich wollte sie behalten, ich bin vor ihrem Bett gestanden und habe sie angesehen. Du wirst das nicht verstehen können, aber ich habe sie angesehen und da hat sie mir gehört und deswegen habe ich sie nicht angerührt, ich habe mir gedacht, ich schaue sie solange wie möglich an, so lange sie daliegen muss, kann ich sie anschauen und dann war es ja auch aus, wie sie gesagt hat. Ich bin doch kein Perversling. Wenn ich ein Perversling wäre, dann hätte ich sie noch immer da liegen, oder ich hätte sie umgebracht. Ich habe das verstanden, an dem Tag. Ich habe das verstanden, dass man sich nicht trennen lassen kann, dass man das nicht aushalten kann und man etwas machen muss. Aber das alles hat nur ein paar Stunden gedauert und die fallen in die Kategorie Sexspielchen. Ich glaube nicht, dass mir irgendjemand einen Vorwurf machen kann. Ich stehe unter ungeheurem Druck aus allen Richtungen.‹

›Aber wieso geht es der Mia dann so schlecht, wenn das alles nur so ein Gschichterl war?‹

›Ja, das weiß ich auch nicht. Das musst du sie fragen. Ich möchte sie nie wieder sehen. Ich habe an diesem Tag Abschied genommen. Das war der schrecklichste Tag in meinem Leben. Ich habe das noch nicht erlebt, vorher, ich habe gedacht, die Welt muss zusammenbrechen und ich werde nicht mehr atmen können, wenn sie mich verlässt, aber jetzt bin ich drüber. Das hat ja auch immer sein Gutes. Solche verzweifelten Geschichten, da hat man dann wenigstens eine Biographie.‹

›Ja, wenn du das so sehen kannst.‹

›Ja, ich sehe das so und du solltest das auch. Aus diesem Casus lässt sich nichts konstruieren. Aber damit wir uns verstehen, ich werde keine Publikation auch nur im Ansatz dulden. Nicht, dass ich mir Sorgen machen würde, dazu kenne ich mich zu gut aus. Aber ich möchte euch nur sagen, dass ihr auf keine Ideen kommen sollt. Wir spielen hier nicht den Bullen von Tölz. Die Wirklichkeit ist nicht ganz so einfach. Soviel ich weiß, ist dein Vater im Baustoffhandel. Das ist eine anfällige Branche und eine Steuerprüfung ist da nie willkommen. Deine Mutter, die ist Lehrerin. Lehrerinnen kann man versetzen, da lässt sich viel machen. Aber wir können uns auch wieder vertragen. Komm, schau, interessiert dich das gar nicht?‹

nein, ich will die Hand nicht, nein, und wie kommt dieser Kerl zu dieser Potenz, das ist, ›Du, mir ist nicht gut. Mir ist noch immer nicht gut.‹

›Aber vielleicht würde dir das gut tun und du, ich habe die Mia wirklich vergessen, das darfst du nicht falsch verstehen. Ich meine, lieben, das kann ich nicht wieder so schnell, aber ich habe es immer ernst mit dir gemeint, wirklich! Und weißt du, so eine Freundschaft, so eine erotische Freundschaft, die ist manchmal viel ergiebiger, als wenn man so wahnsinnig ineinander verknallt ist. Das heißt nicht immer, dass der Sex so wunderbar ist, nur weil man verliebt ist.‹

›Du, Gerhard, ich glaube, ich muss jetzt schlafen, wirklich, ich kann jetzt nicht, das ist, das ist jetzt nicht …‹ und eigentlich wollte ich, eigentlich, wie kommt das, ich will doch gar nicht, ich kann das nicht wollen und doch, es gibt so einen Strom, so einen dunklen Strom, vom Nabel weg in irgendeine Tiefe und dem folgend könnte ich es jetzt machen und was bedeutet das, wie ist dieser Masochismus in mich hineingekommen, wieso würde mir das absolut gefallen und mich in so einer Art beschmutzen, mit der ich immer zufrieden wäre, das wäre wie ein, wie eine Art Orden wäre mir das und ›Komm, lass das, jetzt ist nicht der richtige Zeitpunkt, wirklich, ich möchte nicht!‹

›Doch, doch, du möchtest, ich spür es doch. Du traust dich nur nicht. Aber du musst dich nicht trauen, ich mache alles und dann bist du auch ganz schuldlos. Ein unschuldiges Opfer bist du dann, ein vollkommen schuldloses Wesen und du hast es mir zuliebe gemacht. Hmm. Du musst mich nur lassen!‹

›Nein, bitte, ich meine das ernst!‹

›Wirklich nicht? Ich würde es dir aber wirklich gut machen!‹

›Nein, ich habe doch gesagt …‹

›Ich würde dich. Du könntest einfach einschlafen. Du lässt dich einschlafen, du bist eine Schäferin im Schatten unter einem Baum auf einer glühend heißen Sommerwiese und dir ist schrecklich heiß und du hast nur ein Hemdchen an, wegen der Hitze und ich bin der Hirtenjunge, der endlich den Wassersack. Warum tragt ihr immer noch diese Strumpfhosen. Hat es sich noch immer nicht herumgesprochen, dass es diese Strumpfhosen mit einem Schlitz gibt, wenn es schon Strumpfhosen sein müssen. Also, wo waren wir?‹

›Wir waren auf einer glühend heißen Sommerwiese. Gerhard, geh jetzt bitte. Ich habe nein gesagt.‹

›Aber du meinst nicht nein!‹

›Das kann schon sein. Aber meine rationale Entscheidung ist ja vielleicht auch noch etwas wert.‹

›Ja, wenn es so weit ist, dann muss ich wohl das Feld räumen. Schade, ich glaube, du hast etwas versäumt. Jetzt hätten wir uns richtig Zeit lassen können. Aber du hast Recht, wenn ich schon einmal angezogen bin. Also, ich gehe dann und in der anderen Sache, da haben wir uns verstanden?‹

›Ciao, Gerhard. Soll ich dir ein Taxi rufen?‹

›Was fällt dir ein? Damit mich jemand aus dem Haus kommen sieht. Nein, nein, ich gehe da jetzt auf den Karmelitermarkt und ruf mir selber eines. Danke, das geht schon. Also, bis dann, halt.‹

›Ja, Ciao!‹

›Bussi gibt es auch keines mehr?‹

›Gerhard!‹

›War ja nur so eine Vorstellung, dass man sich freundlich verabschiedet. Aber bitte. Ich wünsch dir was!‹

›Ja, ich dir auch!‹ und warum muss ich jetzt weinen, warum ist mir zum Heulen, es ist doch nichts passiert, und es gibt eine Erklärung für alles…«

»...Ja, ›Grüß Gott.‹, und warum grüße ich immer noch Gott, wenn ich so angeredet werde, Guten Tag würde ja auch reichen, aber wahrscheinlich kann so eine AUA-Stewardess mit ihren roten Strümpfen nicht anders, in so einer Uniform und mit solchen Strümpfen muss man Grüß Gott sagen, und ich habe wieder einen Platz ganz hinten und natürlich, dieser oldie, der muss sich aufregen, und es dauert eine Minute, oder weniger, und dann kann er vorbei und sich zu seinem Platz zwängen, es müssen ja alle ihre Sachen unterbringen, und es sind immer noch alle mitgekommen, hoffentlich sitzt der nicht neben mir, und ich hätte keinen Fensterplatz nehmen sollen, am Gang fühlt man sich doch weniger eingesperrt, aber alle sehen einen, am Fenster, da kann man sich, am Fenster kann man von den anderen nicht so gesehen werden, und ich werde schlafen, ich muss schlafen, diese Tage jetzt, die Wohnung ausräumen und alles in die Gumpendorfer Straße, es ist erstaunlich, irgendwie ist es erstaunlich, was man machen kann, an einem Tag, aber jetzt ist es genug, in der Gumpendorfer Straße wird Ruhe gegeben, zuerst einmal, ja, jetzt könnten wir aber wirklich weitergehen, dann muss er halt seinen Koffer unter den Vordersitz, wenn er ihn oben nicht hineinbringt, aber der, ja, der holt die Stewardess und die hilft ihm, natürlich hilft ihm die, die helfen immer nur denen, die grauslich werden können, als höfliche Person hat man mit denen überhaupt nichts zu tun, was für ein Scheißjob, und die sollen doch auch alle entlassen werden, jedenfalls die älteren, na Gott sei Dank, und noch niemand da daneben, und jedenfalls kein Mittelsitz, immerhin kein Mittelsitz und vielleicht habe ich ja Glück, es waren nicht so viele Leute am gate, es fliegt ja ohnehin niemand mehr, jetzt einmal, wenn dieser Krieg vorbei ist, wenn dieser Krieg ganz vorbei ist, und wenn der Herr Bush nicht gleich nach Syrien weitermarschiert, dann werden die Leute schon wieder fliegen, es sind ja ohnehin schon alle erleichtert, wenn dann alles endgültig vorbei sein wird, wo ist denn dieser Gurt und ich hänge die Jacke einmal da auf, es wird schon niemand kommen, oder nur an den Rand, da kommt niemand mehr, und das wäre schon gut, die Jacke hinauf, da legt mir dann irgendwer seinen laptop drauf, oder ballt sie in die Ecke, und ich sollte schon kompetent wirken, und zerdrückt hilft da nicht, wenn man sie in die Dusche hängt, während des Duschens, dann wird sie wieder glatt, glatter vom Dampf, jedenfalls, aber dazu ist gar keine Zeit, und dann, ich weiß überhaupt nichts über Hamburg, ist die Alster schon das Meer oder ist das ein Fluss, das Meer ist ja dann noch weit hinauf, und hat die Elbe etwas mit der Alster zu tun, aber dafür ist ja dann Zeit, da kann ich mich ja dann in Ruhe herumtreiben, heute und morgen, ich hätte das Geld ausgeben sollen für den Flug heute zurück, alles zusammen wird der Wochenendflug und die anderen Ausgaben zusammen mehr ausmachen, und du bist richtig geizig geworden, meine Liebe, ›Ja, bitte, einen Standard.‹, in der Eile habe ich gar nichts zu lesen mit, das muss ich mir dann auch kaufen, aber da habe ich wenigstens etwas, was ich tun muss, da habe ich eine Aufgabe, nach dem Herrn Kinkel, am Telefon hat der ja nett geklungen, und warum soll ein Stern-Redakteur nicht nett klingen, die meisten Leute sind ja nicht so wie sie schreiben, die meisten Leute sind ja nett, und sonst ginge es ja auch nicht, sonst ginge es ja überhaupt nicht, und diese Stewardess, die muss ja schwer depressiv sein, so langsam, wie die spricht, die schleppt sich ja, beim Reden, und warum sie diese Gurtanschnallspielerei immer noch machen müssen, gibt es Personen, die noch nie geflogen sind, ist jemand in dieser Maschine noch nie geflogen und muss das alles lernen, habe ich mich sehr gefürchtet, habe ich mich damals sehr gefürchtet, das erste Mal, aber das war mit der Mama, und dann hat es nur Stürme gegeben und wir haben im Homer die Sturmstellen nachgeschaut, ob die Winterstürme in der Gegend auch richtig beschrieben sind, etwas anderes war da nicht zu tun, zu Weihnachten, damit uns der Papa nicht findet und der hat uns gar nicht gesucht, der ist mit der Frau Horvath nach Kitzbühel gefahren und nur die Omi war in Sorge, und da habe ich mich gar nicht gefürchtet, vor dem Fliegen, und jetzt wird es immer schwieriger, die Vorstellung, dass das jetzt die Menschen sind, mit denen man dann abstürzen würde, die wird immer noch unangenehmer, das wäre also der letzte menschliche Kontakt und würde ich mit einer dieser Personen da dann reden, würde man noch etwas sagen, wenn es schwierig wird, würden die Grenzen sich dann aufheben, aber der dicke oldie, warum soll ich den lieber haben, nur weil wir dann sterben müssen, der da in der vorderen Reihe, der schaut nett aus, und Scheiße, der wird sich jetzt neben mich setzen, oder, nein, der bleibt vorne, ja, der gehört auch in die erste Klasse, mit seinem Burberry und dem hellblauen Hemd mit der roten Krawatte, das ist ein Erstklassler, und das ist geschafft, da kommt jetzt keiner mehr, die Jacke kann aushängen, und ich muss mehr darauf achten, wie die Sachen sich beim Reisen tun, diese flippigen Designer, die haben meistens so schlechte Stoffe, und dann schaut man arm und verdrückt aus, das ist so provinziell, wenn man dieses Gefühl haben muss, dass man so abgewirtschaftet ausschaut, weil alles zerknautscht ist, da helfen die besten Namen nichts, aber ich kann ja nicht Armani oder Max Mara kaufen, das ist dann doch mehr etwas für die Mama, aber die haben natürlich die besten Stoffe, ich sollte Zeitung lesen, warum habe ich mir nicht einen Krimi besorgt, dann könnte ich jetzt in das Buch starren, und es geht ja alles ganz pünktlich, warum dieser Flughafen so hässlich sein muss, was das soll, dieser Riss auf der Fassade, dieser blaue Riss, und das hätten sie gern, warum ist da dieser blaue Riss in der Fassade, das ist doch wirklich ein Supermissverständnis von Dekonstruktion, einen Riss auf etwas zeichnen, das hätten sie gerne, dass das reicht, und ganz offensichtlich soll das auch reichen, und die haben Recht, es reicht, ganz offensichtlich reicht das, im Gegenteil, das ist genau das Richtige, den Zeitgeist außen draufschmieren und drinnen lassen wir alles so, wie es immer war, aber dieser

Flughafen, der wächst auch wie ein Schwamm, wie so ein Betonschwamm und wächst über die Felder drüber, ob man das nicht anders machen kann, konzentrierter, geplanter, ich meine, ich will ja fliegen, aber muss deshalb gleich die ganze Ebene mit Asphalt überzogen werden und die Betonbaracken bis in die Slowakei reichen, aber diese Unplanung, das ist alles geplant, es soll keinen schönen Ort mehr geben, und wenn das jetzt schief geht, mit diesem Krieg und dem Öl, und wenn keiner mehr fliegen kann, und alle diese Gebäude sind jetzt schon hässlich, als Ruinen wird das superätzend, und jetzt könnte es losgehen, wenn sie die Tür schon geschlossen haben, dieses Herumstehen am gate, das schaut doch immer so aus, als wäre etwas nicht klar, und irgendwann werde ich den Mut haben und hinauswollen, wenn sie die Tür schon geschlossen haben, ich traue mich nicht, ich bleibe nur sitzen, weil ich mich das nicht traue, ich kann es nicht aushalten, eigentlich kann ich es nicht aushalten, diese Vorstellung, in dieser Blechdose in der Luft und abhängig davon, dass dieser Pilot, dass der genau weiß, was er tut und dass jeder Mechaniker jede Schraube genau kontrolliert hat, und trotzdem sitze ich brav da und starre in meine Zeitung und schaue nirgends hin und schon gar nicht aus dem Fenster, ich bin feig, du bist ziemlich feig, meine Liebe, aber wenn du rausgehst aus dem Flugzeug, dann kommst du auch nirgends hin, jedenfalls nicht so schnell und nicht so mühelos, und außerdem bist du angepasst, du gibst noch immer alles dafür, dass du nicht auffällst, dass du es richtig machst und deshalb stürzt du nicht zur Tür und verlangst, dass sie wieder aufgemacht wird, was passiert dann überhaupt, was würden die dann tun, dann würden die Stewardessen mit mir auch reden, dann müssten sie auch mit mir einmal reden, und was haben sie dafür auf Lager, das wäre schon interessant herauszufinden, was sie dann tun würden, wie sie das sagen, dass man sich beruhigen soll und wieder auf den Platz setzen, oder kehren sie zurück und schmeißen einen hinaus, ganz rasch, damit nicht alle anderen auch auf die Idee kommen, und ich hätte mehr laufen gehen sollen, wenn ich mehr laufen gewesen wäre, dann ginge es mir besser, dann würde es nicht so eng sein, um die Kehle, an der Donau, in Kritzendorf, da ist genug Himmel, da ist so viel Himmel, da kann man immer Luft holen, oder am Neusiedler See, und sind nun Ebenen besser, oder doch die Berge, ist es freier in einer Ebene oder oben, auf den Bergen, aber da kann man ja nicht bleiben, da muss man ja wieder herunter, und in der Ebene, da kann man mit dem Auto durchfahren, da kann man sein, das ist dann unten, das ist dann unten am Grund, und der Himmel liegt über einem, der liegt dann schon auf einem drauf, aber es dehnt sich, und dann ist Fliegen natürlich das Beste, dann wäre Fliegen das Beste, wenn man den Fahrtwind spüren könnte, in diesen kleinen Flugzeugen, wie sie die im Krieg gehabt haben, in denen muss es toll gewesen sein, und was ist das für ein Zustand, in den Händen die Angst, die Angst ist in den Händen und im Rücken, wenn das Flugzeug so beschleunigt, wenn alles so zu rütteln beginnt und es klingt, als würde der Flieger auseinander brechen, die Angst ist in den Gliedmaßen und ich sitze darüber, oben, im Kopf und kann mir das alles überlegen, wie das zusammengehört, die Hände, die sich so an der Zeitung festhalten, damit niemand sieht, wie ich mich an den Armstützen festhalten würde, da sieht man es ja am besten, wenn jemand sich an den Armstützen festkrallt, es ist wie betrunken, wie ganz leicht betrunken, wenn der Körper schon ein bisschen schwer geworden ist und der Kopf noch alles so genau weiß, viel genauer als sonst, aber der Körper nicht mehr reagiert, oder nur langsam, das ist ein schöner Zustand, das ist der Zustand, wegen dem ich mir vorstellen könnte, Trinkerin zu werden, aber das dauert immer nur ganz kurz, das kann man nicht halten, und jetzt sind wir auch schon wieder in der Luft und dann ist auch alles wieder ganz normal, und der religiöse Augenblick ist auch vorbei, da, wenn alle sich überlegen, was das nun heißt, mit einem Flieger starten, und alle so ruhig sitzen und in die Zeitungen vertieft sind oder schlafen, die haben es am besten, die Verdränger, die können diesen Augenblick verschlafen, aber sie wissen ihn dann auch nicht, aber das ist Verdrängern ja auch gleichgültig, denen machen solche Verluste nichts aus, solche Verluste sind ja das Ziel, und jetzt sitze ich also im Flugzeug nach Hamburg und die ganze Sache nimmt ihren Verlauf, wenn alles gelingt, dann nimmt diese Sache ihren Verlauf und einfach ist das nicht, das ist nicht einfach, und was ist das, dass mir das trotz aller Klarheit schwer fällt, natürlich ist das die Wirkung von Hegemonialität, das ist Macht, da reicht die Wirkung bis in die kleinste Entscheidung, die damit zu tun hat, die an die Mächtigen streift, ich bin nicht frei, und imgrund hoffe ich, dass dieser Herr Kinkel vom Stern sich meine Interviews nimmt und dann selber etwas macht damit, und ich erspare mir den Schuldspruch, ich habe nur recherchiert, das Ganze ist nur eine Recherche und den Richterspruch, den überließe ich gerne jemandem anderen, am besten einem Mann, der nicht durch all diese Beschränkungen gehemmt ist, warum muss ich das Gefühl haben, diesem Mann gegenüber besonders objektiv sein zu müssen, die Mia-Geschichte, die glaube ich, aber die bringe ich nicht vor, die klage ich nicht an, die kann ich nicht anklagen, die Mia-Geschichte ist nicht beweisbar und schon ist mir der Täter heilig, und wenn ich nicht so insistent gewesen wäre, dann hätte ich die Panhans-Geschichte gar nicht herausgefunden, und dann noch dieses Racheverbot, es ist doch glatt ein Bestandteil meiner Identität, dass ich fair sein werde, unter allen Umständen werde ich fair sein, wie ein kleiner Bub, der jeden Tag vom Klassenwiderling geschlagen wird und deshalb daran glauben muss, dass alles fair abläuft, jedenfalls von seiner Seite, warum ist der Weg zur aufgeklärten Frau mit dem Verlust der weiblichen Subversion verbunden, ist das nicht genau das, was uns entkräftet, ich gestatte es mir ja, in diesem Fall und als Betroffene, ich gestatte es mir, ich will es mir gestatten, ich will diesen Mann zerstören, und meinetwegen auch nicht auf die fairste Art und Weise, und er bekommt das nun ab für alles, was mir mit Männern passiert ist, aber ich fühle mich nicht toll dabei, ich habe keinen Genuss davon, und es bleibt ein ungutes Gefühl, ich muss mich selbst als kleinlich sehen, als rachsüchtig, ich bin nicht mehr die große, edle Person, die ich eigentlich sein wollte, die ich sein will, wie ich mir mich vorstelle, aber es hat sich alles verändert, ich habe ja sogar bunte Decken über die weißen Sofas legen müssen, weil wir darauf gesessen sind, herumgekugelt, und es war kein wirklich schreckliches Erlebnis, es war ein schief gegangener Fick, wie das halt vorkommt, es gibt ja immer Missverständnisse, dabei gibt es immer Missverständnisse, und einer glaubt, er macht das Tollste und selber fühlt man sich elend und ist nur zu spät draufgekommen und ist schon mittendabei, der hat einem grade gesagt, dass er aber eine feste Freundin hat und man hat die Sache trotzdem begonnen, aus Trotz, und dann ist das alles elend und es ist schon währenddessen klar, was für ein Gefühl davon übrig bleiben wird, wie sich das am nächsten Tag anfühlen wird, und weil eine Konfrontation noch anstrengender wäre, macht man halt irgendetwas Schnelles, am besten einen blow job, dann ist das Ganze gleich vorbei und man muss nicht mehr drüber nachdenken, und ich verstehe die Geschichten von der Bachmann, die sie so herumflüstern, dass sie niemanden richtig gelassen hätte, dass sie immer nur so, es ist anders, es ist fast gleichgültig, ein blow job ist fast gleichgültig, und hauptsächlich weil man es so in der Hand hat, weil man es so steuert, den Kerlen wird das nicht bewusst, die glauben, das ist die größte Überwindung, aber in Wirklichkeit werden sie, die werden manipuliert, aber sie kriegen ja auch, was sie wollen, und es ist ja nur, wenn sich einer so aufführt wie der Gerhard, und dann ist es noch meine Entscheidung, dass ich ihn nicht gebissen habe, aber die Vorstellung davon, das ist unerträglich, und der Gerhard hat einen ästhetischen Schwanz, das muss man ihm lassen, sein Schwanz ist gerade und glatt und weiß, aber hineinbeißen, ich hätte ihn in die Eier zwicken können, das ist mir nicht eingefallen und das ist kein gutes Zeichen, das ist auch ein Zeichen von dieser Wehrlosigkeit, dass ich mich eigentlich nicht gegen diesen Mann richtig wehren habe können und dass ich das immer noch nicht wirklich kann, er ist immer noch unverletzlich für mich, sakrosankte Männlichkeit, einen Schwanz oder Eier verletzt man nicht, das ist noch extra unweiblich, die Frau als Hüterin der männlichen Geschlechtsorgane, hätte ich hineinbeißen können, wenn ich die Geschichte von den Panhan-Oorgien schon gewusst hätte, aber ich kann es ja nicht als Abwertung nehmen, dass er seinen Schwanz in diese Frauen gesteckt hat, ich kann diese Frauen ja nicht als Gegnerinnen nehmen, grauslich ist er im Gebrauch von denen, dass er Personen so behandelt, das ist das Grausliche, nicht die Personen, die so behandelt werden, und es ist ja auch richtig, corporal punishment, wir sind nicht im Mittelalter, er wird zurücktreten und ein neuer Mann an seine Stelle treten, oder sein Ressort wird eingespart, das könnte man doch dieser Flöten spielenden Ministerin dazugeben, die ist so primitiv, dass sie alles übernehmen kann, die ebnet jedes Fachgebiet zu einem Volkslied ein, eine Wölfin im Lodenjanker ist die, wo nehmen diese Menschen alle ihre Berechtigung her, diese Frau, die ist dumm und ungebildet, eine sadistische Volksschullehrerin halt, und die hat keine Sekunde das Gefühl, dass sie der Aufgabe vielleicht nicht gewachsen ist, oder dass sie nicht genug weiß, aber das ist das Gleiche wie mit dem Gerhard Hollitzer, der hat sich doch sicher eingebildet, dass die Nachseminarparty in der Panhans-Suite verdient ist, dass sie sich alle für das ›Projekt Zukunft 2020‹ so viel gedacht haben, dass die Herumfickerei mit den Ostblockhuren einfach verdient war, nicht nur fragen sie sich nicht, wie sie sich diesen Frauen überhaupt zumuten können, sie behaupten auch noch ein Recht auf den Vorgang, die Frauen spielen gar keine Rolle, es geht um das Recht, den Schwanz hineinstecken zu können, die neoliberale Verachtung ist noch einmal verächtlicher, die Personen sind noch unsichtbarer, die, die auf der Verliererseite sind, wahrscheinlich würde der Hollitzer auch noch behaupten, dass die eine Chance kriegen, da, in der Zukunft 2020, da sind wichtige Männer drin, alle, die als Nächste dran sind, das ist der Kindergarten der Partei, da kann man sich wichtige Freunde machen, und wenn eine das nutzen kann, und vielleicht bin ich falsch, wahrscheinlich hätte die Vera diese Verbindungen nutzen sollen und nicht mir ein Interview geben, aber die Vera, die hat keine Hemmungen mehr, die könnte diesen Männern, die Vera kann in einen Schwanz beißen, oder mit glühenden Zangen die Hoden knipsen, statt in die Busen, wie sie das beim de Sade so gerne haben, aber das ist auch der umgekehrte Prozess, ich habe nun 13 Jahre versucht, mir Dinge vorzustellen und dann zu machen, das ist nett, und das ist noch immer gut gegangen und die Hollitzer-story hat ja ihre Folgen, ich will keinen Mann, im Augenblick will ich keinen Mann, früher, da hätte ich mir vorgestellt, was dieser Herr Kinkel für ein Mann ist, wie der aussehen wird, ob der interessant sein wird, ob sich da was ergeben könnte, das ist mir ganz gleichgültig, ich will nur, dass der Herr Kinkel mein Material ernst nimmt und dass etwas damit passiert, dass es die Stern-Redaktion interessiert, die österreichische Regierung aus dem Gleichgewicht zu bringen, es kann ja sein, dass sie an dieser Buberlpartie gar nicht mehr interessiert sind, dass nur der Haider erotisch genug war, letzten Endes war die totale Provinzialität von dem Haider die einzige Internationalität, die wir in den letzten Jahren erlebt haben, und seit der in seiner Depression versunken ist, wer weiß, und es kann ja auch ganz andere Überlegungen geben, obwohl viele Tauschhändel kann es nicht geben, zwischen der österreichischen Regierung und dem Stern, oder ich habe noch nicht genug Phantasie, würde der Herr Kinkel etwas bekommen können, könnte er denn hingehen und sagen, Herr Bundeskanzler, ich habe hier Material genug, einen Staatssekretär Ihrer Regierung zu diskreditieren, was ist ihnen das wert, aber nach dem Interview mit dem Zimmerkellner vom Panhans, da ist es sowieso nur eine Frage der Zeit und wir müssen uns sowieso beeilen, News recherchiert sicherlich, und man soll in einem Flugzeug nicht schlafen, man soll öffentlich nicht schlafen, der oldie sieht eigentlich ganz nett aus, wenn er so dalehnt, nur der Mund sollte einem nicht hinuntersacken, ich möchte das nicht, dass jemand das sieht, obwohl ich müde bin, aber die Müdigkeit ist von außen und innen wird alles ganz eng, und wenigstens ist alles aufregend, das waren aufregende Wochen, wenn der Onkel Florian nicht, wenn die Sache mit dem Onkel Florian nicht gewesen wäre, dann wäre das ein einziges Adrenalin-high gewesen, ein Agentenkrimi wäre das gewesen, und eigentlich habe ich einen Jagdinstinkt gelernt, von dem habe ich gar nichts gewusst, und es ist wirklich einfach, in diese Rolle hineinzurutschen, nur noch Wertkarten-handy, nur noch außer Haus schlafen, auf dem handy die Anrufe registrieren, aber nicht mehr abheben und am Ende das handy im Thalersee versenken, damit man nicht einmal geortet werden kann, das war vielleicht übertrieben, aber wenn er draufgekommen wäre, dann hätte er den Apparat der Staatspolizei zur Verfügung gehabt, die werden so etwas schon herausfinden können, solche Apparate sind doch immer wie in einem Dr.-Mabuse-Film, technisch verspielt und menschlich verarmt, und der Gerhard, das war ja seine Attraktion, diese Energie, dieses Immer-vorwärts, die muskelharte Brust, die so nach vorne, er geht ja schon, als müsste er an der nächsten Ecke einen Zweikampf absolvieren, und das hat es ja lustig mit ihm gemacht, er hat ja auch so gefickt, ein Eroberer, wann hat das nicht mehr gereicht, oder hat es ohnehin nie gereicht, und zuerst ist er nur ein netter Kerl, ein verschmitzter netter Kerl, ›Nein, danke, nein.‹, ich will kein Käseweckerl, jetzt in der Früh, ich kann keinen Camembert essen, das war doch ein Camembert, und wie man dann riecht, das wäre nett, ich treffe diesen Mann und wir sitzen an einem Tisch und ich beuge mich vor und erkläre etwas und ein Schwall Camembertgeruch weht ihn an, das ist nicht die Begleitmusik für so eine Skandalgeschichte, das macht einen nicht glaubwürdiger, und hoffentlich ist diese Blumarine-Manteljacke und die gestreifte Hose dazu nicht zu sehr Freizeit, aber der schwarze Hosenanzug, der ist gar so seriös, der hat gar nichts Lockeres, das wirkt zwänglich, damit sind mehr die Frauen zu beeindrucken, die sehen so etwas, bei der Claudia, da war das richtig, die kennt den Code, ich weiß ja nicht einmal wie alt dieser Kinkel ist, die Stimme war eher jung, aber ganz jung kann er nicht sein, dazu ist er schon zu lange da, 15 Jahre hat er gesagt, da müsste er auf jeden Fall 35 sein, wenn er gleich da angefangen hat und wer beginnt gleich beim Stern, in solche Redaktionen kommt man doch erst mit Erfahrung, da muss man sich irgendwo schon herumgeschlagen haben, so wie in Wien, da muss man beim Falter geschrieben haben und dann geht man in die großen Redaktionen, das hätte ich auch machen sollen, ich hätte nicht mit dem Nüchtern streiten sollen, es wäre doch ganz gleichgültig, was der vom Schmidt-Dengler hält, aber der Falter war immer die Chauvi-Maturazeitung, Freiheit ist bei denen nur bis zum Testosteron gekommen, danach gibt es keine Unterscheidung, 18. Jahrhundert auf menopausale Post-68er, und die hätten sich das nie getraut, eine wirkliche story, und es hätte nichts gewirkt, der Falter ist der institutionale Sturm im Wasserglas, immerhin noch ein Sturm, die anderen Zeitungen können nicht einmal das, ›Ein Glas Wasser, ohne Gas, bitte.‹ warum ohne Gas, ich trinke doch lieber mit Kohlensäure, musst du diese Frau da beeindrucken, ›Danke.‹, aber es ist besser, dann fühlst du dich wenigstens nicht aufgebläht, innen und außen kühl und gesund, auf Reisen ist das ohnehin schwierig, ich werde ohnehin gleich wieder eine Verstopfung haben, das habe ich davon, dass ich so regelmäßig funktioniere, sowie mein Morgen anders verläuft, gibt es gleich nichts, und es ist ein unheimliches Gefühl, wenn man zwei Tage nicht, eine seltsame Stille ist das, innen, und dann muss ich mir in Hamburg ein Miniklist besorgen, da schauen sie dann komisch, wenn man das verlangt in der Apotheke, gerade, dass sie einen nicht in einen Sexshop schicken, aber da weiß ich den Namen nicht, wie heißt das, ein Emet, nein, Ement, nein, irgendetwas mit em, und da hätte ich ein komisches Gefühl, jedenfalls kein sauberes, ich bin ja doch eine Spießerin, aber ein Einlauf aus dem Sexshop, da wäre ich nicht sicher über die Sauberkeit, lieber die Apotheke, und die da haben ja auch eine andere Funktion, die sollen ja nur reinigen, die sind ja nicht gegen Verstopfung, und die werden von jemandem verabreicht, sollen von jemandem verabreicht werden, eine schön hierarchische Beziehung kann man so herstellen, die Person, die etwas bekommt, und die Person, die der anderen Person etwas tut, obwohl diese Art von Doktorspielen, das kann ich irgendwie verstehen, das hat in den präpubertären Träumen eine Rolle gespielt, da waren doch immer irgendwelche jungen Ärzte, die an einem hantierten, und das Hantieren war irgendwie verschleiert, dass man das in die Wirklichkeit holen will, das kann ich mir vorstellen, die Frage ist ja nur, warum sage ich das in letzter Zeit so oft, das kommt, weil ich zu viel Fernsehserien angeschaut habe, weil so viel gewartet werden musste, auf Rückrufe, auf Treffen, auf Auskünfte, wenn ich Detektivin werden müsste, ich könnte nicht sehr viel arbeiten, wenn ich immer dazwischen nervös herumsitze und nur fernsehen kann, ›Dawson's Creek‹, da sagen sie das dauernd, da erspart sich der scriptwriter das ganze Getue mit Situationen, die dramatische Wendung wird durch diese Frage ersetzt, die Frage ist doch nur, und dann kommen diese langen Überlegungen, ob sie miteinander ficken sollen und natürlich tun sie es nicht, wir haben in dem Alter schon mehr gewusst als die Eltern, die in dieser Serie auftreten und was ist das nur, diese Besessenheit mit der Unschuld, dass alle diese Serieneltern auf der Sexlosigkeit ihrer Kinder bestehen und die das dann auch noch verstehen, Sex wird da wirklich mit Geld gleichgesetzt, Sex darf nur haben, wer sich erhalten kann, da waren wir weiter, da gab es die Pille und eine Ration Gummis und da wurde nicht darüber geredet, das war schon netter, es ist wenigstens ein bisschen um Vergnügen gegangen, und nicht um diese Erwachsenenpflicht, die Rechnung geht ja dann auch umgekehrt auf, wer Geld verdient, der muss Sex haben, dafür ist dann ›Sex and the City‹ zuständig und alle sind immer verwundert, dass es nicht funktioniert, die Amis sollten offener damit sein und ihre Sexberechtigung mit der Kreditkartenabrechnung mitgeliefert bekommen, und ob der Saddam noch lebt, aus reiner antiautoritärer Haltung wünscht man sich das, und das kommt heraus, dass man dann noch Mitleid mit den Angegriffenen bekommt, wenn sie so drüberrollen, und es ist ja gut, dass es nicht noch mehr Widerstand gegeben hat, aber wenigstens eine ordentliche Schlacht hätte man den Amis schon gewünscht, die müssen ja jetzt glauben, dass das alles so einfach geht, und ich sollte das Material durchgehen, ich sollte mich noch einmal vorbereiten, und ich muss das ganz ruhig machen, ich darf keine Beteiligung zeigen, ich darf nicht beteiligt wirken, das entwertet, ich darf nicht kalt sein, das sicher nicht, aber es darf kein persönliches Interesse durchscheinen, jedenfalls kein leidenschaftliches, wenn der Mann herausbekommt, dass ich mich an dem Hollitzer rächen will und dass ich etwas mit ihm gehabt habe, dann lässt der das alles sofort fallen, das will niemand, eine Frau, die einen Mann ruiniert, die einen Mann ruinieren will, ich muss mir eher überlegen, was ich sage, wenn der mich fragt, was ich für ein persönliches Interesse an der Sache habe, und die Mia-Geschichte muss da ganz draußen bleiben, die ist nicht zu beweisen und existiert deshalb nicht, das hat der auch gewusst, und er war ja vorbereitet, der hatte ja alles parat da, und auch wenn im Fahrtenbuch von seinem Dienstwagen die Fahrten an dem Wochenende zu finden sind, das sagt ja noch nichts, er wird schon selber gefahren sein, und wahrscheinlich war er mit seinem Privatwagen unterwegs zwischen dem Semmering und Wien, aber trotzdem wird dieses Wochenende sein Untergang sein, und das ist tröstlich, ohne dieses Datum wäre ich nie auf die Extralieferung aus Wien gekommen, und es lebe das outsourcing, von der Staatspolizei wäre nichts herauszubekommen gewesen, und wenn dieser Guggenberger nicht so mega angefressen wäre auf seinen Job, dann hätte ich nichts machen können, und der ist in Frühpension, die streichen sie ihm jetzt zwar zusammen, aber in Indien kann er davon gut leben, auch vom Rest, ich bin neugierig, ob diese Regierung nicht wenigstens über diese Pensionsreform stolpert, aber der Haider ist ganz still, in der ganzen Zeitung keine Erwähnung, nur der Kärntner Parteiobmann kommt da noch vor, eine verworrene und ungerechte Pensionsreform und ein Sexskandal, da muss eine Regierung doch ins Trudeln kommen, der Kanzler, der könnte in ›Dawson's Creek‹ als Lehrer auftreten, diese Lehrer, denen immer eine Lebensweisheit von den Lippen tropft und für die es noch nie eine Realität gegeben hat, ich habe nie so ein Gespräch mit meinem tutor auf NYU gehabt, aber so viel Herablassung möchte ich auch nicht treffen, und wie machen diese Menschen das, wie bringt es so ein Schüssel fertig, so selbstgerecht sicher zu sein, woher kann so eine indolente Überlegenheit kommen, aus der Religion nicht, dazu ist das zu direkt, der bezieht sich ja nicht mehr auf eine Auslegung, das bezieht sich nicht mehr auf christlich, das beruft sich auf sich selber, das ist eigentlich ein Emanzipationsschritt, von der Kirche weg in selbst etwas Kirchliches, und dieser Clubobmann, dieser ehemalige Clubobmann, der redet ja auch als Pfarrer, der redet nicht wie ein Pfarrer, der ist das selber, und wenn man die Abgeordneten beim Sluka so herumalbern hört, dass sie ganz pünktlich sein müssen, sonst kommt das Rohrstaberl vom Herrn Parlamentspräsidenten, würdig ist das nicht, aber es ist ja auch nicht würdig, wenn der Kanzler mit dieser Lehrerin zusammen Musik, aber das Unwürdige daran, das Lächerliche, das ist als wäre es unsichtbar, die Auflösung der Moral hat denen am meisten genützt, und ich muss aufpassen, dass ich mich nicht zu emotional äußere, während sich alles in Emotion verwandelt hat, alles ist gefühlsbetont, hat ein Gefühl umgehängt, über das nicht geredet wird, das nur wirkt, das machen sonst nur Religionen, aber bei dieser letzten Rede, da hat der Kanzler ja schon so ein Ihr und ein Ich gehabt, das ist ja kurz vor dem Persönlichkeitskult, dann wird es ja hoffentlich aus sein mit ihm, und es stimmt nicht, dass das Fernsehen nur gut aussehende Menschen zulässt, so eine Wolkendecke, das ist angenehm, da bleibt so eine Illusion, eine ganz nebulose Illusion, aber wenn ich einmal oben bin, dann geht es eigentlich ganz gut, ich könnte jetzt auch schlafen, wenn ich schlafen könnte, das muss so eine Art Jagdinstinkt sein, dieses Gefühl im Bauch, dieses Kribbeln, dass alles gelingt, und ich hätte gedacht, dass ich früher das Interesse verliere, aber das hat mir die Claudia eingeredet, aber die Claudia, die kann jetzt in ihrem Teakholz- und Mahagonibüro sitzen so lange sie will, ich rufe sie nie wieder an, das ist nicht reif, und das ist nicht erwachsen, aber ich rufe diese Frau nie wieder an, die hat mir 1.000 Ideen geklaut, die hat sich in unseren kleinen Abendgesprächen in der Josefstädter Straße ihr ganzes

Redaktionskonzept zusammenbauen lassen und jetzt hat sie ja alle Vorhaben verraten und es geht nur noch um Kleider und Kosmetik, und in Österreich kommt natürlich niemand drauf, dass sie keine ihrer Ziele mehr verfolgt, dieses Blatt ist nur noch eine Schande, da ist Brigitte einfach besser oder für die Jüngeren diese Amica, bei denen ist die Frau wenigstens nicht nur styling, und an diesem Magazin von der Claudia, da sieht man es ganz klar, wie beschränkend das ist, eigentlich, und ich werde es nicht aufgeben, aber Mode, das verhindert schon, von sich ein klares Bild zu haben, ein klar umrissenes Bild, jede Selbstvorstellung ist von Mode verändert, sogar die Mama redet von sich so, da habe ich Trompetenhosen gehabt und da goldene Moonboots, so ein Mann, der kann von seiner Kleidung absehen, da gibt es die Berufsperson und die Freizeitperson, und denken Männer von sich im Schlafzimmer, stellen die sich im Schlafzimmer vor, wahrscheinlich nicht, die sehen sich selber beim Rasieren und das wars, die müssen sich auch gar nicht vorstellen, weil sie sich nicht verändern müssen, aber wenn ich denke, allein wie sich die Silhouette wieder verändert hat, und ein Hosenanzug von vor 3 Jahren, das geht schon nicht mehr, beim Begräbnis vom Onkel Florian, Gott sei Dank interessiert es da wirklich niemanden, wie man aussieht, und es waren ja auch nur wir da, aber diesen Hosenanzug, den, der in Graz hängt, den kann ich gleich weggeben, der ist nur mehr unmöglich, und in dem bin ich noch mit dem Alfred herumspaziert, den hätte ich aufs Standesamt angezogen, und dann bin ich nur durch Venedig gehatscht, dunkelblau, das könnte man heute unter keinen Umständen, grau, schwarz, aber blau, das geht gerade überhaupt nicht, schwarz und weiß, GAP zieht das richtig durch, aber nicht mehr blau, deshalb war die Blumarine-Jacke auch notwendig, da kann man besser Sachen von vor 10 Jahren anziehen als welche von vor 3, und ausgerechnet in Venedig, aber dann natürlich in Venedig, wo sonst, aber da habe ich den Satz auch schon, da habe ich auch gesagt, die Frage ist doch, auf Brücken stehen, im April, die Seealpen nah als wären sie um die Ecke, nach Torcello und nur ein leichter Wind, alles gerade noch zu, und gerade noch nicht so viele Touristen, und der Flieder blüht, die Mauern und Zäune entlang Flieder, und das Wasser glitzert, und darüber das Italienischblau, das in Graz Kopfwehwetter heißt, und das Ganze ein einziger Frühlingsjubel, und wir stehen auf Brücken, immer auf Brücken und stehen und ich will eine Antwort und er sagt immer nur, dass er ein Recht darauf hat, dass jeder ein Recht darauf hat, dass niemand ein Recht formulieren kann, das den anderen zu etwas zwingt und ich wollte doch nur wissen, warum er nicht mehr, war das nun die größere Demütigung, wie er dann in dem Hotelzimmer, war das das Inglese oder das Universo Nord, wo die nonna immer gewohnt hat, im Winter, und so gesehen ist das nicht so schlimm für mich, Venedig ist schon normal, irgendwie ist Venedig normaler für mich, nicht so ein besonderer Ort, ich war da jedes Jahr mindestens zweimal, und ich weiß, wie man in Venedig wohnt, oder gewohnt hat, ganz ohne Clo, dass wird es doch nicht mehr geben, nur der Nachttopf und beim Fenster hinaus, und das war auch nur diese eine alte Freundin von der nonna, das ist eigentlich ein schöner Name, Carlotta, Lotte, das ist nicht so gut, aber das ist, weil ich nur eine Lotte kenne, die war eigentlich nett, aber man war von den Gerüchten beeinflusst, das kommt davon, ein Lehrerkind zu sein, dann weiß man über die Kollegen von der Mutter so viele komische Kleinigkeiten, und hat man dieser Geographieprofessorin wirklich die Kinder weggenommen, hat die überhaupt welche gehabt, und kann man dann unterrichten, wenn man sich so verhalten hat, dass einem die Kinder weggenommen werden müssen, das kann man sich nicht vorstellen, heute würde ich das nicht so ohne weiteres glauben, heute würde ich Fragen stellen, mein Gott, wie lange das dauert, bis man beginnt, Fragen zu stellen und nicht alles so hinnimmt, und dann dauert es noch einmal so lang, bis man die richtigen Fragen stellen kann, und dabei habe ich noch besonders gute Voraussetzungen, fast ideal, ich bin ohne Vater aufgewachsen, Vaterrepräsentanz, das hat es nicht gegeben, im Gegenteil, er hat eher mich um Rat gefragt, aber damals hat er diese Phase mit den ganz jungen Frauen gehabt, eigentlich hat er mich zur Madame gemacht, damals, die Tochter fragen, was eine 23-Jährige im Urlaub gerne machen würde, aber gut, der Aktivurlaub auf Barbados ist dann ja auch gründlich schief gegangen, das macht er jetzt wenigstens nicht mehr, diese Nicole, die wäre ja ganz vernünftig, aber die wird sich nicht mehr lange mit ihm abgeben, er wird auch schäbig, eigentlich könnten sie jetzt wieder zusammenkommen, die zwei, beim Begräbnis vom Onkel Florian, da hat der Papa sich wirklich ordentlich verhalten, da war er wirklich eine Hilfe, und das kann er ja, das organisiert er alles, das macht er schon, und so gut wie die Nicole, so gut schaut die Mama auch noch aus, sie schaut viel besser aus, aber sie lebt ja auch nicht mit ihm zusammen, und er betrügt eben immer, er kann das nicht lassen, wahrscheinlich ist er sexsüchtig, und viel besser als Alkoholismus ist das auch nicht, die Zusammenbrüche sind jedenfalls genau so peinlich wie bei einem Alki, dieses ›Ich weiß nicht warum.‹, ›Ich weiß nicht, was da über mich kommt.‹, ›Ich kann dagegen nichts tun.‹, ›Das ist stärker als ich.‹, und sie muss halt gehen, damit er sich wirklich ändert, und da ist die Nicole in einer Zwickmühle, wenn sie geht, dann ändert er sich, das ist die einzige Möglichkeit, wie er sich ändern kann, nur profitieren wird die Nächste, aber wenn er ohnehin jetzt endgültig Pleite macht, dann wird sich das Problem von alleine lösen, dann muss er ohnehin schauen, wie er durchkommt, vielleicht wird die Sexsucht damit obsolet, Heilung durch Pleite, aber wenigstens ist er nicht geizig, die Nicole hätte ihm nicht erlaubt, so teure Blumen zu bestellen, für den Onkel Florian, ein Glück, dass sie ihre Thalassokur da in Frankreich nicht unterbrochen hat, dann hätten wir beim Begräbnis noch eine Szene erlebt, und es geht sie wirklich nichts an, aber schon überhaupt nichts, das war ein Onkel von der Mama, aber der Papa war mehr getroffen, geweint hat der Papa, aber der Onkel Florian, der war der netteste Mensch, den ich, der war der netteste Mensch, den irgendjemand kennen konnte, der war, gütig und weise, der Onkel Florian, der war gütig und weise, und dann das, und wie grausam, warum hat er keinen Abschiedsbrief zurückgelassen, er hätte doch einen Abschiedsbrief dalassen können, wenn er es irgendwie erklärt hätte, sogar mir hätte das geholfen, wenn man es irgendwie verstehen könnte, wenn es irgendeine Erklärung gäbe, letzten Endes hat er das Recht, nein, er hat es nicht, er kann nicht

50 Jahre mit der Tante Lore verheiratet sein und ihr dann nichts sagen, am Ende, das löscht die ganzen 50 Jahre aus, mit einem Augenblick löscht das alles aus, er hat sie dann doch ganz einfach verlassen, er hat uns alle verlassen, und war das, weil wir alle immer nur von ihm genommen haben, es war schon sehr selbstverständlich, dass man zu ihm gegangen ist, die Mama ist zuerst zu den zweien geflüchtet, in dem Sommer damals, da waren wir die ganzen Sommerferien bei ihnen, und dass das Haus am Hang, dass sich diese wunderbare Lage, dass sich dieser Blick, dass sich das in einen Todessturz, dass der Balkon unterm Dach, und wie wird die Tante Lore jetzt, sie ist ja nicht viel jünger als er, sie muss auch über 80 sein, und haben wir da etwas nicht gewusst, haben wir da etwas übersehen, oder war das ganz einfach ein sehr klarer Augenblick, in dem er sich für sich selber reklamiert hat, ein Augenblick absoluter Freiheit, das wäre dann wenigstens für ihn schön, ich würde mich nicht umbringen, wegen der Mama, ich glaube, ich würde ihr das nicht antun, und sie mir nicht, und das war immer klar, dass wir zwei uns aufeinander verlassen, wenn schon sonst nichts funktioniert, und auf den Onkel Florian, auf den haben wir uns auch alle verlassen, was hat es geregnet, in diesem Sommer, da hat es nur geregnet, die ganzen zwei Ferienmonate, nur Regen, und alles war dunkelgrün und nass, und den ganzen Tag auf der Veranda nach hinten hinaus, und lesen, was für ein Vergnügen, nur lesen, ach, ich wollte, das ginge noch, dieses gierige Lesen, das geht wohl nur am Anfang, das geht verloren, das ist wie die Kinderzeichnungen, dieser Eifer, das verliert sich, und das Studium hat da nichts zurückgebracht, eigentlich hätte ich mir das gedacht, du studierst

Germanistik und das Lesevergnügen wird noch erlesener, aber das Besondere, ›Anna Karenina‹ auf der Veranda da, oberhalb von Hartberg, und die Mama hat es jetzt schwer, die Omi im Pflegeheim und die Tante Lore in dem Haus allein, die Omi und die Tante Lore sollten zusammenziehen, in das Haus von der Omi, in der Stadt geht das besser zu organisieren, und Autofahren, das wird die Tante Lore auch nicht mehr ewig können, das hat ja auch der Onkel Florian nur mehr gemacht, was für ein Jammer, ich möchte nicht so alt werden, so alt werden, das schaut nicht sehr erfreulich aus, ich glaube, ich möchte lieber irgendwie schnell sterben, dieses langsame Hinrücken auf das Ende, und diese dauernden Verluste, nicht mehr sehen, hören, laufen, und dann die Stiegen nicht mehr, die sollten so ein Gerät einbauen, mit dem man in den ersten Stock fahren kann und dann sollten sie so eine oldie-WG einrichten und damit wäre allen geholfen, aber das werden sie nicht tun, die Omi und die Tante Lore, die dürfen gar nicht zusammenkommen, wenn die einander noch einmal sehen, dann sagt die Omi das offen, die Omi sagt das der Tante Lore, dass das ihre Schuld ist, dass der Onkel Flo sich umgebracht hat, die sagt noch glatt, die Tante Lore hat ihn hinuntergestoßen, oder so irgendetwas, die haben sich nie verstanden, und das hat er schon ausgelöst, der Onkel Florian, alle haben sich immer gedrängt, neben ihm zu sitzen, er war so einer, er hat ja nicht einmal viel gesagt, aber alle haben sich um ihn gestritten, ein liebevoller Arzt, das ist verführerisch, da möchte man sich ankuscheln, der Harti hat das ja auch jetzt für mich, irgendwie ist das beruhigend mit einem Mann, der so viel vom Körper weiß, und es ist doch eigenartig, von allen diesen Leuten vom Naschmarkt ist der Harti übrig geblieben, ausgerechnet der Harti, über den ich immer lachen hab müssen, und der ist jetzt das Beständigste, was ich habe, aber seit er aus England zurück ist, ist er eine andere Person, und die müssen schon viel mitmachen, diese jungen Ärzte, ich möchte das nicht lernen, und ist dann etwas gelernt, wenn man so viel vom Tod gesehen hat, war das die Lektion, die der Onkel Flo gelernt gehabt hat als Doktor, dass er genug vom Tod gewusst hat, dass er es sich dann selbst genommen hat, und hat er das nicht erklären können, oder wollen, oder war es die Last, war dieses Wissen eine Last und ist eine Lawine geworden, war dieser Gang in die Mansarde hinauf und das Hinaufsteigen auf die Balkonbrüstung, er muss da geduckt gestanden sein, einen Augenblick muss er mit krummen Rücken auf dem Balkonrand gestanden sein, so eng wie es da ist, unterm Dach, war das ein Augenblick schieren Terrors, alles Unglück und dem ein Ende, und was für eine Arroganz, sich der Tröstung zu entziehen, man möchte ihn umarmen und wegbringen, von dieser Brüstung und dem Blick den Hang hinunter, und er hat es gemacht und es gibt keine Möglichkeiten mehr, und der Tante Lore hat er noch gesagt, sie solle noch weiterschlafen, war die Nacht so schrecklich gewesen, und hat er sich als Arzt verschätzt, hätte er Hilfe gebraucht, konnte er sich nicht mehr selbst helfen, hat er irgendetwas gehabt, aber eine Obduktion, das wäre noch schrecklicher, das haben sie der Tante Lore erspart, aber vielleicht hätte sich herausgestellt, dass er irgendetwas Unheilbares gehabt hat und dann wäre das alles doch noch zu verstehen, und jetzt leben alle anderen weiter und er hat darauf verzichtet, er wollte nicht mehr mit uns auf der Veranda sitzen, für die Mama ist das am schwersten, der Onkel Florian, der war ihr lieber als ihr Vater, und der Bruder der Mutter, das ist eine wichtige Instanz, und da, in Hartberg, das war ja wie noch genauso wie bei den Grünkopfindianern, oder bei den Trobriand, Verwandtschaft war da noch etwas anderes, obwohl patchworking da auch immer gegangen ist, aber man musste ganz genau eine Stelle einnehmen, so diffus, wie wir das machen, das wäre nicht gegangen, das muss ganz genau sein, dafür muss man nach einer Scheidung wieder genau das Gleiche machen, man muss die Fehler und die Richtigkeiten ganz genau wiederholen, wir können immer neue Fehler ausprobieren, ganz sicher ist es ja nicht, wo dann wirklich die Freiheit liegt, wo man mehr ausweichen kann, in geschlossenen Systemen oder im Fluten von offenen Vereinbarungen, für das Offene, da müssten wir alle immer sehr gefestigt und moralisch sein, dann ginge das, aber wer ist das, ich bin ja auch jetzt auf eine Person gekommen, die sich leichter im System tut, und vielleicht ist das ja auch eine Entwicklung, wir müssen uns jetzt überlegen, wie diese nächsten 10 Jahre aussehen sollen, jedenfalls für mich, ich muss mir das schon genau überlegen, und nach der ganzen Geschichte, nach dem Urscheiß, der einem da, da möchte ich doch wenigstens privat, da möchte ich mich doch auf mein Privatleben konzentrieren, da sollte einmal alles im Leben stimmen, ein richtig spießiges Privatleben, aber was soll man auch, mit diesem Krieg, und das wird weitergehen, da, die Sache mit der Wirtschaft, das kriegen die nicht hin, das geht auch nicht, mit diesen Vorstellungen von Gesellschaft aus dem 19. Jahrhundert, da werden die das nicht schaffen, wenn man redet, als wäre es 1903, da wird man die Probleme nicht lösen und Entwicklungen bleiben dann Selbstläufer, das ist ja ganz gut zu sehen, die Daten haben immer vorgelegen, das mit den Pensionen, das wusste man schon in den 60er Jahren, und die Sache mit den Arbeitsplätzen, dass die Maschine den Menschen arbeitslos machen wird, das war auch klar, dass Sicherheit mit Bewusstsein zu tun haben wird, das haben sie auch schon in den 70ern geschrieben, in den 80ern haben sie es vertan, die yuppies haben es vergeigt, die waren wieder Gründerzeit, aber ohne den Kulturanspruch, die wollten nur noch die Yacht, das waren die, die diese ganzen Siebdrucke gekauft haben, denen war sekundär genug, und dann haben sie es nicht zusammengebracht, und wir müssen es wieder ausbaden, keine Jobs und keine Pensi, ein Glück, dass es wenigstens etwas zu erben gibt, von denen davor, die yuppies, die werden ihren Kindern nichts hinterlassen können, mit den 2 Wohnungen vermietet, da geht das, und in der Gumpendorfer Straße, Altbau ist ohnehin netter, und der Naschmarkt so um die Ecke, das ist dann noch besser als der Karmelitermarkt, und mit der Miete, da geht das alles ganz gut, und für ein Extrageld gibt es immer das call center vom ÖAMTC, 3 Wochen da und ich kann mir alles leisten, und das ist besser als kellnern, die Biggi hat sich richtig ruiniert mit diesen langen Nächten im Siebenstern, ich würde schon die verrauchte Luft nicht vertragen wollen, und es wird einfach getrunken, irgendwer lädt einen immer auf ein Achterl ein, kellnern, das kommt zu teuer, und mit dem Kindergeld, da könnte ich mir ein Kind schon leisten, das müsste gerade gehen, und warum soll man so eine falsche politische Maßnahme nicht dekonstruieren, die wollen, dass man Kinder kriegt, ich will ein Kind kriegen, vielleicht, und wenn sie mir das zahlen wollen, und vielleicht funktioniert das jetzt ja, ich habe das alles sehr gut gemacht, das ist alles sehr gut geschrieben, klar und kühl, wie eine Richterin das machen würde, das müsste überzeugen, und das ist ja nicht das Problem, ich kann ja schreiben, es gibt nur bald keine Zeitungen mehr und um anzufangen bin ich schon zu alt, und es ist noch eine Stunde, es ist noch überhaupt keine Zeit vergangen, mit diesem Brummen, da denkt man, dass ganz viel Zeit vergangen ist, aber es war nur das Brummen, deswegen wird die Zeit nicht schneller, aber es ist ein Glück, dass niemand neben mir sitzt, ich könnte auch schlafen, ich kann ja einmal die Augen zumachen, es sieht mich sicher niemand, die schlafen auch alle selber, es ist schon immer wunderbar, wie brav und still alle immer dasitzen, in den Flugzeugen, wie so sehr gut trainierte Schulklassen, die sich selbst beschäftigen und wo der Direktor vor der Tür aufpasst, wie alle in ihre Zeitungen starren oder gleich schlafen, für so eine Stewardess muss das ziemlich komisch sein, am Anfang die Emotionen, dann werden sie rasch gefüttert und getränkt, und dann ist Ruhe, und hin und wieder geht einer aufs Häusl, aber das könnte ich gar nicht, das ist mir zu unangenehm, und nur für mich, ich stelle mir immer vor, wie die Leute da hineingehen und wie sie sich die Slips hinunterzerren oder das Pimpi aus der Hose holen, und das stört mich nicht, überhaupt nicht, aber wenn ich mir vorstelle, dass sich jemand anderer das für mich vorstellt, das kann ich nicht, und wir stellen uns alle das Gleiche vor, und dasselbe, alle hier denken sich dasselbe, mit dem Abstürzen und dass wir nun die sind, die miteinander da hinunterfallen, und mit der Toilette, so ein Flugzeug, das ist eine kleine religiöse Gemeinde, den Flug lang ist das eine religiöse Gemeinschaft, die Stewardessen sind die Ministrantinnen und die Piloten die Priester, und wo sind die Pilotinnen, man liest doch immer wieder, dass Frauen es jetzt geschafft haben, und wo sind sie jetzt, ich bin noch nie mit einer Frau geflogen, ich habe noch nie von einer Frau erzählt bekommen, wie hoch wir fliegen, ob es von Wien Innenstadt bis Liesing hoch ist, oder von Wien Innenstadt bis Gumpoldskirchen, wer hat das erzählt, dass bei einem Flug von Frankfurt nach Berlin eine Frau erster Offizier war und die Männer darauf bestanden haben, dass der Pilot die Landung selber macht, das war noch nicht so lange her, das war höchstens vor einem Jahr, oder eineinhalb, und wer war das, das war irgendwer beim Papa, das war an einem Abend beim Papa, das war irgendeiner von diesen ätzenden Heinis, die er immer einladen muss und für die Nicole so gut ist, die kann mit denen scherzen, die kann die angrinsen, das hätte die Mama nicht gekonnt, das ist eine Extrabegabung, alle diese feisten alten Männer angrinsen und ihnen die Glaserln Prosecco in die Hand drücken und dann auch noch zu den Gattinnen freundlich sein, obwohl, das sind alle solche wie die Nicole, die haben alle die Zweite oder Dritte und die müssen so sein, die müssen ja besser sein als die Erste oder die Zweite, die stehen unter einem irrsinnigen Stress, die Zweite oder die Dritte, die muss dann schon ein Wunderwerk an Anpassung sein, sonst zahlt es sich für die oldies ja nicht aus und die glauben, sie haben diese alten Männer in der Hand, aber das hat man ja bei der Scheidung von den Olschers gesehen, die hat nichts, gerade die Alimente für den Kleinen und der hat sich scheiden lassen, trotz des kleinen Sohns, nicht einmal das wirkt mehr, dabei haben sie doch die Genanalyse gemacht und der alte Olscher ist zu 99 Prozent der Vater und wegen dem einen Prozent hat er sich scheiden lassen, so weit reicht der Fortschrittsglaube nicht, dass er so einen Test akzeptieren kann, und dann wird sie auch noch das Erbe von dem Kleinen erstreiten müssen, gegen die Kinder aus der ersten Ehe, und sie sitzt jetzt da und hat gerade noch das Kindergeld, ein Jahr lang und dann, das ist doch alles seltsam geregelt, warum werden Frauen mit kleinen Kindern so gehetzt, die werden doch gehetzt, die sind dann doch immer völlig atemlos, Kinder abholen, wohin bringen, abgeben und in den Job und dann wieder abholen, und wenn der Mann nicht will, diese Susi, die sitzt doch schon wieder allein in Berlin, da hat es ausgesehen, als würden die zwei das gemeinsam machen, als würde es einmal wirklich gemeinsam gehen, und dann hört man, dass er mit einer Videokünstlerin zusammen ist und sie mit dem 1-Jährigen in Berlin und allein und was soll sie da tun, dort hängen die Jobs ja auch nicht in den Bäumen, eine Kita wird sie finden, und die kann man da auch bezahlen, das ist da nicht so ein Problem, aber es wird auch niemand auf sie warten, ihre Aufträge, die hat sie in Wien gehabt und als Grafikerin in Berlin, davon wird es Hunderte geben, und natürlich kann man da zu Hause arbeiten und ein Kind betreuen, aber es ist ja nur meine eigene Angst, es ist nur meine eigene Angst, dass ich mir das immer so schwierig vorstelle, weil ich mir immer diese Szene aus dieser Carson-McCullers-Geschichte vorstelle, da, wo sie das junge Paar beobachtet und was die zum Kühlen auf das Fensterbrett stellen und wie das immer weniger wird, bis gar nichts mehr auf dem Fensterbrett steht und sie das junge Paar nicht mehr sieht, und das ist so verträumt, sich zu denken, dass die Frau dann einfach auf den Strich geht und damit ist alles geritzt, das ist ja süß von Pirandello, dass er dieser Gouvernante diesen Ausweg lässt, aber das ist nicht so, das ist ein harter Konkurrenzkampf und das kann man nicht einfach machen, nur weil man eine Frau ist, dazu muss man Voraussetzungen mitbringen, die Vera war immerhin Fünfte bei der Wahl von der Miss Slowakia, da ist nichts mit Cellulitis oder klein oder ein bisschen dick, dazu muss man auch toll aussehen und man sollte tanzen können, die haben einen Konkurrenzdruck da, das kann man sich nicht vorstellen, und die Erste, die ist ja nach Paris gekommen, die hat ja an der Wahl zur Miss Europe teilgenommen, das war ja nicht wirklich gelogen, und dann, diese Kerle haben sich zuerst auch nur einen Spaß erlaubt, mit den Mädchen, und dann hätte sie zurückfahren können, und dann hätte sie wieder als au pair arbeiten können, da hätte sie niemand daran gehindert, aber dann wäre sie wieder wohin gekommen, wo es so gewesen wäre wie bei diesem Fleischhauer in Mattersburg, wo sie nie aus dem Haus gehen hat dürfen und wo sie sie gehindert haben, ihren Deutschkurs zu besuchen, oder sie muss wieder in dieses Schloss, wo sie da war und wo ihr die Frau 70 Euro in der Woche gezahlt hat, und dabei hat diese Frau auch das Kindergeld gekriegt, aber die Vera, die hat nur 70 Euro bekommen, für 24 Stunden Zur-Verfügung-Stehen, 7 Tage in der Woche, und immer nur mit den Kindern essen, und immer nur Spaghetti, und dann kommen ihr die Väter sowieso blöd, und da wollte sie lieber Geld verdienen, die Vera, die hat nicht das Gefühl, es sehr viel schlechter zu haben, und sie bekommt ihr Geld, jetzt einmal, und sie hat jetzt ein Sparbuch, und das hat sie mit der ehrlichen Arbeit nicht zusammengebracht, das hätte sie bei den Tussen nicht zusammengebracht, die haben ihr höchstens alte Kleider angeboten, und dafür hätte sie dankbar sein sollen, da hat sie Recht, sie fickt mit den Männern und die müssen einen Vertrag einhalten, das ist dann nicht mehr in ihrer Privatsphäre, wo sie sich alles umsonst holen können, so gesehen ist das der richtige Schritt, und was ist nun grauslicher, und sie wird ja in Ruhe gelassen, sagt sie, weil sie professionell ist, und irgendwann wird sie etwas anderes machen, denkt sie, sie trinkt nicht, jetzt einmal, vielleicht schafft sie es, und sie ist wirklich intelligent, und ganz zufrieden kann sie nicht sein, sonst hätte sie nicht mit mir geredet, und die Mia-Geschichte, die hat sie verstanden, hat sie sich mit der Mia-Geschichte solidarisiert und deswegen, und den Kerlen von der Misswahlen-Organisation, wo nur die Erste nach Paris kommt und die anderen an den Straßenrand von Brescia, gegen die will sie schon, irgendwie will sie schon etwas gegen die, aber nicht so richtig, aber auch mehr so, so nebenbei, wenn es sich ergibt, sie ist wütender auf den Fleischhauer in Mattersburg, ich glaube, wenn sie dem etwas tun könnte, dann würde sie das, wenn sie es dem heimzahlen könnte, es sind ja doch immer die ersten Kränkungen, die einem in Erinnerung bleiben, und sie wird sich das anders vorgestellt haben, die Vera, die ist ehrgeizig, eigentlich ist die ehrgeizig, die wollte wirklich Deutsch lernen und das kann sie ja auch, sie kann nichts schreiben, aber das ist ja kein Wunder, wenn sie nie in den Kurs gehen hat dürfen, aber sie spricht es wirklich gut und sie hat es von einem 5-Jährigen gelernt, und sie hat kaum einen Akzent, es ist kaum etwas vom Burgenland zu hören, weil sie dann vom Fernsehen weitergelernt hat, die Vera spricht Fernsehseriendeutsch, und sie kann für die anderen übersetzen, für die Vizemiss und ihre Prinzessinnen, wenn sie dann am Panhans angeliefert werden, fragt der Hollitzer dann nach bestimmten Sachen und kann sie das übersetzen, reicht das Vokabular von ›Reich und schön‹ aus, wenn einer bestellt, er kann es nur, wenn er einen Zylinder aufhat und in Schnürstiefeln, könnte sie das verstehen, oder hat sie dazu ein kleines Dictionnaire dabei, falls sich solche Sonderwünsche ergeben, oder sind solche Sachen schon von vorneherein bestellt, bringen die Damen die Paraphernalia schon mit, Zylinder, Schnürstiefelchen und ein Klistier und irgend so ein Funktionär, der ganz fürchterlich über die Zukunft nachgedacht hat, der lässt sich dann verwöhnen und schauen da die anderen zu, und das ist doch dann die Schulszene, der eine wird bestraft und die anderen schauen zu und schauern vor Lust und fallen über die übrigen Damen her und dann gehen alle ganz schnell schlafen, weil sie am nächsten Tag um 8 Uhr Clubsitzung im Parlament haben und eins auf die Finger kriegen, wenn sie zu spät kommen, und wenn sie daran denken, dann kriegen sie gleich noch einen Steifen und dann können sie wirklich stolz auf sich sein und dann können sie wieder unbelastet Politik machen, und hat der Hollitzer die Frauen kommen lassen, um sich die anderen zu verpflichten, oder haben die das verlangt, geht das so, dass er zwinkernd noch auf einen Abendumtrunk einlädt oder wissen die schon, was da für sie bereit steht, und vielleicht hat die Vera ja Recht und es ergibt sich eine Aufenthaltsgenehmigung und dann kann sie wo arbeiten und einmal einen ordentlichen Deutschkurs machen, und dann sind es nur Umwege gewesen, die sie zu ihrem Ziel gebracht haben und dann war es wieder so besser für sie als über die ehrliche Arbeit, sie hat offenkundig nichts zu erhalten, durch ein Ehrlichbleiben, und sie hat ja Recht, so funktioniert die Welt und ich bin nur durch die Eltern vor solchen Entscheidungen bewahrt, die Anja hat ja immer gesagt, dass man in diesem einen Puff als Studentin gut verdienen kann und dass es da geschätzt würde, wenn man mit einem Mann richtig gut reden kann, das würde da nicht belächelt, das würde da sogar gefördert, weil intelligente Frauen dann doch schneller begriffen, was die Männer wollten, aber die Börsentipps haben der Anja auch nichts geholfen, von dem Geld ist nichts übrig und vielleicht war das alles nur Geflunker und sie hat einfach angegeben, so geil hat sie ja nicht ausgesehen, aber ihre Figur war gut, ihre Figur war ziemlich gut, und die meisten Männer wollen es ohnehin nur von hinten machen, denen ist der Hintern sowieso das Wichtigste und der hat gestimmt bei ihr, die ist auch schon lange nicht mehr gekommen, am Samstag, aber es kommt ja überhaupt niemand mehr, irgendwie sind alle verstreut, die Tanja und die Claudia, die sind arriviert, die wollen nicht mehr in so eine normale Welt, wo sie jeder etwas fragen kann, da müssten sie sich ja verhalten, da müssten sie vielleicht Antworten geben, das können erfolgreiche Frauenmagazinmacherinnen nicht tun, da sind sie wie Politiker, da gilt nur mehr die Verkaufszahl, gekauft ist richtig so wie gewählt richtig ist, und dann gibt es nichts mehr, die haben uns alle hinter sich gelassen, die sind richtig aufgestiegen und haben uns sitzen gelassen, unten, irgendwo unten, die Mia ist in Steyr, oder wo sie ist, und sie will uns nicht sehen, mich nicht, kann sie es nicht aushalten, dass ich das alles weiß über sie oder ist es, weil ich den Gerhard auch kenne und mir das nicht passiert ist, oder nicht so krass, aber das hört sie sich gar nicht an und sie antwortet auf die Briefe nicht und ihre e-mail-Adresse funktioniert schon längst nicht, die Mutter ist auch komisch, aber für die muss das auch schwierig sein, was würde die Mama in so einem Fall machen, aber die wäre nicht so kleinlich, die zahlt mir ja das Flugticket nach Hamburg, die Mama würde nicht stillhalten, die würde zur Polizei gehen, oder sonst irgendeinen Wirbel machen, oder die würde sich vor das Haus vom Hollitzer stellen mit einem Plakat und ihn anklagen, oder die würde vor dem Parlament mit dem Plakat stehen und sich von der Polizei abführen lassen, die Mama würde es nicht so vertuschen wollen, und es ist ja auch gar nicht gesagt, dass das das Beste für die Mia ist, wenn man jetzt so tut, als wäre das alles vorbei, als wäre das alles nur so irgendwie gewesen und sie muss sich nur erholen davon, und es macht die Sache ja sicher nicht leichter, dass sie zuerst mit allem einverstanden war, und es war ja nur demütigend und sonst hat er ja nichts gemacht, und das war sicher die Mutter, dass die Mia ihren Text wieder zurückgezogen hat, aber die Claudia, die hätte so etwas ohnehin nicht veröffentlicht, eigentlich hat sie mich missbraucht, sie wollte diese Recherche nur, damit sie Zeit gewinnt, bis sie sich eine Ausrede ausgedacht hat und den

Text nicht bringen muss, und so eine realistische Recherche, die hat sie sich sicherlich nicht vorgestellt, aber investigativen Journalismus, den kann sie sowieso nicht brauchen, das Spannendste, was sie in ihrem Blatt da bringen kann, ist wenn sich in einer Chanel-Boutique ein Versace-Gürtel findet, das ist das Spannendste, was sie sich vorstellen kann, und ich sollte kurz schlafen, vielleicht schaue ich dann entspannter aus, nicht so verquollen um die Augen, wenn das so weitergeht, dann habe ich in einem halben Jahr ein Schlupflid, und es gibt ja Leute, die finden das attraktiv, aber die finden sich dann immer gerade nicht, wenn die Augen besonders geschwollen sind, aber die Frage ist wirklich, warum sind sie so aufgeschwollen, ich habe doch nicht zu viel geschlafen, ich habe doch kaum Zeit gehabt zu schlafen, und so viel habe ich auch nicht geweint, dass das berechtigt wäre, und ich habe eigentlich überhaupt nicht geweint, es war zum genieren, alle haben geschluchzt und sich die Augen getrocknet und ich bin da gestanden und habe nur geschaut, und ich bin ein Versager, wenn ich meine Gefühle nicht ausdrücken kann, dann bin ich eigentlich ein Versager, und vor wem habe ich mich geniert, ich habe mich geniert, ich habe nicht weinen wollen, weil ich mich geniert hätte, ich hätte mich geniert, dass jemand mich weinen sieht, und das ist ziemlich unreif, die Tante Lore hat es nicht bemerkt, aber die Mama war schon, die Mama war enttäuscht und die Omi hätte etwas gesagt, wenn sie da sein hätte können, und warum sie nicht kommen wollte, mit einem Rollstuhl wäre es schon gegangen, das wäre sicher gegangen, das hätte man nur organisieren müssen, und glaubt sie, dass ihr Bruder nicht gestorben ist, wenn sie nicht sieht, wie er begraben wird, oder hat sie es gar nicht begriffen, will sie es gar nicht begreifen, der Onkel Flo hat ja auch sie verlassen, ohne ein Wort, und die waren doch ziemlich gut, wenn die Tante Lore nicht da war, dann haben die sich sehr gut verstanden, und hört das nie auf, wenn die Tante Lore einmal eifersüchtig auf die Omi war, und man kann auf eine ältere Schwester eifersüchtig sein, aber eigentlich doch nicht, aber am Anfang, das kann so sein, aber ich wäre heute schon großzügig, und die haben das nie gelernt, diese Generation hat nie gelernt, worüber man eigentlich reden müsste, die Omi glaubt wirklich noch, dass sie die Tante Lore nicht mag, wegen dem Kürbiskernöl, und die Tante Lore glaubt, dass sie die Omi nicht mag, weil die Omi nach dem Essen sitzen bleibt und mit dem Onkel Florian noch eine raucht und die Tante Lore muss in der Küche stehen und das Geschirr abwaschen, dabei hätte sie immer dabeisitzen können und mit den beiden, aber das Geschirr musste immer gleich abgewaschen werden, das konnte nicht warten, und dann ist ja auch niemand mehr hingefahren, weil man jedes Mal deutlicher das Gefühl bekommen hat, dass man Arbeit macht und dass die Tante Lore eine Märtyrerin dieser schrecklichen Familie ist, und war das alles dem Onkel Flo zu viel, war er vom Objekt der Begierde zu einem Fetisch geworden und gar nicht mehr vorhanden und hat sich deshalb ins Nichts stürzen müssen, und seit mindestens 30 Jahren sind diese Probleme nicht mehr notwendig, es kann doch nicht mehr um eine Begierde gegangen sein, es kann eigentlich nie um eine Begierde gegangen sein, es ist doch nur darum gegangen, mit wem der Onkel Flo die Zeit nach dem Mittagessen verbringt und ob er Kürbiskernöl in den Salat gießen darf oder nicht, irgendwann müssen die dunklen Mächte der Sexualität doch verflogen sein und man kann sich zusammensetzen und lachen und alles wieder gut sein lassen, das hätten sie machen können, aber der Onkel Flo hat ja auch nicht vermittelt, der hat den Kopf gebeugt und ist in seine Ordination, er hätte das doch, hätte er das nicht besprechen können, und man kann der Omi doch nicht vorwerfen, dass sie ihn 25 Jahre länger gekannt und früher alles über ihn gewusst hat, oder halt alles, was Geschwister voneinander wissen, so viel ist das dann ja auch nicht, und jetzt stehen alle allein da und die Mama auch, die Mama hat das sehr getroffen, für die Mama ist das echt schwierig, und wenn ich zurück bin, dann setze ich mich nach Graz und helfe ihr mit dem Haus von der Omi, sie sollten alle dorthin ziehen, dann wären sie alle nicht so allein, aber die Mama, die geht da nicht zurück, und ihr macht das Alleinsein ja auch nichts aus, oder nicht so sehr, aber die alten Frauen, und das ist alles so unvernünftig, aber die sind stur, wahrscheinlich sehen die einander nie wieder, die Tante Lore und die Omi, die hätten sich das letzte Mal gesehen, wenn die Omi zum Begräbnis gekommen wäre, aber so ersparen sie sich sogar das, und warum der Papa bös war, weil ich keine Erde ins Grab nachgeworfen habe, warum ihn das so aufgeregt hat, oder hat er das nur getan, um seine Rührung zu verbergen, ich habe ihn weinen gesehen, das habe ich noch nie, und er hat mich nicht, er hat mich sicher seit 15 Jahren nicht weinen gesehen, und wir können es auch nicht, wir können auch nicht reden, aber ich kann ihn ja auch nicht allein sehen, die ist immer dabei, und er macht nichts aus mit mir, damit wir allein sind, vermeidet er das, oder organisiert sie das so, ist das dann doch das Gleiche, wie bei der Tante Lore und der Omi, tanzen wir vorsichtig um diesen Mann herum, aber was soll ich machen, wenn ich es verlange, wenn ich es verlangen würde, das würde er nie machen, da würde er nie kommen, das wäre wahrscheinlich so, als hätte ich das nie gesagt und wenn ich ihm einen Brief schreibe, in dem ich ihn um so ein Treffen bitten würde, dann ginge dieser Brief verloren, der käme nie an, oder schaut sie so darauf, dass wir einander nicht sehen, passt sie auf, dass ich ihn nicht allein treffe und ihm womöglich das Vermögen abknöpfe, oder was befürchtet sie, dass er seine Tochter mag, darum kann es doch nicht gehen, oder glaubt sie, er hat nur ein kleines Säckchen voll Gefühle und wenn er mir eines davon gibt, dann bleibt nichts für sie übrig, aber es geht ums Geld, bei der Nicole geht es ums Geld, das ist dann vielleicht das Symbol für die Gefühle, oder nein, das ist das Symbol für Sexualität und deshalb steht mir nichts zu davon und er muss davor behütet werden, dass ich ihn ausnütze, es ist dasselbe, aber warum war er dann wütend über mich, ich darf doch weinen, wann ich will, ich habe halt schon vorher so viel geweint, ich habe vorher alles ausgeweint, ich hätte gar nicht mehr weinen können, und ich habe die Mama getröstet, das hat er nicht, und ich bin bei der Mama gestanden, er war hinten, ohne die Nicole, Gott sei Dank ohne die Nicole, und die hätte da gar nicht auftauchen dürfen, aber sie hat immer noch Angst vor der Mama, die Mama muss auf uns alle aufpassen, aber heißt das jetzt, heißt diese Parallelsituation, dass der Papa auch, dass er auch einfach davongehen muss, und heißt das nun, dass ich ihn besser in Ruhe lasse, so wie die Nicole das will, und dass ich nachgebe, damit er leben kann, unbehelligt, und heißt das, dass ich zu viel bin für ihn, dass ich zu viel wäre, für ihn, aber da kann ich ihm nicht helfen, ich räume mich nicht weg, und er ist ja auch nicht so sensibel, der Onkel Flo, der war richtig feinfühlig, und den haben alle belastet, der war von allen Seiten belastet, den Papa belastet dann doch nur eine Steuerprüfung, und der Papa kriegt einen Wutanfall und brüllt herum, der lässt das Adrenalin nicht an sich nagen, und bis er so alt ist wie der Onkel Flo, bis dahin hat sich alles wieder verändert, wahrscheinlich hat er da eine 23-Jährige und ich darf noch immer die Bikinis besorgen, die er ihr für die Reise auf die Bahamas schenken will, der Papa ist robust, dem passiert da nichts, und er mag es halt nicht, wenn man mehr Haltung hat als er, deshalb muss er sich ja immer so über die Mama aufregen, aber bei denen hält der Konflikt auch länger als jedes gute Gefühl, und man kann sich an solche Sachen auch viel besser erinnern, vom Alfred weiß ich auch nur mehr, wie er auf diesen Brücken gestanden ist und wie wir ins Wasser schauten, dieses schwarze Wasser, das eine Handbreit tief sein kann oder 20 Meter, und das immer so schaukelt, unter den Brücken, das immer anklatscht an den Stufen zu den Haustoren hinauf, und wie ich ein einziger Klumpen bin, ein einziger Klumpen, der wehtut, ein Schmerzklumpen, weil es klar war, dass wenn einer so etwas sagt, dann geht nichts mehr, dann ist alles aus, dann lässt sich nichts mehr zurückholen, und bei jedem Satz von ihm wird der Klumpen fester, bis man gar nicht mehr gehen kann und als Salzsäule dasteht, und natürlich in Venedig, wo sonst erklärt einem ein Mann, dass er nicht mehr schlafen will mit einem, und dass das sein Recht ist, dass niemand ein Recht darauf hat, darauf, dass man mit der anderen Person ins Bett geht, nur weil sie einen liebt und weil man das nun seit 2 Jahren gemacht hat, und wo sonst täte das noch so weh, und wahrscheinlich ist es das, was die Menschen da einander erklären, wahrscheinlich ist Venedig der Ort, an dem man das sowieso sagt, wahrscheinlich sind da alle Liebeserklärungen ohnehin nur diese Sätze, das Ende ist einem ja ohnehin klar, und wenigstens habe ich nicht zugegeben, dass ich schon mit 2 anderen Männern in Venedig war, und dass ich mit jedem das Gleiche gemacht habe und bevor er mir diese Sätze gesagt hat, davor war das alles ja keine Lüge, davor war das das Leben und nach ihm ist dann alles zynisch geworden, aber es ist auch nicht zu verstehen, und es wäre besser gewesen, er hätte mich betrogen und hätte mich angelogen, dann gäbe es wenigstens Venedig noch so, wie es das immer gegeben hat, aber da, auf diesen Brücken, oder auf Torcello, und warum habe ich mir das 3 Tage lang angehört, warum bin ich nicht nach dem ersten Mal davon, warum habe ich nicht meine Sachen gepackt und bin in das Universo Nord, ich habe doch da eine Heimat, ich kenne mich da doch aus, entziehen, das wäre richtig gewesen, verlassen, ihn verlassen, ganz einfach lassen, gehen, und warum war das notwendig, dieses Anhören, dieses Zuhören, lauschen, wie er das gesagt, immer wieder gesagt und mir war es immer noch nicht genug, dastehen, in das Wasser schauen, dem Licht zuschauen, wie es auf dem Wasser rutscht und aufblitzt und zuhören, wie er es erklärt, und immer wieder, dass er nicht mehr mit mir, dass er es auch nicht machen muss, mit mir, dass er ein Recht hat, dazu, und dass er mich liebt, aber das eben nicht, das eben gerade nicht und nicht wüsste, ob wieder, und darüber nicht nachdenken will, und überhaupt nicht nachdenken will, und nie habe ich es mehr gewollt, nie der ganze Körper dieser Sache so zugewandt, sein Nein ein Begehren ausgelöst, das Begehren, und ist das jetzt Abendland, Begehren im schon nicht mehr Möglichen, weil ich es nicht bekommen würde, dieses Brennen, und es ist ein Brennen, und es tut weh, ganz knapp unter der Haut und hinter der Stirn, und was war das für ihn, dieses Wiederholen der Ablehnung, was hat er daraus gehabt, welche Summe hat sich für ihn ergeben, hat er sich toll gefühlt dabei, und warum soll ein Mann sich bei der Verweigerung nicht toll fühlen, eine kühle Sicherheit, bei jeder Wiederholung noch kühler und noch sicherer, aber ich habe ja die Demütigung gebraucht, ganz offenkundig habe ich die Demütigung gebraucht, weil ich es mir nicht vorstellen habe können, und es war unvorstellbar, dazu fährt niemand nach Venedig, und das war grausam, und dann war ich dem Ort doch mehr ausgeliefert und es war keine Heimat, da, wo man der Liebe verwiesen wird, noch dazu einer rasenden Liebe, und ich hätte ihn umbringen können, auf diesen Brücken, ich hätte ihm ein Messer in die Brust rammen können, diese Gewalt innen, die hätte sich darin gebündelt, und dann wäre alles aus gewesen und ich hätte nicht mehr daran denken müssen, wenn ich ihn umbringen hätte können, in diesen Augenblicken, diese 3 Tage lang, dann hätte ich keine Probleme mehr damit, und ein phantasierter Mord, das kann ich nicht, das kann ich schlechter als einen richtigen, wahrscheinlich, meine Phantasie ist da nicht sehr ausreichend, ich könnte jemanden umbringen, und das wäre eine Entlastung, und die Vorstellung davon bringt mir gar nichts, aber das ist ja eigentlich auch sehr gesund, die Wirklichkeit ist wichtiger, und ich mache es wegen der Folgen nicht, ich wünsche es mir und dann mache ich es wegen der Folgen nicht, ich hätte auch das Büro von der Claudia zerlegen können, wie sie von ihrem Standpunkt geredet hat, und dass sie diese Geschichte besser nicht angerührt hätte und dass ich ihr sagen soll, was ich für Auslagen hatte, da hätte ich das auch, das war genauso angespannt, in allen Muskeln diese Spannung, und das wäre lustig gewesen, einfach toben, begreifen hätte sie einiges müssen, mit diesem guten Benehmen, da schafft man keine Tatsachen, ein bisschen terroristischer sollte ich sogar sein, diese Beherrschung ist auch wieder nicht notwendig, natürlich schaut es besser aus, sich umdrehen und aus dem Zimmer, und wortlos, aber das kann sie sich bald zurechtschustern, wie sie das sehen will, das kann sie sich zurechtbasteln, wenn ihr Büro zerstört wäre, dann müsste sie sich wenigstens damit befassen, und wenn ich das Geld hätte, dann sollte ich zu einem coach gehen und diese Energie für mich ausnützen lernen, eigentlich ist das ja ein Potenzial, diese Wut, ich sollte sie zumindest zeigen lernen, ein bisschen, dann wird man ernst genommen, ernster jedenfalls als jetzt, wo die Claudias glauben, sie können mir die Spesen ersetzen und dann ist alles wieder gut, dann ist nichts passiert, und alles geht wieder normal weiter, aber das habe ich vom Papa, der hat diese Wutanfälle auch, der hat sie viel öfter, und früher habe ich das nicht gehabt, so wichtig, wie das mit dem Alfred, so wichtig war auch kaum etwas, mit 16 vielleicht, da hat es so wichtige Sachen gegeben, dass man geglaubt hat, man stirbt, wenn man am

Abend nicht im Exil sein kann und den Herbie nicht sehen, und das war so ausschließlich, da war das wichtig und sonst nichts, mit dem Alfred, da war alles wichtig, da ist alles zusammengekommen, da hat sich alles addiert und ist zu dieser Besessenheit geworden, und ich sollte nicht an solche Sachen denken, das ist keine gute Vorbereitung für so ein Gespräch, ich sollte alle Argumente durchgehen, es ist noch Zeit und ich habe geschlafen, ich muss kurz geschlafen haben, es ist nur noch eine Dreiviertelstunde, die Zeit vergeht dann ja doch, die Tante Lore und die Omi und die Mama, die sollten eine WG gründen, aber die Omi wird die Tante Lore nicht mehr sehen, die werden sich nie wieder sehen, wenn die Omi schon nicht einmal zum Begräbnis gefahren ist, und dabei mag sie die Tante Lore nur nicht, weil sie kein Kürbiskernöl nimmt und ihre Mutter immer schon Kürbiskernöl verwendet hat, auch wie das noch gar nicht modern war und der Onkel Florian es gewohnt war, und weil er das nicht mehr bekommen hat, dann könnte die Tante Lore immer den Tisch gleich abräumen und abwaschen und alle anderen könnten sitzen und reden und alle hätten es gut, die Tante Lore will leiden und die anderen wollen reden, man müsste das alles ja nur einfach zur Hausregel machen, die negativen Gefühle in den Ablauf einbauen, dass die Omi nicht den Tisch abräumt und dass die Tante Lore kein Kürbiskernöl verwendet, und dann müsste es doch gehen, und wenn ich zurück bin, muss ich der Mama helfen, mit dem Haus von der Omi, und warum sie da nicht wohnen will, da hätte sie Platz, aber die sind nicht mobil, die verbinden etwas mit diesen Orten, ich habe die Wohnung gern vermietet, und mir ist es recht, dass ich für die Möbel noch mehr Geld bekommen muss, aber ich habe auch nicht lange da gewohnt, und jetzt möchte ich es farbig haben, und dunkle Wände, terracotta, und dunkelblaue Möbel, nicht so südamerikanisch, mehr nur die Farben, nicht ethno, ethno darf nicht hineinkommen, aber dasitzen und es ist so ruhig, das Weiß, das war nicht ruhig, das hat mich nervös gemacht, das hat mich eher nervös gemacht, eigentlich, und die Gumpendorfer Straße, das ist doch mehr die Höhle, das ist mehr eine Wohnung, die Terrasse, die Aussicht, das war schon schön, das war elegant, aber die Gumpendorfer Straße, das ist Stadt, das wird ein ganz anderes Leben, und da wird es nicht so blöde Geschichten geben, und ich möchte mich auch gar nicht erinnern, ich möchte gar nicht erinnert werden, auf dem Sofa, da sollen sich jetzt andere Leute hinsetzen, und wenn der Gerhard da einmal auftaucht, weil das handy im Thalersee läutet, es sollte so sein wie im ›Rat Krespel‹, die Fenster spiegeln und das Haus ist leer, alle verschwunden, aber der Gerhard Hollitzer, der würde solche Gefühle nicht haben, das kann der gar nicht, und eigentlich weiß ich überhaupt nichts über ihn, ich weiß, wo er sich wann aufgehalten hat und was er da gemacht hat, so ungefähr, aber warum er das alles macht, was das für ihn ist, was das alles für ihn bedeutet, das weiß ich nicht, und er auch nicht, ziemlich sicher nicht, oder weiß er, warum er dagestanden ist, am Bett von der Mia, an diesem Messingbett, und warum er den Bademantelgürtel nicht aufgenestelt hat, warum er diesen Handgriff nicht begonnen hat, was ihn abgehalten hat davon, schon beim Weggehen, das muss einem doch dauernd im Kopf sein, jeden Schritt vom Bett weg, wahrscheinlich ist er ins Badezimmer gegangen, hat geduscht, hat sich angezogen, und da war das noch komisch, da hat sie noch gelacht, und er ist Schritt für Schritt zur Tür gegangen, weg von ihr, muss sie gehört haben, wie sie noch gelacht hat, dass er sie nicht verarschen soll, und wie sie dann verzweifelter geworden ist, an der Tür, wann hat sie es geglaubt, die Klinke in der Hand, ihre Rufe aus ihrem Zimmer, den Gang herunter bis an die Tür, und dann hinaus und die Tür zufallen lassen, die Tür in der Josefstädter Straße mit diesem satten Ton, eine richtige Wohnungstür, die ins Schloss fällt, und dann die Stiegen hinunter, den Ton abgeschnitten mit der Tür, aber im Kopf, im Kopf muss ihm das geblieben sein, ihr Rufen, und er hat die Knoten selber gemacht, er muss gewusst haben, was das für Knoten waren, er ist ein Segler, und immer ihr Rufen und wie sich das verändert, mit jeder Minute bettelnder, hat er gewusst, warum er das angefangen hat, oder ist das passiert, mit jeder Handlung in die Richtung, hat das Ganze einen Verlauf genommen, und wann hat der für ihn begonnen, und hätte man das sehen können, hätte man das begreifen können, hätte die Mia das wissen können, und dann sind ja alle guten Ratschläge richtig, dann wären ja alle guten Ratschläge richtig, sich gar nicht in gewisse Situationen zu begeben, das hat sicher ganz verspielt begonnen, sollen wir das nicht machen, hättest du nicht Lust, traust du dich das, wäre das nicht interessant, hast du dir das nicht schon immer gewünscht, willst du das nicht spüren, willst du das nicht einmal spüren, und dann kichert man und eigentlich will man ja, ausprobieren, ausprobieren will man schon, und dann waren sie allein, wahrscheinlich sollte man bei solchen

Sachen nicht allein sein, aber solche Sachen kann man ja nur allein machen, da möchte man niemanden anderen in der Wohnung haben, und wäre ein Hotel dann besser, aber wirklich sicher auch nicht, sicherer, oder war es, weil er gewusst hat, dass niemand kommen kann, weil wir alle so weit weg waren und niemand spontan zurückkommen hätte können, und wollte er zuerst nur einen Spaß machen, wollte er zuerst nur herumspielen und ihr Angst einjagen und das dann genießen und irgendwie hat es ihn weggetrieben, weg von der Möglichkeit, die Situation aufzulösen, zu beenden, noch einen Scherz sein lassen, nicht Ernst zu machen, und was hat er sich gedacht, wie das weitergehen soll, danach, hat er so Schluss machen wollen, oder hat er sie auf eine Probe gestellt, Rapunzel, ans Bett gefesselt, muss auf den Prinzen warten, kann das für ihn ein Spiel geblieben sein, weil alles für ihn funktionieren muss, oder wollte er das alles, was er mit den Huren macht, wollte er das einem ordentlichen Mädchen beibringen, wollte er sie sich hinbiegen, sollte sie abhängig werden, von ihm, nach ihm, hat er gedacht, sie wird das durchmachen und danach wird sie eine Wiederholung wollen, dann ist die Depression von der Mia ja auch eine gesunde Reaktion, brechen, wollte er sie sich brechen, wie ein Pferd, ist er das alles schon so gewöhnt, dass er sich keine andere Reaktion vorstellen kann, aber die Enttäuschung ist doch, dass man nicht stirbt daran, dass man es überlebt, und dass die anderen, ich hätte gewollt, dass der Alfred, und der Hollitzer hat die Mia auf die Probe gestellt, die Frauen, die er kauft, da ist es eine Sache des Preises, da müsste man nur lange genug im Internet suchen, da findet sich das alles, oder zumindest ein slasher movie, und dann ist der Hollitzer die geradlinigere Ausgabe, ich hätte es nur für Emotion haben wollen, er zur Befriedigung, und ich möchte jetzt ja auch seinen Kopf, weil er sein Spiel mit mir getrieben hat, hat der Alfred so ein Gefühl mir gegenüber gehabt, hat er das Gefühl gehabt, ich spiele mit ihm, bin seiner sicher, zu sicher, nehme ihn als Selbstverständlichkeit, wir hätten nicht nach Europa kommen sollen, wir hätten in New York bleiben sollen, da hat das Leben immer nur ein Jetzt und da muss man sich solche Gedanken nicht machen, wir haben Europa nicht vertragen, mit diesen 3 Zeiten, in die man gleich wieder zurückfällt, aber der Alfred, der war neurotisch, das war höchst neurotisch, und er hat gesponnen, er ist auch nicht aus der Situation hinausgegangen, er hätte ja die Sache auch beenden können und weggehen, er hat ja die Situation überhaupt hergestellt, da hätte er auch die Verantwortung übernehmen können, er hätte es mir sagen können und dann gehen, oder gehen und einen Brief zurücklassen, das wäre grausam gewesen, aber so grausam, wie 3 Tage Venedig und immer nebeneinander, Tag und Nacht und dann nichts, so grausam hätte ein Brief gar nicht sein können, und vielleicht hätte ich dann eine Wut kriegen können, ich habe ja bis heute keine Wut auf ihn, ich bin ja auch nur traurig, wie die Mia, oder ist das gegen den, der uns das erste Mal so verletzt, sind wir gegen die so hilflos und dann lernen wir es, dann lernen wir es erst, den Hollitzer, den kann ich schon recht gut hassen, gegen den will ich mich wehren, aber den habe ich nicht geliebt, das wird der Unterschied sein, gegen den Alfred war ich hilflos und bis ich überhaupt begriffen habe, dass ich da verletzt werde, da war das schon geschehen, und sehr zerstört, sehr zerstört hat es mich dann auch nicht, das war grauslich, das war eine grausliche Szene, dann, aber danach habe ich es wenigstens begriffen gehabt, und es verfolgt mich nicht, ich muss nicht jedes Mal, wenn ich auf einem, wenn ich oben bin, dann muss ich nicht an den Alfred denken, wie er unter mir und mich immer nur anschreit, dass ich jetzt ja hätte, was ich wollte, seinen Schwanz und nicht ihn, mich verfolgt das nicht, das fällt einem ein, und dann ist es auch wieder gut, und das Blöde ist doch ohnehin nur, dass man nie weiß, was das Ganze wirklich ist, was das alles soll, und was sich der andere wirklich denkt, deshalb ist es mir auch wurscht, was der Gerhard sich da gedacht hat, auf der Couch, ich heiße nicht Monica Lewinsky und ich werde nicht eine reality show machen, in der maskierte Männer sich Frauen zur Wahl stellen, ›Mister Personality‹, und dann sitzen lauter Männer mit der eisernen Maske herum und es schaut aus wie der Anfang von einem wirklich harten bondage-Ding, und dann geht es um die Komplimente und ob einer gut küssen kann, mit der Maske, und diese Monica, die wird ihr Leben lang machen können, was sie will, sie wird immer nur in diesem einen Licht gesehen werden, bunte, flauschige Taschen entwerfen als Geschlecht, in das dann nur Zigarren geschoben werden, und jetzt die Suche nach einem Mann, dessen Gesicht nicht erkennbar ist, der sich einem erst nach der Wahl zu erkennen gibt, nachdem die Frau sich zu ihm bekannt hat, und das wird sie nie kriegen, und die zwei, das muss schon seltsam sein, alles so verhandeln zu müssen und nie wieder miteinander zu reden, die zwei haben ja sicherlich nie wieder miteinander geredet, aber das Broadwaystück wird sicher gerade geschrieben, das Treffen zwischen den beiden, das wäre dann ein Anatol ohne die Wehmut, dafür mit einem Krieg, wie der den Irak ein bisserl bombardiert hat, damit alle dorthin schauen, der Krieg, der für den Anatol noch ausständig war, aber die letzten Kriege haben die sexuelle Repression wieder instand gesetzt, mit diesem Krieg jetzt, da wird die Prüderie zurückgeholt, der ist ein Ventil wieder, der ist die Entlastung vom nächtlichen Funktionierenmüssen im Bett, damit schlagen die Männer wieder zurück und rächen sich für das dating system und das doubledating, wo jeder gleich erfährt, wenn einer den Schwanz nicht hochkriegt und in Amerika haben die jungen Männer am meisten Angst, dass sie keine Frau kriegen werden, das steht noch lange vor den Karrierewünschen, und da gehen sie lieber in den Krieg, als zu einem date, wo sie es wieder beweisen müssen, und dann sind sie traumatisiert genug, Schwierigkeiten haben zu dürfen, wahrscheinlich war der Alfred ein Avantgardist, wenn ich es ihm glauben hätte können, dass es nur um die Sache gegangen ist, aber das war ja auch nicht eine Selbstfindung und eine Selbstermächtigung, das war ja auch wieder nur so eine neurotische Verzerrung, weil er schon eine andere im Sinn hatte und sich das nicht anpatzen hat wollen, sonst wäre es ja vielleicht beeindruckend gewesen, er hat geredet wie eine von den Frauenfiguren aus diesem Musil-Stück, ein Selbstfinder, aber gut, wenn jeder es täte, und jeder lernt, allein sein zu können, dann würde es vielleicht gehen, auf einem anderen Niveau, weil sonst, dann sind die Hollitzers die Lustigeren, da gibt es jedenfalls kein Herumgetue, die Schweine sind einfach umkomplizierter, und da könnte man seinen Spaß haben, und ein Glück ist, dass er mir wenigstens nichts angehängt hat, das wäre ja auch noch möglich, obwohl, das ist ja alles so zivilisiert, das wird sicher alles geregelt, und da gibt es einen Frauenarzt des Vertrauens, da findet sich einer, ein Rotarier oder ein Freimaurer, oder einfach einer aus der Partei, oder einer aus der Schule, das scheinen ja die haltbarsten Beziehungen zu sein, die Schule, wahrscheinlich sind die ersten gemeinsamen Räusche das eigentliche Erlebnis, da bondet es sich am besten, und für immer, und ich weiß gar nicht, wo der Hollitzer in die Schule gegangen ist, da hätte ich die Altschülervereine abklappern können, nach weiteren Verbindungen, in der Justiz, und irgendeiner ist sicherlich Frauenarzt geworden, so einen hat es doch in jeder Klasse gegeben, und der regelt das dann, und beim Heurigen erzählt er es den Freunden und den Frauen und die nicken alle, weil das interessant ist und die Vorstellung, dass es Prostitution wirklich gibt, wirklich geben muss, weil der Hansi oder der Petzi nun wirklich solche Frauen in der Ordination hat, das geilt sie alle an, nur entfernt, und sicher hauptsächlich, um sich abzusetzen, aber ein bisschen Pfeffer ist in diesem Thema immer drin, und mich interessiert es ja auch, mich interessiert es ja auch, wie das vor sich geht, wann geht der Zimmerkellner da hinein, wird da serviert, die ganze Zeit, das ist ja schon in den Operetten mit den Séparées interessant, wer weiß da noch alles, wer sieht die Frauen noch, und die da, die sind ja sicher streng hetero, das sind ja alles Katholen, da bleibt das bei Frauen, und sitzen die da in der Unterwäsche herum und dann wird in das Schlafzimmer abgeschwirrt, der Reihe nach, oder mischt sich das doch netter und alle machen es überall, das muss man schon wissen, im Panhans sind sie jedenfalls der Reihe nach ins Schlafzimmer, aber es waren nur 2 oder 3 Frauen und mindestens 8 Seminarteilnehmer, da muss jede Frau mit mindestens 3 Männern am Abend, und mit Gummi war da nichts, da haben sie hineingespritzt und sich vorstellen können, dass nun auch ihre Spermien miteinander herumwuseln in dieser Frau, und haben sie sich da ausgesucht, mit wem, mit wem so ein Austausch, und ein Vertrauen ist das ja, jedenfalls ein hygienisches, und vielleicht wird das ja jetzt als Männerbedürfnis ins gender mainstreaming aufgenommen und ich stehe als prüde Person da, als Sexualneiderin, die den Männern einen ordentlichen Fick nicht gönnt, und die Frauen, die haben schließlich gut verdient, dass die keine Arbeitserlaubnis in Österreich haben, dass denen jeder Asylantrag abgelehnt werden würde, das muss die Freier ja nicht interessieren, und dass die das nicht so unbedingt freiwillig tun, das hat man ja nicht sehen können, und fragen müssen die nicht, diese ganze Welt ist immer noch mit diesem klebrigen Überzug überzogen, wenn man Würde nicht anerkennt, dann gibt es keinen Grund, dagegen zu sein, und Sklaverei, das ist das gar nicht, das müssen die hier gar nicht, die Vera hat nie Probleme gehabt, sagt sie, jedenfalls, also das war jetzt nicht eine Entführung und die Verstoßung in Sexualsklaverei, der Bratislava Rudolf, der hat das den Mädchen nur vorschlagen müssen, die haben sowieso keine andere Möglichkeit zu Geld zu kommen, Jobs gibt es in der Slowakei auch nicht und woanders kriegen sie schon gar keine Chance, und die Vera kann gut Deutsch, die ist dem Bratislava Rudolf eine Hilfe, und wenn es diese Quittung nicht gäbe, wo die Partei den Guggenberger bezahlt und nicht der Hollitzer persönlich, dann hätte ich gar nichts in der Hand, ein paar Abgeordnete und ein paar der Partei nahe stehende Persönlichkeiten, die sich einen entspannenden Abend machen, aber das ist ja das Interessante, das ganze Katholische hat dieses Land mit keinem Moralkompass ausgestattet, das ganze Katholische ist nur in eine diffuse Hegemonialität aufgegangen, wer Recht hat, das ist klar, was richtig ist, das ist diesem Recht unterworfen, und dann ist das Puff auch nicht falsch, wenn es die Richtigen betreten haben, dass Parteimittel dafür verwendet worden sind, und dass das wiederum zum Teil Steuermittel sind, das ist das einzige Argument, nicht einmal die Zeugenaussagen müssen da Gewicht haben, News hat ja den Zimmerkellner nicht interviewen wollen, das ist sogar denen zu heiß und warum lässt sich nur ahnen, und ist das der Grund für den Bruch in der großen Koalition, weil sie nicht mehr miteinander ins Séparée gegangen sind, dieser Hass, der da ausgebrochen ist, nach dem Klima, der muss ja irgend so einen Grund haben, irgendwo hat das male bonding nicht mehr hingehauen, und wirklich funktioniert hat es ja ohnehin nur für die, die miteinander im KZ waren, und warum muss immer das Schrecklichste her, können diese Kerle nicht rational funktionieren, und der Hollitzer kann nie auch nur daran gedacht haben, dass sich jemand je für diese Seminare interessieren würde, sonst hätte er ja nur anders abrechnen müssen, den Guggenberger für den Bratislava Rudolf bezahlen und das über ein Parteikonto, da hat sich einer wirklich sicher gefühlt, und die Geschichte, dass Leute wollen, dass man ihnen draufkommt und dass sie deswegen Fehler machen, die stimmt hier nicht, das war fröhliche Sicherheit, aber wenn die vom Stern das Original wollen von der Abrechnung, dann müssen sie nach Wien kommen, ich gehe damit nicht herum, obwohl, der Hollitzer nimmt sicher an, dass ich halt auch ein bisserl depressiv bin, wegen dem letzten Mal, dass ich mich halt schlecht fühle und dass ich mich deshalb nicht erreichen lasse, und das wird ihm gut gefallen, der denkt sich sicher, ich bin jetzt auch gelähmt, weil ich mich von ihm, aber das funktioniert nicht mehr so einfach, und kann ich das so gut aushalten, weil ich selber auch missbrauchen kann, wenn es mir passt, dann kann ich das auch, ich habe auch nicht eher aufgehört, bevor ich nicht gekommen bin, und auch wenn eigentlich ich gedemütigt worden bin, weil ich so schwanzgeil war und ihn nicht in Ruhe gelassen habe, aber gehabt habe ich es ja doch, und er hat mir nachgeben müssen, und er war schließlich auch geil genug für das Ganze, und ich habe ihn gehabt, fast gegen seinen Willen, und dann war es ja auch aus, aber ich kann es auch, ich möchte es nicht, im Nachhinein hätte ich es lieber nicht so gehabt, oder doch, eigentlich weiß ich das gar nicht, da bist du gar nicht so sicher, meine Liebe, und wann sind wir endlich da, das dauert, aber es sind noch immer 25 Minuten, und ich mag nichts lesen, und ich sollte die Unterlagen anschauen, aber ich weiß sowieso alles auswendig, die 2 Interviews kann ich auswendig herunterbeten, und das darf man auf keinen Fall merken, ich darf auf keinen Fall zu interessiert wirken, das muss so aussehen, als würde ich alle 2 Wochen auf so etwas draufkommen, und ich darf nicht einmal sagen, dass ich wochenlang herumtelefoniert habe, schade, das darf auch niemand wissen, dass ich als seine Sekretärin angerufen habe, aber sich als die Golz-Glaser ausgeben zu müssen, das ist eine Zusatzstrafe, da büßt man schon genug, und so eine keifige Stimme, aber auch das kann man lernen, ein bisschen Stimmen imitieren und jeder erzählt einem alles, in gewisser Weise sind alle sehr unschuldig, böse Absichten vermutet da niemand, und es geht einfach, es geht eigentlich ganz einfach, eigentlich habe ich mir selber es am schwersten gemacht, Sorgen zu haben, dass jemand eine Frage stellt, Herzklopfen als Büroangestellte des ÖVP-Parlamentsclubs bei diesem Guggenberger einen Originalbeleg abzuholen, aber wenigstens habe ich vor Nervosität schüchtern gewirkt, und es wird einem wirklich alles geglaubt, ich hätte da als der Hollitzer selber auftreten können, gemein, die Nettigkeit auszunützen, aber es ist für die Sache der Frauen, es ist eine Rote-Zorra-Aktion, es ist tank girl, und Angelina Jolie, und ich nütze es ja nicht aus, ich will ja nur, dass es alle wissen, was dann geschieht, das kann ich sowieso nicht machen, aber es ist ein tolles Gefühl, diese Rechnung ins Bankschließfach legen, eigens ein Bankschließfach dafür und den Schlüssel beim Harti, da wird ihn ja niemand suchen, und die Adresse in der Gumpendorfer Straße, die weiß jetzt einmal ja nur die Mama, der Papa weiß noch gar nichts davon, und warum ich nicht schlafe, wenn ich mich doch so müde, warum fühle ich mich, als hätte ich gestern eine Bergtour gemacht, und hoffentlich sieht man es nicht, nichts ist schlimmer als müde auszusehen, müde, das ist kraftlos, das ist ohne Energie, und einer schlaffen Person, der glaubt man nichts, die nimmt niemand ernst, und wenn ich diese schlaffen Augen kriege, dann lasse ich mir sofort die Lider machen, das wird sofort gemacht, da gibt es kein Überlegen, das ist Kapital, dass man frisch aussieht, überzeugend, strahlend, nur nicht verhärmt, sonst weiß der Herr Kinkel gleich, dass ich beteiligt bin an dieser Sache, dass ich etwas damit zu tun habe, eine strahlende Person, die ist an nichts beteiligt, die hat die Objektivität schon auf ihrer Seite, die darf dann alles sagen, und deshalb sollte ich noch 10 Minuten schlafen, die Augen zu und versinken, und es ist doch vollkommen gleichgültig, ob mich jemand da anschaut, das gilt ja nicht, diese Leute da, es interessiert jetzt schon niemanden mehr, das ist immer nur am Anfang, am Anfang von so einem Flug, da fühlt man sich so, so weich, wegen der Angst, aber der Flug, der ist ja ganz ruhig, das ist ruhiger als ein Bus, da kann man das vergessen, da hat man keine Angst mehr, da hat niemand mehr Angst, da könnte ich mich auch entspannen, ich muss nur die Augen zumachen und ordentlich atmen, einfach ganz ruhig, und auf eine andere Art bist du hier sicher, hier gibt es sicher keinen, den der Hollitzer geschickt haben könnte, und wenn mir einer nachgeht, hier kann der nichts machen, eigentlich kann mir hier nichts passieren, einen Selbstmordattentäter, so etwas wird der Hollitzer nicht auftreiben können, das findet sich nicht in Wien, und schon gar nicht in der Unterwelt da, so wie die von diesem Sicherheitsdienst im Kunsthistorischen, die sind da nicht hingegangen beim Alarm, weil sie gewusst haben, dass ihnen da etwas passieren könnte, und eigentlich ist das ja auch richtig, das ist verständlich, warum soll so jemand sein Leben riskieren für einen Kunstschatz, das macht bei uns niemand mehr, dafür sind wir alle zu sanft erzogen, das hat sich verloren, so eine Härte mit so einem Pflichtbewusstsein, da müsste man solche Leute sehr hoch bezahlen, da müsste man Riesensummen hinlegen, oder sie haben es eingebleut, wie diese Männer aus Bratislava, die können das, die haben noch Spaß an solchen Auseinandersetzungen, denen ist Gewalt noch ein Bedürfnis, und nicht nur mit den Frauen, die denken da nicht so an sich, und das Heer können sie deshalb auch abschaffen, kein normaler Mensch wird hingehen und sich opfern, oder können sie das denen in den 6 Monaten einbleuen, kann man das nachholen, oder haben das dann nur mehr ganz kranke Typen, diesen Umgang mit Gewalt, und ist das Wehrlosigkeit, ist das so eine Art Dekadenz, es ist doch höchst vernünftig, den Einbrechern dieses Salzfasserl zu lassen, und wenn das so einfach war, dann gehört es eben dem Besseren, und wie sichert so ein Dieb jetzt seinen Besitz, das wäre doch interessant, was machen die Einbrecher jetzt mit so einem Objekt, bis sie es verscherbelt haben, eigentlich haben die jetzt das Sicherheitsproblem, und diese Ministerin, trotzig, die gibt trotzige Interviews, der Direktor, der hat wenigstens fast geheult, aber dieser Frau ist das alles einfach gleichgültig, die faucht noch die Leute an, die sie danach fragen, aber wahrscheinlich versteht sie es nicht, die kann das nicht ab, die weiß nicht, was so etwas ist, und eigentlich ist das unser 9/11, und dann sieht man gleich, was wir sind, in Österreich, da richtet sich der Terrorismus gegen Museumsstücke, und das ist ja konsequent, wir sind ja ein Museum und die Museumswärter sind ziemlich mangelhaft, aber in das Kunsthistorische kann man sowieso nicht mehr gehen, die ermäßigte Karte 6,50, das kann man sich nicht mehr leisten, da kann man nicht so einfach hinspazieren und einmal durch den Tizian-Saal gehen, solche Sachen, das war vor 10 Jahren kein Problem, habe ich da mehr Geld gehabt, aber das war nicht so, da hat der Eintritt nicht so viel gekostet, da hat das selbstverständlich sein können, am Donnerstag, am Abend, das war nett, es war da nicht notwendig, es war da noch nicht notwendig, dieses Rechnen, und es ist so weit gekommen, wie die Mama das gesagt hat, da hat sie wieder Recht gehabt, die Mama, das Geld zum Ausgeben in 4 Kuverts für jede Woche und dann nicht schwindeln, und das werde ich halt lernen müssen, ich werde das lernen müssen wie alle anderen, und das Beste wäre, die ganze Regierung muss zurücktreten wegen dem Gerhard, aber das passiert nicht, hier passiert das nicht, dann wäre das mit der Pensionsreform auch gestoppt, und dann hätte ich die Pensionen gerettet, wenn dann alles gut ausgeht, aber das wäre schön, Jessica, die Retterin, ich stehe auf dem Heldenplatz und schicke alle Demonstranten nach Hause, weg aus dem Unwetter und dem Hagel, weil diese Regierung sowieso zurücktreten muss, wegen ihrem Staatssekretär für Zukunfts- und Entwickungsfragen und seiner Mädchenhändlerei, jedenfalls wegen seiner Mitwirkung an dieser Mädchenhändlerei, aber dieser Minister von den Freiheitlichen, der mit der Miss Vienna im Hinterzimmer, da ist ja auch nichts passiert, nichts Größeres jedenfalls, ein Rücktritt, und das wars, ein Ausrutscher, ein Missgriff, der Gerhard Hollitzer, der war halt jetzt schon lang in der Regierung, da wird sich das schon anders auswirken, aber wirklich, eine wirkliche Reaktion, das werden die wieder nicht, da weichen die aus, da werden die Scheinheiligkeiten wieder auftreten und von nichts etwas gewusst haben und er wird die Verantwortung übernehmen, das wird er müssen, wenn der Stern die Geschichte nimmt, vielleicht hätte ich doch einen Anwalt nehmen sollen, und das nicht so, nur von der journalistischen Seite, das Ganze nur von der journalistischen Seite angehen, vielleicht war das ein Fehler, und die Rechtsanwälte, bis jetzt habe ich die immer nur über ihre Fälle reden gehört, mit Namensnennung, wenn die am Abend irgendwo sitzen, dann machen die sich doch dauernd nur über ihre Mandanten lustig, also die Rechtsanwälte, die man so treffen kann, die quatschen, und die kennen sich alle, ob ich da sicher gewesen wäre, oder ob da nicht einer einen deal hinter meinem Rücken macht, der ruft den Papa an und verkauft ihm die Infos, damit der Papa keinen Schaden hat, oder so, und ich steh dann da, mir sagt er, dass man nichts machen kann und dann habe ich nicht einmal eine Geschichte, und ich bin richtig gut paranoid, aber die sind alle verhabert, die sind alle miteinander verhabert und da kann man nichts erreichen, der war mit einem Kollegen bei den Altschotten, der mit einem Rotarierfreund vom Papa zusammenarbeitet und schon ist man draußen, oder die sind alle beim opus dei und treffen sich zum Auspeitschen und der Hollitzer ist ohnehin mit dabei, zur Rettung seiner Seele nicht nur Perversionen im Privatleben, für die Seele auch noch ein perverses Religionsleben, und dann retten sie einander, und eigentlich sollte man gehen, wenn es nicht überall so wäre, wenn es nicht sicherlich überall so wäre, sollte man abhauen, und eigentlich ist es nicht schwierig, sich die allerparanoidesten Phantasien zu machen, und noch weniger schwierig ist es dann, die zu glauben, und seit dieser Fuchs-Briefbombengeschichte, wer sagt, dass nicht die Leute, die jetzt die Macht haben, mit diesem Mann zusammen, irgendwie ihn angestiftet, und eigentlich haben sie das ja, auch wenn sie es nicht extra machen haben müssen, der hat doch nur gedacht, er beseitigt die, die weg gehören, der hat sich das so ausgelegt, was die da gemeint haben, das braucht man ja nicht einmal so richtig zu sagen, das muss man nur meinen und mit dieser Meinung reden, dann wird das schon mitgeteilt, und es sind dann so kranke Menschen wie dieser Bombenbastler, die das dann durchführen und die, die es gewollt haben, die müssen nie in Erscheinung treten, viel anders ist die Geschichte von der Vera auch nicht, weil der Hollitzer kleine, dunkelhaarige schmale Mädchen mag, die einen Riesenbusen haben, hat der Bratislava Rudolf das Angebot gekriegt, solche Mädchen für die Seminargestaltung anzuliefern, und da hat niemand wirklich etwas sagen müssen, der Bratislava Rudolf, der kann annehmen, dass es Männer gibt, die auf kleine dunkelhaarige Mädchen mit besonders schmalen Hüften stehen, und das ist ja immer der gleiche Typ bei dem, der Gerhard will immer dünne Dunkelhaarige mit Riesenbusen, die Mia war ja auch so, und es ist schon Scheiße, dass die Mia nicht früher, dass sie nicht gleich, sie hätte das gleich alles angehen sollen, dann wäre das alles klarer, jetzt ist es ja doch hinterhältig, irgendwie ist es doch jetzt hinterhältiger, von hinten herum, und die Frage ist doch wirklich, ob er je erfahren wird, dass ich das alles, und das könnte mir doch gleichgültig sein, aber eigentlich will ich schon, dass er das weiß, dass er das wissen soll, so ganz soll er nicht glauben, dass ich das so durchgehen lasse, dass mir das alles wurscht ist, und wenn dieser Kinkel die Geschichte nimmt, dann steht ja wahrscheinlich sein

Name drunter, oder gar keiner, ich bin ja nicht einmal eine von diesen normalerweise gut unterrichteten Quellen, oder so, ich bin für die echt eine Anfängerin, da werden die mich nicht nennen, als zweiten Namen, das wäre toll, und vielleicht ist es ja besser, man kommt da nicht vor und alle haben eine Ruh, dem Papa ist das sicher lieber, und der Mama auch, die Nicole hätte sich total geärgert, die wäre ausgerastet, das wäre auch einmal lustig gewesen, wo sie sich doch so bemüht hat, im Reitclub St. Georg die große Nummer zu spielen, die Herrschaften da, die werden sie vielleicht etwas fragen, der arme Papa, da steht er wieder zwischen allen Frauen, und er hat sich ja daran noch immer nicht gewöhnt, die Mama wird das cool nehmen, die hat ja schon eine Vermutung, die hat so eine Ahnung, so, wie sie geschaut hat, wie sie mir das Geld für das Flugticket gegeben hat, und irgendwie ist das alles toll, das Hinfliegen und so, und ich habe die Hausaufgaben gemacht, das ist einmal eine Schularbeit, bei der ich vorbereitet hinkomme, die ganze Sache ist dokumentiert, ich habe den Beleg von der Partei, ich habe die Daten von dem Guggenberger, ich habe das Interview mit der Vera, ich habe Fotos von dem Appartement im Panhans, wir wissen wann und wo die Frauen abgeholt worden sind, wohin sie gebracht wurden, wie lange sie da waren, wann sie wieder weggingen, wie viele es waren, und es ist klar, dass sie für diese Seminare da waren, weil die Partei den Sicherheitsdienst für die Transporte bezahlt hat, und weil der Guggenberger immer die Adressen in die Abrechnungen hineinschreibt, von denen er jemanden abholt und wieder hinbringt, und die Vornamen, in dem Fall, bei höherer Sicherheitsstufe würden die Vor- und Familiennamen eingetragen werden, Vera, Tascha, Jasmin, 3 Haarfarben, ganz offen war der Guggenberger nicht, warum er das erzählen hat wollen, aber mir soll das recht sein, wenn er so Politik machen will, mir soll das alles recht sein, ich werde meine Geschichte kriegen und dann fange ich ein neues Leben an, dann überlege ich mir das alles in Ruhe, wie ich das weitermachen werde, wie das weitergehen soll, jetzt einmal bleibe ich in der Gumpendorfer Straße, und es muss wegen der Richard-Wagner-Straße sein, dass ich mich in einem Altbau wohler fühle, am Karmelitermarkt, das ist doch eine wirklich schöne Wohnung, mit dem Ausblick, und so hell, aber ich habe da nie irgendetwas gemacht, das war wie eine Bühne, und wenn jemand zugeschaut hätte, dann hätte ich etwas getan, in der Gumpendorfer Straße, da ziehe ich mich nicht einmal ordentlich an, wenn ich zu Hause bleibe, ich werde da verkommen, aber ich habe da viel mehr Lust etwas zu tun, und wenn es nur dieses Scheiß-call-center ist, in der Gumpendorfer Straße komme ich mir jünger vor, oder ist das wegen dem Naschmarkt und weil ich jetzt jeden Tag ins Naschmarkt-Café gehen kann und irgendwohin gehöre, bin ich doch nur eine Provinzlerin, die Anschluss braucht, habe ich so ein Kleinstadtsyndrom, aber jedenfalls geht sich das alles so aus, und wenn es mit dem Harti so weitergeht, das ist nett, das ist einmal nett, so von Anfang anfangen und sich nicht so hineinstürzen, und den interessiert es auch, was ich mache, der ist echt an mir interessiert, den interessiert nicht nur, was man mit mir machen kann, der Harti hat sich echt entpuppt, der wäre sogar zum Begräbnis mitgekommen, der hätte einen Dienst getauscht und hätte mich da hingebracht, und ich hätte ihn da mithaben sollen, ich hätte ihn da hin mitnehmen sollen, dann wäre das vielleicht, obwohl, dann wäre die Mama allein dagestanden und hätte sich allein um die Tante Lore kümmern müssen und um den Leichenschmaus und das alles, aber für den Papa wäre es gut gewesen, dass der sieht, dass es auch andere Männer gibt, dass es auch Männer gibt, die lieb sein können und nicht hinten herumtrotzen, als hätte der Onkel Florian ihn persönlich beleidigt mit der ganzen Geschichte, und ich schlafe nicht, ich kann nicht schlafen, ich werde total zerrüttet da ankommen und richtig verdrückt aussehen, und ich bin seit 6 Uhr auf, da sollte man schlafen können, früher hätte ich da den ganzen Flug hindurch geschlafen, und so aufregen muss ich mich ja auch nicht, wenn nichts zustande kommt, dann passiert eben nichts, dann probiere ich es noch einmal in Österreich, dann muss ich eben zu News gehen und es da probieren, und sonst habe ich halt Zeit verloren, es hat ja nichts gekostet, sich als Assistentin von der Frau Golz-Glaser zu verkleiden und ängstlich zu sein, diese Buchhalterin, die hat das gut verstanden, dass man sich vor der fürchtet, und hat der Guggenberger etwas gegen seinen Co da in der Firma gehabt, dass er mir die Fahraufträge gibt, aber die Rechnungen nicht besorgen kann, oder hat er nicht damit gerechnet, dass ich das zusammenbringe, oder dass man das probiert, oder glaubt er, man macht so etwas nicht, so etwas gibt es nicht, aber der kennt doch alles, ein Reisemanager, 20 Jahre in Kenia, der muss doch alles getroffen haben, aber jetzt, als Frühpensionist, da kann er ja da wieder hin, ich will nicht nach Afrika, oder soll man da hin, oder doch lieber nach Asien, noch nach Burma, bevor die Touristen richtig kommen, das stelle ich mir interessant vor, das sollte man machen, ein halbes Jahr dahin und sich das alles richtig geben, aber jetzt einmal gewöhne ich mich in der Gumpendorfer Straße ein und fange noch einmal da an, oder sonst gibt es Berlin, nur da wollen sie ja keine Studenten mehr aufnehmen, an der Humboldt, dabei müsste ich ohnehin zahlen, für so ein postgraduate, und eigentlich ist mir das am liebsten, lernen ist mir eigentlich am liebsten, eigentlich sitze ich am liebsten in so einem Hörsaal und schreibe mit und überlege mir, was da gesagt wird, was da gesagt worden ist, und warum kann man das nicht immer machen, warum kann man nicht ewig so dasitzen und immer noch etwas lernen, es wird doch immer interessanter, je länger man das macht, desto interessanter wird das, und ich habe keine Finalisierungsneurose, es ist eigentlich unlogisch, das Lernen zu beenden, ich könnte die idealtypische ewige Studentin werden und ich könnte darüber alles sagen, dann erst könnte ich das alles beurteilen, mit diesem aus diesem Betrieb herausgehen und das alles weiterverbreiten, das ist doch immer so eine Missionierung, das ist in jedem Fall eine Missionierung mit dem, was man da gelernt hat und die Wissenschaften gehen weiter und überholen einen und man weiß nichts mehr davon, auch wenn man da selber mitmachen würde, das Lernen ist etwas ganz anderes, aber das wollen sie nicht, Studenten, die das wirklich als Beruf machen würden, die würden die Sache wirklich durchschauen können, die wären eine wirkliche Bedrohung, wenn ich heute dort sitzen würde, da würde ich auch anders reagieren können, ich könnte heute wirklich sagen, warum ich etwas ätzend finde, ganz genau, und ich würde immer genauer werden können, aber weil das nicht geht, die wollen ja schon die oldie-Studenten nicht an den Unis, weil die auch immer ihren eigenen Kopf haben, und dann so ein Schiller-Seminar durcheinander bringen und der Prof nicht weiß, wie er die Gruppendynamik retten soll, aber ich könnte ein wirkliches controlling machen, didaktisch und wissenschaftstheoretisch, ich sollte eine Firma gründen, DiWiCoGr, didaktisch-wissenschaftstheoretische Controlling Group, oder wissenschaftstheoretisch-didaktisches Controlling, WiDiC, da müsste mir etwas Besseres einfallen, Dondrine Corp., oder undercover studies controlling, USC, nein, das klingt wie ein Sportverein, das muss beeindruckender sein, wir kontrollieren Professoren, WiKoP, das kann aber auch ein Gemüsegroßhandel sein, das mit dem Wissenschaftstheoretischen, das muss schön drin bleiben, das muss so ein langer Name sein, der dann immer kursiv geschrieben wird, wie in den Ausschreibungen in der Zeit früher, wenn sie für die ganzen Universitäten Professoren gesucht haben, inseriert man da noch, oder ist das alles nur mehr im Internet, ich sollte einmal die Universitäten durchstöbern, wie das aussieht, aber vielleicht muss ich mich nur mehr auf so ein didaktisches Gebiet konzentrieren, die Idee ist doch eigentlich richtig, ich müsste natürlich ein Institut gründen, man müsste ein Institut gründen und dann dieses controlling wirklich anbieten, ich müsste nur jemanden finden, der die Fassade macht, der sich mehr um diesen ganzen Kram kümmert und ich gehe in Vorlesungen, ich gehe für ganze Semester an irgendeine Uni und studiere da und schreibe meine Evaluationen und die werden den Unidirektoren verkauft, damit sie wissen, was sich da wirklich abspielt und ich kann weiterhin in Vorlesungen gehen, so etwas wäre mit der Tanja zusammen gegangen, die hätte das gut gemacht, aber vielleicht wird sie der Claudia ja überdrüssig, vielleicht wird ihr der Tussenkram ja doch zu viel, es kann ihr nicht genügen, irgendwelche Flitscherln in der Sky-Bar als society ladies zu beschreiben, da muss es ihr doch den Magen umdrehen, die Claudia, die hat ihr sicher gesagt, dass das alles für den Einstieg in den Markt notwendig ist und dass man dann, später, die ehrgeizigen feministischen Projekte einführen kann, langsam, und jetzt wird ja klar, dass das nicht kommen wird, das wird ja alles immer noch tiefer und jetzt haben sie diese Schauspielerin aus ›Friends‹ auf dem cover, ist die nicht schon total out, von ›Friends‹, gibt es da überhaupt eine neue Staffel oder ist das längst eingestellt und in Österreich läuft die Wiederholung aus dem Jahr 95, und der eine Schauspieler, der Mann von der Monica, der altert, der wirkt überhaupt nicht mehr jung, manche Leute können das nicht halten, die werden von allein erwachsen, die sehen mit 30 erwachsen aus, den Männern passiert das öfter, und dann sind sie ein anderes Fach, dieser Schauspieler sollte die Kinder haben, nicht dieser Bruder von der Monica, der wird ja immer kindischer, der entwickelt sich zurück, den lassen sie jetzt wieder dating-Probleme haben, das ist schon rührend, auf dem einen Kanal ›Blind Date‹, wo sie vor der Kamera Petting machen und in ›Friends‹ alles so, als wäre jeder immer am Anfang, die Mia hätte das natürlich auch mitmachen können, die Mia war immer gut im Organisieren, die Mia war immer verlässlich, zu dritt hätten wir so eine Professoren-rating-Agentur machen können, PRAG, und wir verrechnen das stundenweise und das wird die wissenschaftliche Ergänzung zur Studentenevaluation, Statistik müsste ich dafür machen, wahrscheinlich müsste ich Statistik können, für so etwas, sollte ich meine Zahlenphobie bearbeiten, sollte ich mich wirklich damit beschäftigen, warum ich mit Zahlen so schlecht bin, dafür kann man wahrscheinlich jemanden finden, der Harti wäre lustig, der ist ja so naturwissenschaftlich, aber der hat ja einen ordentlichen Beruf, obwohl es den auch nicht freut, der verdient ja auch nichts am AKH, vielleicht sollte man sich zusammentun und sich den Spaß am Leben noch ganz anders bezahlen lassen, das wäre gerecht, und irgenwie wäre es ja eine Fortsetzung von shock and awe for Hollitzer, eine andere Form von Recherche, und man kann hier nichts mehr zu trinken haben, ich hätte eine Flasche Wasser mitnehmen sollen, die Stewardess herläuten, das kann ich jetzt nicht aushalten, wie die mich anschauen würde, und warum habe ich das nicht gemacht, hier wird es ja nicht verboten sein, das verbieten sie nur bei German Wings, da haben sie so ein Verbot, bei allen anderen Fluglinien ist das kein Problem, und was machen sie da, was machen die, wenn sie jemanden erwischen mit einem Stück Pizza und einer Dose Cola, konfiszieren sie das dann, rausschmeißen können sie einen ja schlecht, die machen das sicher nur wegen der Bezüge, damit niemand ihre Sitzbezüge schmutzig macht und sie sie wieder als Lufthansa verwenden können, wenn die Zeiten wieder besser sind, für Fluglinien, deshalb gibt es ja auch nie Senf oder Ketchup in den Fliegern, bei der Lufthansa, damit die keine Flecken auf das helle Leder machen, hellgrau, die AUA ist da schmutzsicherer und am besten ist die Air France, da würde man nicht einmal

Béarnaise-Patzer sehen können, die sickern in dieses Blau und Rot und verschwinden, das mit der Sauberkeit und den Deutschen, irgendwie, welche Fluglinie hat noch so helle Sitzbezüge, jetzt hör auf so herumzudenken, meine Liebe, das ist krass unproduktiv, so wirst du nie durchkommen, so unkonzentriert, so unvorbereitet, ich habe ja jede Motivation verloren, imgrund weißt du selber gar nicht mehr, warum du das jetzt alles gemacht hast, ja doch aus Hass, wahrscheinlich doch aus Hass, wahrscheinlich hat dich das alles doch mehr mitgenommen, und die Geschichte mit der Mia oder der Vera, das sind alles Schutzbehauptungen, ich habe mich, ich habe mich, der hat mich, und ich möchte es nicht, ich möchte es nicht wahrhaben, das ruiniert meine Vorstellungen von mir selbst, da bin ich dann nicht mehr cool, das hat er mir dann weggenommen, das hat er mir dann wegnehmen können, und du musst dir einreden, dass dir das alles nichts macht, damit du nicht zugeben musst, dass du, na ja, ein Opfer, irgendwie bist du dann schon ein Opfer, in dem Augenblick, da hat er schon, da hat er schon triumphiert, da hat er schon triumphiert über dich, und wenigstens war es nichts anderes, wenigstens war es wirklich nichts anderes, ein blow job, das ist ja noch auszuhalten, irgendwie ist das dann doch nicht so schlimm, und warum nicht, warum nicht rächen, Rache nehmen, und das ist es ja gar nicht, es ist nicht so etwas wie so eine altmodische Rache, das ist mehr, das ist doch mehr eine Umverteilung, das ist doch so eine Art Umverteilung, imgrund mache ich doch nur so eine Art Umverteilung von Moral, ich verschiebe Moral dahin, wo es sie nicht genug gibt, der Hollitzer, der weiß gar nicht mehr, was das ist, Moral, wenn der nachdenkt, dann fällt ihm so ein Argument gar nicht mehr ein, der ist total neoliberalisiert, der hat sich, dem hat, ist das die Zeit oder war das eine Absicht, dass er nicht mehr weiß, was richtig ist, oder ist das nur, weil man das in der Politik gar nicht mehr wissen muss, das ihm das auf sein Privatleben hinübergeronnen ist, weil in der Politik alles geht, weil in seinem Ministerium alle buckeln, und wenn er wohin kommt, da muss er ja sicher aufpassen, dass er auf der Speichelspur überhaupt noch gehen kann, und deswegen probiert er es aus, und verschiebt die Grenzen, und verschiebt und verschiebt und es passiert nichts, es passiert ihm nichts, und es passiert ihm immer noch nichts, und dann macht er halt, was ihm passt, die machen dann alle, was ihnen passt, und eine Öffentlichkeit, die so etwas kontrolliert, die haben wir nicht, und das hätte die Claudia machen können und sie hat es auch nicht gemacht, weil sie nicht Feministin genannt werden will, sie glaubt ja immer noch, dass man dann keinen Orgasmus haben kann, wenn man so genannt wird und dabei hat sie sowieso nie einen, verkrampft wie sie dasitzt und sich nur überlegen kann, ob das Botox noch wirkt, weil man dann ja nicht spürt, ob man etwas spürt, und da komme ich dann ins Spiel und bringe die Kontrolle zurück, jedenfalls die Erinnerung an Moral, und mehr, als dass die Partei, dass der Parlamentsclub das bezahlt hat, mehr wird da ohnehin nicht kritisiert werden, dass Steuergelder, dass die Clubfinanzierung für die Huren ausgegeben worden ist, dass der Transport von den Veras so bezahlt worden ist, das wird niemand mögen, das immerhin, aber das auch nur, weil es um Geld geht, um Steuergeld, sonst ist das ja allen herzlich gleichgültig, sie sind schon höllisch verrottet, die oldies da, jedenfalls die in der Politik, und das ist ja wirklich so, wie es sich der kleine Maxi so vorstellt, das mit der Korruption und alle anderen, die lassen nur die Köpfe hängen oder wollen gar nichts wissen, die Mama nicht, die Mama würde das nie, aber so wirklich, das könnte sie auch nicht, wegen der Schule und was dann passiert, wenn sie so etwas öffentlich vertreten würde, das ginge auch nur bis zu einem gewissen Grad, sie kann bei den Grünen mitarbeiten, aber einen Skandal aufdecken, das könnte sie sich auch nicht leisten, und sie kommt ja auch nicht auf die Idee, aber sie weiß es, sie weiß es wenigstens, und der Papa, der macht da ja mit, und der sagt das noch laut, der könnte, nein, das würde er nicht, er würde nicht dableiben, im Panhans, das würde er nicht tun, da passt die Nicole schon auf, aber die passt natürlich nur auf, weil sie weiß, wozu er fähig, die Nicole weiß es ja viel besser als die Mama oder ich, mit der Nicole hat er ja, da hat ja alles falsch angefangen, die Nicole, die war ja die andere, zuerst, die muss ja wissen, wozu er fähig ist, wie weit er geht, um sich, um sich zu holen, was er will, die Mama, die kennt ihn ja gar nicht so, aber jetzt, die Tante Lore, die haben immer, die waren immer zusammen, seit sie in der Schule waren, und die haben einander sicher nie betrogen und jetzt ist auch alles aus, und der Onkel Florian hat ihr auch keinen Brief geschrieben, nicht einmal einen Hinweis, nicht einmal den kleinsten Hinweis, und jetzt muss sie sich doch denken, dass nichts, dass alles nichts war, und die Frauen in meiner Familie, die sitzen alle alleine da, die Omi, der ist er früh gestorben, der Mama, der ist er davongegangen, der Tante Lore, und ich, wenn es jetzt früher wäre, die Mama, zu ihrer Zeit, da hätten wir geheiratet, da hätten wir heiraten müssen, weil das damals so war, die haben ja noch geheiratet wegen dem Sex, und dann säße ich jetzt auch so da, wie die anderen, allein und der Mann ist futsch, irgendwie hauen sie alle ab, und wir sollten diese WG machen, im Haus von der Omi, dann hätten wir es lustig, aber das wird nie passieren, so vernünftig ist ja niemand und ich möchte ja auch allein wohnen, und die Gumpendorfer Straße, das ist so ein Unterschied, und dabei ist der 2. Bezirk, das war nett, da, das ist eine gute Gegend, aber die Gumpendorfer Straße, es liegt schon an den Zimmern, und ich hätte nie gedacht, dass ich für kleine Höhlen bin, ich hätte mich immer für den loft type gehalten, riesige Flächen und ganz hell und keine Vorhänge, und eine Aussicht, und kann das mit der Geschichte zu tun haben, ein anderes Gefühl von Sicherheit, ein anderes Sicherheitsbedürfnis, dass die Verfolgung von dem Hollitzer, der ist ja doch, der ist schon ein Gegner, der lässt sich nicht so einfach aus dem Spiel nehmen, das wird noch, der wird sicher versuchen, mit mir, der wird abrechnen wollen, aber die Gumpendorfer Straße, da kann er mich nie finden, da führt nichts hin, da müsste er, das könnte er nur von der Mama erfahren, und so weit, er hat diese Tendenz zur Gewalt, aber das scheint doch mehr etwas zu sein, was sich ergibt, dass er wirklich losschlägt, wenn es um seine Existenz geht, aber das kann alles ganz anders sein, das mit der Mia, das war ja ein Versuch, da ist es ja auch mehr ums Schauen gegangen, das war mehr eine Inszenierung als so eine offene Gewalttat, und bei mir, er hätte mich nie an den Haaren, er hätte mich nie gezwungen, wenn nicht dieser Anruf, oder hat er angerufen, hat er sie angerufen und das alles so und mit Absicht, oder hat sie angerufen, und das alles hat sich ergeben, ist einfach so gelaufen und weil er das mitnehmen hat können, hat er mich nicht losgelassen, er wird sich auch nicht erinnern können, wenn ich ihn fragen könnte, er wird sich auch nicht mehr erinnern, und er wird sagen, dass es ihm einfach lustig war, dass er das so gebraucht hat und wenn ich mich deshalb schlecht fühle, dann tut ihm das Leid und ich hätte gleich etwas sagen sollen, und dabei habe ich ihn doch in den Bauch geboxt, ich kann kein Bild von Unterwerfung gewesen sein, wie ich da herumgeschlagen habe, in der Gegend, aber vielleicht, das könnte er als Zeichen von Begeisterung, das könnte er als Zeichen von Aufregung gesehen haben, weil er abspritzt und mich das so aufregt, dass er jetzt gleich kommen wird, so etwas wird er sich eingeredet haben, das heißt, so einer, der braucht sich ja nicht einmal etwas einreden, der denkt sich schon nichts anderes, dem kommt gar nichts anderes in den Sinn, und jetzt wird die Sache einmal ein bisschen zurechtgerückt, und ich bin unverwundbar, was soll er mir antun, wenn er dem Papa eine Steuerprüfung an den Hals schickt, dann nimmt er hauptsächlich der Nicole etwas weg, das macht mich nicht sehr traurig, der Mama kann er nichts anhaben, und deshalb wollen sie ja alle diese Sachen abschaffen, deshalb wollen sie ja niemanden mehr pragmatisieren, weil sie dann an alle Leute herankommen können, dann könnte er es irgendwie deichseln und die Mama entlassen, das wollen die doch, dass ihre Gegner in Armut versauern, die lesen doch Dickens, damit sie sich informieren, wie man die Gesellschaft wieder in eine echte Leistungsgemeinschaft verwandeln kann, und ich bin Grundbesitzerin, 2 winzige Flächen im sechsten und im dritten Stock, und Grundbesitz, das werden sie nie ändern, davon leben die, von der Vorstellung, dass einem die Welt gehört, und das meinen die auch noch wörtlich, aber eigentlich ist das das Mindeste, dass die Eltern einem wenigstens so etwas sicherstellen, die Welt haben sie ja nicht besonders gut eingerichtet, aber ich werde das machen, ich werde das schon machen, und schlimmstenfalls fahre ich weg, ich kann immer nach Berlin, das ist eine Stadt, in der kann man verschwinden, wenn ich bei der Julia wohne, da kann mich niemand finden, da darf ich nur nicht fliegen, das können sie immer finden, und bar zahlen, da muss ich nur einfach pendeln, da müsste ich alle zwei Monate nach Wien kommen und mir ein Geld holen und dann gleich wieder weg, und mit dem Bus über Prag, aber wahrscheinlich doch mit dem Auto, das ist dann das Beste, da können sie mir dann einen Peilsender drantun, aber dass der Hollitzer in einem Überwachungsstudio sitzt und schaut, wo ich auf der Welt mit meinem Auto herumkurve, das wird es ja doch nicht sein, und die Staatspolizei, da weiß man ja nie, ob die das nun gut finden oder nicht, wahrscheinlich finden sie es ohnehin gut, wenn Politker heimliche Sexbegierden haben, dann haben sie die im Griff und dann können sie sich an die guten alten Zeiten erinnern, wie man noch jeden erpressen hat können, damit, für die ist das wahrscheinlich eher ordentlich, wenn sich einer so aufführt, das können sie verstehen und da können sie diese Kameraderie haben, diese Puffgehersolidarität, da steckt einer von denen einen Verhafteten in ein Plastiksackerl und lässt den immer wieder fast ersticken und währenddessen weiß er, dass seine Politiker ihm nichts tun können, deswegen, weil sie wiederum ihren Schwanz in eine Ostblockhure gesteckt haben, die keine Aufenthaltsgenehmigung hat, die genötigt worden ist, da stecken sie alle irgendetwas in irgendetwas und alle wissen ganz gemütlich voneinander, wahrscheinlich gibt ihnen das noch etwas, der eine im Sicherheitsbüro, ganz oben, und der andere im Panhans, auch ganz oben, richtig cool, und wenn ich mich jetzt nicht gleich konzentriere, werde ich noch vergessen, warum ich hier sitze und was ich will, jetzt sind wir bald da und ich habe weder geschlafen, noch mich richtig vorbereitet, ich schaue grauenhaft aus, diese glänzende Stirn, ich muss doch einmal diese Creme von Oil of Olaz probieren, Clinique ist es ja nicht, da zahlt man sich mopselig und dann, glänzende Stirn, wenn das so weitergeht, dann muss ich foundation nehmen, dann muss ich damit anfangen, oder so ein festes make-up, nur Puder, das verklebt, da hat man dann diese Schlieren auf der Haut, ich muss dann sofort aufs Clo, grinsen, einfach strahlend grinsen, dann merkt niemand etwas, und man muss so ins Zimmer platzen, dann glauben alle, man hat so viel Energie, und diese Farben, diese Jacke, das passt mir gut, und es ist nicht so hart wie das Schwarz, oder das Blau, das ist anschmiegsamer, diese helleren Farben, und so ein Muster, da ist schon etwas da, bevor man noch ein Wort gesagt hat, das spricht schon für sich selber, das müsste den richtigen Eindruck machen, besorgt um das Äußere und gibt auch Geld dafür aus und kümmert sich dann nicht darum, deswegen muss man diese Energie ausstrahlen, sonst schaut es aus, als würde man sich auf die Wirkung von den Kleidern verlassen, das reicht auch nicht, es reicht ja nichts, und wenn dieser Herr Kinkel sehr herablassend ist, dann werde ich es nicht mehr schaffen, freundlich zu bleiben, und natürlich habe ich jetzt ein Vorurteil, nach den Gesprächen mit dem Guggenberger und mit der Vera und diese ganze Welt, da kann man über Männer nicht mehr freundlich denken, da kriegt man schon einen Hau auf die aggressivere Seite, und dann wird man für die anderen unverständlich, und wenn die einen nicht mehr verstehen, dann ist man gleich irgendwie gaga und eine Krampfhenne, bei der Claudia, da ist es gleich, bei der Claudia, da ist es vollkommen gleichgültig, mit der ist sowieso nichts zu machen, und die ist ja selber ein Mann, jedenfalls in ihren Ausbeutungspraktiken kann sie das genauso und dann ist sie auch noch beleidigt, wenn man ihr das sagt, das ist dann ein unberechtigter Vorwurf und man selber habe sich zu sehr in eine Geschichte verrannt, der Abstand ist verloren, diese Ziege, und die Wahrheit ist schon die Kritik, das ist dann offenkundig der notwendige Realitätsverlust, und es ist schon komisch, dass solche Leute ins establishment wollen und wenn sie dann drinnen sind, dann sind sie beleidigt, dass man ihnen das sagt, und das muss ihr halt genügen, dass sie mit ihrer Publikumshurerei erfolgreich ist, nicht ganz so, wie sie sich das vorgestellt hat, sie wollte ja schließlich eine andere Frauenzeitschrift machen und dass sie so schnell eingeknickt ist, das muss sie selber erstaunt haben, oder die merken das dann nicht mehr, die müssen ihr selektives Gedächtnis einschalten, wie soll sie sonst ihre Mitarbeiterinnen motivieren, wenn sie immer darüber nachdenken muss, was es eigentlich hätte sein sollen, für die Tanja, für die muss das schwieriger sein, oder nicht, sie kann ja sagen, es ist die Claudia, die den Schwenk gemacht hat, und sie kann ja nicht anders, sie muss ja Geld verdienen, und jetzt, allein in der Josefstädter Straße, da muss sie die ganze Miete bezahlen, das ist dann schon ein Betrag, der muss dann her, jeden Monat, und ich kann nur heilfroh sein, dass ich da draußen bin, wenn ich noch da gewohnt hätte, dann hätte ich jetzt ausziehen müssen, aber ich hätte da schon nicht mehr bleiben können, wenn man dann weiß, was in so einer Wohnung gerade, was da passiert ist, das ist zu, das ist zu sehr, und dann hätte ich bei denen vielleicht sogar auch mitgemacht und ich würde jetzt mit irgendwelchen Promiweibern in Wien einkaufen gehen und Fotos davon machen und alle Frauen, die fotografiert werden, die werden zu society ladies ernannt, weil die Claudia natürlich gar niemanden kennt, außer die Leute vom Manhattan, aber das müssen alle machen, die Blair, die muss ja auch Geschäfte mit ihrem Masseur machen, weil sonst niemand da ist, jedenfalls zum Reden, wahrscheinlich, und, ach, noch einmal eine Viertelstunde, mir tut der Arsch ja schon weh, dieses Stillsitzen-Müssen in diesen ausgesessenen Sitzen, und ich habe Hunger und zu trinken wäre auch gut, wenigstens eine Schokolade, vielleicht bekommt man eine Schokolade, vor der Landung, das würde schon reichen, und ich sollte solche Sachen bei mir haben, einen Müsliriegel, den könnte man schon einstecken, aber das kann ich noch am Flughafen bekommen, da wird es ja etwas geben, so eilig ist es ja nicht, wenn der noch lange hier wartet, dann wird es wieder eng, aber der Kinkel, der sitzt eh in der Redaktion, der wird auch 20 Minuten warten, ich will es ja hinter mich bringen, wobei der mir wahrscheinlich gar nichts sagen kann, der wird das noch mit 1000 anderen Leuten besprechen müssen, wenn das so ist, wie die Ingrid sagt, dann nimmt der das einmal und macht seine Geschichte und dann entscheidet sich bei der Konferenz erst, ob das ins Blatt kommt, oder nicht, und niemand kann etwas versprechen, und dann werden sie Fotos brauchen und das dauert auch wieder, und ich hätte warten sollen, bis der nach Wien kommen hätte können, aber ich bin eben zu ungeduldig, aber dann habe ich es los, und dann kann auch nichts mehr passieren, wenn die es wissen, dann kann man nichts mehr stoppen, falls der Hollitzer eine Ahnung hat, aber die hat er ja nicht, der hat mich drei Mal angerufen, und der wird sich nur denken, dass ich beleidigt bin, der fühlt sich wohl dabei, und dann hat er ja alle abgehakt, von dem Kanzlerheurigen, der hat sich sicher jede von uns aufgerissen, der hat sicher mit jeder von uns, und die Mia, die ist ja auch die Schönste, jedenfalls die Geheimnisvollste, und das ist eine schöne Geschichte für so einen sexuellen Lebenslauf, ein Freundinnenquartett, von zweien weiß ich, dass er gewalttätig war, dass er auf so eine schleichende und nicht nachweisbare Art, und wenn man noch mit der Claudia und der Tanja reden könnte, dann käme sicher auch so irgendetwas heraus, so etwas Widerliches und er hat es ja richtig routinemäßig gemacht, er hat die Gelegenheit gesehen und sofort genutzt, und das war mit der Mia genauso, und er darf einfach keine Gelegenheiten mehr bekommen, vielleicht ist das alles ja nur der Anfang, oder das hat mit der Macht zu tun, wenn die ansteigt, dann steigert er seine Ansprüche an die Gelegenheiten, und wie gesagt, die Rechnungen, die Überweisungen vom Parlamentsclub, die Fahrtenbücher, die Vera, der Zimmerkellner, und wenn man da richtig zu fragen anfängt, dann kommt das noch viel klarer, den Guggenberger, den braucht man da dann gar nicht mehr, und das ist besser, der ist aus dem Spiel, der Vera, der wird das Spaß machen, die ist gut für jede talk show, die kann man in jede talk show holen, die spricht besser Deutsch als wir alle, und wenn der Fleischhauer in Mattersburg sie in den Kurs hätte gehen lassen, dann könnte sie das auch schreiben und dann hätte sie, und jetzt ist mir schlecht, ich hätte doch etwas essen sollen, ich hätte doch diesen Kornspitz da, aber den Camembert, den hätte ich nicht hinuntergebracht, und es ist nur die Nervosität, das ist gut, dann wirkt das alles authentisch, ich sollte ohnehin nicht so sicher wirken, wenn dieser Mann das übernehmen soll, dann ist das ganz gut, dann hat er das Gefühl, dass er wichtig ist, das gefällt ja jedem, beim Stern haben sie sicher keinen sensiblen aufgeklärten Mann herumsitzen, dem es unangenehm wäre, seine Hegemonialität nicht auszunützen, da sitzen doch sicher alle diese, na ja, die einen werden so Alt-68er sein, oder diese flinken Kerlchen mit 30, die immer diese Sprüche und die so nett herumreden und die nur sich selbst im Auge haben, die sehen das als free for all, da hätte ich keine Chancen, da wäre es schon besser, der ist so ein netter oldie, dem die Welt das Retten versaut hat, das ist aber auch blöd, dass ich niemanden habe, der jemanden von so einer Zeitung kennt, die Ingrid, die weiß das auch nur theoretisch, aber sie hat mir geholfen, ich darf nicht ungerecht werden, dass ich mir die Artikel von diesem Mann nicht selber habe suchen müssen, das war eine Hilfe und jetzt kann ich darüber reden, dass er ja auch die Hausbesetzerszene in Berlin beschrieben hat, und diese Serie über Medizin, gruselig, was da alles passiert, so aufgezählt, und so wie der über die Eltern von diesen Kindern schreibt, das kann man nur mit Empathie, das hat der schon drauf, vielleicht sollte ich ihm doch erzählen, wie das alles angefangen hat, mit der Geschichte von der Mia, die die Claudia nicht gedruckt hat und die sie loshaben wollte, indem sie mich dazu bringt, das Ganze als kranke Phantasie von der Mia zu beschreiben, weil ja nichts nachzuweisen ist, jedenfalls hat das die Mia und mich lahm gelegt und sie ist uns beide losgeworden, und wenn er mich fragt, warum ich das nicht in Österreich mache, warum ich das nicht in Österreich veröffentliche, dann muss ich sehr hilflos dreinschauen, aber wenn das in dieses Getriebe kommt, dann verschwindet alles, dann bin am Ende ich die Angezeigte und habe einen Prozess wegen irgendetwas, da finden sie dann schon etwas, so wie das da mit der Polizei läuft, da kann man gar nichts machen, und das ist schon erstaunlich, die Polizei, das ist auch eine Entzauberung, als Kind hätte ich noch geglaubt, man geht dahin und bekommt Hilfe und Recht, das hat damals so ausgesehen, waren die 80er so eine andere Zeit, und jetzt könnte ich noch richtig schlafen, und das schaukelt ja auch so, ein bisschen schaukelt das, und da kann man einfach, wegdösen kann man da, und dieser hohe Ton, da ist doch so ein hoher Ton, wenn es wieder hinuntergeht, und ich weiß überhaupt nichts, ich weiß nicht einmal mehr, wieso so ein Flugzeug überhaupt fliegt, ich sollte das beim Kurti doch einmal ausprobieren, am Computer, der übt das jetzt schon ein Jahr und crasht immer noch beim Starten, aber dann weiß man wenigstens, wie es geht, und es schaukelt richtig hinunter, und es ist schlechtes Wetter und ich habe keinen Regenschirm mit, weil ich nicht ins Internet kann, in der Gumpendorfer Straße und weil einfach keine Zeit war, das ist schon blöd, man muss nicht so blöd dastehen, besser vorbereiten, und es ist immer das Gleiche, die Hausaufgaben, Issi, die Hausaufgaben, mangelhaft, aber ich werde improvisieren, das habe ich gelernt, mit nicht gemachten Hausaufgaben, da lernt man sich durchschlagen, ja, ich bin angeschnallt, und jetzt mache ich die Augen zu, und das ist zu angenehm, das ist richtig geil, wenn der aufsetzt, dann wache ich von alleine auf, und …«